WESTEND

Manni Breuckmann

Schnee am Ballermann

Ein Mallorca-Krimi

WESTEND *CRIME*

Mehr über unsere Autoren und Bücher:
www.westendverlag.de

Die Deutsche Nationalbibliothek verzeichnet diese Publikation in der Deutschen Nationalbibliografie; detaillierte bibliografische Daten sind im Internet über http://dnb.d-nb.de abrufbar.

FSC
www.fsc.org
MIX
Papier aus verantwortungsvollen Quellen
FSC® C083411

ISBN 978-3-86489-076-5

Umschlagbild: Fotolia / Alena Ozerova
Satz: Publikations Atelier, Dreieich
Druck und Bindung: CPI – Clausen & Bosse, Leck
Printed in Germany

Kapitel 1

Steven Tyler goes Cala Figuera

»I really need a girl like an open book. To read between the lines.«
(Aerosmith: »Love in an elevator«)

Martí Barreto popelt für sein Leben gern. Es ist so ein befreiendes Gefühl, ja geradezu ein Erfolgserlebnis, die Nase von möglichst dicken Brocken zu reinigen und die dann zwischen Daumen und Zeigefinger zu geschmeidigen Kügelchen zu rollen. Vielleicht hat er sich deshalb diesen Job ausgesucht, bei dem Störungen seiner regen Popeltätigkeit selten zu erwarten sind.

Den kenn' ich doch, denkt sich Martí und nimmt den Finger aus der Nase. Draußen schlendert ein Pärchen vorbei. Warum rauscht der Refrain von »Love in an Elevator« ausgerechnet jetzt durch sein geistiges Ohr? Das war doch dieses Hammerding von Aerosmith Ende der Achtziger. Damals, als Martí an den Wochenenden noch in den drei Diskotheken von Cala Figuera herumzappelte. Die Zahl seiner amourösen Abenteuer blieb dabei allerdings überschaubar, Martí war nun mal kein Mallorca-Dream-Boy. Liebe im Aufzug? Vielleicht eine heiße Wichs-Fantasie, tausend Meilen fern jeder Realität. Aber der Typ da im Halbdunklen mit seiner kabafarbenen Begleiterin, der hat es bestimmt schon mal im Aufzug getrieben. Der sieht trotz seiner vielleicht vierzig Jahre noch verdammt gut aus, indianisch-exotisch wie dieser Sänger von Aerosmith. Sogar der halbfette Bauch stört die Gesamterscheinung nicht wirklich. Das ist doch in dem Alter ein verzeihbarer Schönheitsfehler, denkt Martí. Ja genau, Steven Tyler heißt das Original, und sein Doppelgänger in der Nacht von Cala Figuera sieht ihm nicht nur verdammt ähnlich – mit diesen Wulstlippen, die aussehen wie Sobrasada-Würste! –, er singt sogar auch in einer Rockband. Die ist vom Weltruhm zwar noch ein Stückchen entfernt, ehrlich gesagt, kennt sie hinter Llucmajor keine Sau mehr. Aber Martí hat die Jungs mal auf dem Marktplatz von Santanyí gesehen und fand ihre Cover-Versionen der alten Rock-Hits, darunter natürlich auch einige von Aerosmith, richtig klasse.

Martí sitzt von abends zehn bis morgens um sechs als Nachtportier an der Rezeption des Hotels »Villa Sirena«. Ein schlecht bezahlter Job, aber er braucht das Geld; der Arbeitsmarkt hat ihn schon ein paar Mal ausgespuckt. Martí muss sich gewaltig strecken, um über die Runden zu kommen. Und dass er ein Hotel an einem der schönsten Plätze Mallorcas bewachen muss, beeindruckt ihn herzlich wenig. Das Hostal Villa Sirena liegt auf felsigem Untergrund am Eingang der malerischen Bucht von Cala Figuera. Wirklich schön ist das Haus nicht, ein schlichter dreistöckiger Zweckbau, dessen Inneneinrichtung in den Katalogen als »zweckmäßig« beschrieben wird. Aber wer dort wohnt und wahlweise aufs blaue Meer oder in den Hafen gucken darf, schreit nicht mehr nach Begrüßungs-Champagner und Wildlachs zum Frühstück. Nachts wird der Gast vom gleichmäßigen Rauschen der Mittelmeer-Wellen in den Schlaf gewiegt und wähnt sich an Bord eines Kreuzfahrtschiffes auf hoher See. Entspanntes Schlafen mit frischer Meeresluft. Bis morgens um fünf die Fischereiflotte von Cala Figuera – zwei in die Jahre gekommene kleine Fischkutter – mit lautem Diesel-Geknatter ihren Dienst in den fast leergefangenen Fischgründen vor der mallorquinischen Küste aufnimmt. Dort, bei den wetterfesten Fischerburschen, hat Martí auch mal gejobbt. Bis sie ihn wegen chronischen Verschlafens rausgeschmissen haben. Das war vor zwei Jahren. Aber Gott sei Dank gab es noch die Chefin der Villa Sirena; die hat Martí den Job als Nachportier gegeben. Aus verwandtschaftlicher Verbundenheit. Denn in Cala Figuera und Santanyí sind sie fast alle miteinander verwandt. Die Keimzelle der bäuerlichen Ur-Bevölkerung besteht aus ganzen vier Familien; da sind fast alle, die sich zufällig auf der Straße treffen, um ein paar Ecken herum miteinander verschwippt oder verschwägert.

Martí sitzt hinter seiner kleinen braunen Holztheke, auf der seit Jahrzehnten eine Vase mit Plastik-Orchideen thront, versucht den Elevator-Song aus seinen Ohren zu verscheuchen und bekämpft gleichzeitig einen Anfall von Neid und Eifersucht.

Jetzt gehen sie zu den Klippen, gucken in den Sternenhimmel und befummeln sich, nörgelt seine innere Stimme. Wenn nicht sogar schlimmere Sachen passieren! Dass er auch mal gerne »schlimmere Sachen« mit Frauen machen würde, befeuert ihn seit der Pubertät, ist aber nur höchst selten aufregende Realität geworden, aus der Not heraus auch schon mal gegen Geld. Der Steven-Tyler-Verschnitt verschwindet aus Martís Gesichtsfeld und schiebt sich in enger Umarmung mit seiner schönen Begleiterin über den schmalen Weg Richtung Felslandschaft. Martí hat das Liebespaar vielleicht fünf Sekunden lang gesehen. Durch die schmale Glasfront hindurch hat er nur zehn Meter Straße und das gegenüber liegende Apartmenthaus im Blick.

Noch drei andere Männer befinden sich an diesem Abend in Sichtweite des auffälligen Paares. Carlos, der Betreiber des erfolgreichsten Restaurants an der Hafenmeile, besteigt gerade seinen Kleinwagen, um die üppige Tageseinnahme nach Hause in seinen Safe zu bringen. Das »Es Port« gilt fälschlicherweise als Pizzeria; die wirklichen Kenner bevorzugen aber die vorzüglichen Filets und Steaks. Carlos hebt beim Starten des Autos den Arm, um Martí hinter dem Hoteltresen zu grüßen. Für kuschelnde Menschen auf dem Weg zum romantischen Tête-à-Tête hat er keine Augen. Ein paar Meter weiter rechts sitzt der alte Maler Hein Driessen mit einem Bekannten auf der Terrasse seiner kleinen Galerie. Driessen stammt aus dem niederrheinischen Emmerich und malt zwei Sorten Bilder: Die einen zeigen den bezaubernden Niederrhein mit Kopfweiden und Rheinauen, die anderen das schöne Mallorca mit Ölbäumen und Hafen-Impressionen. Der Maler ist in ein Gespräch mit seinem Besucher vertieft, irgendwelche Rockstar-Look-Alikes samt ihren Latina-Begleiterinnen sind ihm und seinem Kumpel vollkommen schnuppe.

Die beiden Liebenden sind währenddessen weitergegangen und aus dem Blickfeld des sexuell unterforderten Martí verschwunden. Sie reden nicht miteinander, sind offenbar zufrieden damit, die körperliche Nähe des jeweils anderen zu spüren. Sie genießen die magische Kraft einer Vollmond-Nacht am Mittelmeer und beobachten die schäumende Gischt an der Steilküste. Nach ein paar Metern bleiben sie stehen und küssen sich. Das Mädchen mit den halblangen schwarzen Haaren wickelt versonnen die langen Strähnen ihres Freundes um den Finger, während in seinen Augen trotz des zärtlichen Umgangs miteinander eine aggressive Unsicherheit lauert. Sie gehen noch hundert Meter weiter, der Weg ist zunächst mit Beton eingeebnet und entwickelt sich dann zu einer holprigen Felslandschaft, an der schon viele Badeschlappen-Touristen gescheitert sind. Mit einer Kopfbewegung deutet der Mann auf einen abgeflachten Felsen hinter der nächsten Klippe, auf dem sie selbst bei Tageslicht niemand mehr aus den umliegenden Hotels und Apartments sehen kann. Sie lassen sich auf dem Felsen nieder, die Frau drückt sich an ihren Begleiter. Zwanzig Meter über ihnen liegt das Plateau, auf dem früher einmal das Hotel Cala Figuera gestanden hat, das größte Hotel des Hafendörfchens. Heute befindet sich dort eine überdimensionierte Luxus-Apartmentanlage, nur ein einzelnes Haus mit einem flachen Spitzdach im Toskana-Stil stört die langweilige Modernität der neuen Wohnmaschine.

»Darf ich dich was fragen?« Die Stimme der jungen Frau verrät eine bange Unsicherheit. »Es gibt nichts zu besprechen, aber frag mich nur, was immer du willst.« Seine Antwort hat plötzlich überhaupt nichts Liebevolles mehr, sie durchschneidet die friedliche Atmosphäre der mediterranen Nacht wie eine Peitsche.

»Möchtest du mich überhaupt noch? Willst du einen Neuanfang? Kannst du mir meine Fehler verzeihen?« Die Gesichtszüge des Mannes verhärten sich, dann schreit er sie so laut an, dass sein Wutausbruch fast das Meeresrauschen übertönt. »Fehler?! Fehler nennst du das? Kleine dumme Fehler? Und du meinst, wenn du danach mit mir fickst, sind die Fehlerchen ganz plötzlich vergessen. Hast du dir das so vorgestellt?« Das Mädchen rückt erschrocken ein Stück von ihm ab. »Frank, bitte verzeih mir, bitte, bitte, es tut mir so leid.« Sie registriert die unsägliche Wut in seinen Augen, die nur noch schmale Schlitze sind. Nackte Angst packt sie und macht ihr das Sprechen schwer. »Frank, ich liebe dich.« Doch ihre Liebeserklärung beruhigt ihn nicht. Ganz im Gegenteil: Ihre Worte legen geradezu in Franks Gehirn einen imaginären Hebel um, denn er schreit jetzt wie ein angeschossenes wildes Tier: »Sie liebt mich! Ich bin ja so glücklich. Ich werde geliebt. Es ist ja nichts weiter passiert. Neeeiiin!!«

Plötzlich greifen seine großen Hände an ihren Hals und drücken zu. Nach einem kurzen Moment der Überraschung beginnt sie sich zu wehren, versucht, seine Finger zu lockern, greift nach seinen Armen, tritt mit den Füßen.

»Du scheiß Fotze, ich mach dich kalt!«, brüllt er, lässt für einen Moment ihren Hals los und rammt ihr die Faust mitten ins Gesicht. Blut spritzt und sprenkelt ein surrealistisches Muster auf seinen hellgrünen Pullover. Sie will um Hilfe rufen, aber es kommen nur gurgelnde Geräusche aus ihrem Mund, weil seine Hände wieder zupacken. Keuchend stößt er ihr nun das Knie zwischen die Schenkel, um ihren Widerstand zu brechen, der seine Wut nur noch mehr anfeuert. Das zuvor heftige Pochen ihrer Halsschlagader unter seinen Fingern ist kaum noch zu spüren. Die Kraft verlässt allmählich ihren Körper. Blut läuft ihren Hals hinab. Er muss sie wohl mit seinen langen Fingernägeln verletzt haben. Seltsamerweise erschreckt ihn das, er will ihren hellbraunen, makellosen Hals nicht beschädigen. Er findet es absurd, dass er ausgerechnet jetzt auf einen solchen Gedanken kommt. Hat er nicht gerade mit einem brutalen Schlag ihr Nasenbein zerschmettert? Sie schafft es noch, ihm einen langen, tiefen Kratzer in den Handrücken zu ziehen. Dann sackt sie langsam in sich zusammen. Doch darauf verlässt er sich nicht, sondern nimmt Anlauf und tritt ihr mit den dunkelbraunen Sneakers voll gegen den Kopf. Als sie blutend und mit zu Brei geschlagenem Gesicht vor ihm liegt, setzt sich Frank erschöpft auf den Felsen und starrt eine Weile vor sich. Dann bricht er in hemmungsloses Schluchzen aus.

»Was habe ich getan«, flüstert er. »Ich bin wieder gewalttätig geworden. Das wollte ich nicht.« Nie wieder wollte ich so austicken, denkt er, um sich dann im nächsten Moment einzureden: Ganz ehrlich, sie hat es doch nicht anders verdient. Die Schlampe hat ihr Schicksal doch selber herausgefordert, das Maß war voll. Keiner darf sich wundern, dass sie bestraft wurde.

In atemberaubender Geschwindigkeit ist seine Reue verflogen und er kein grausamer Mörder mehr, sondern ein Opfer, das zum Vollstrecker eines gerechten Todesurteils wurde. Wie geht es jetzt mit mir weiter? Ist mein Leben endgültig im Arsch? Kann irgendjemand begreifen, wie übel mir mitgespielt wurde? Er wiegt den Kopf wie ein autistisches Kind und heult noch einmal laut auf. Dann ist es mit den widerstreitenden Gefühlen schlagartig vorbei, sein Denken setzt wieder ein, jetzt geht es darum, die Leiche so schnell wie möglich auf Nimmerwiedersehen unbemerkt zu beseitigen. Der tote Körper muss verschwinden, weg mit ihm ins Meer. Ich müsste ein schweres Gewicht haben, überlegt er, das sie nach unten zieht. Auf den Meeresgrund, dort soll sie bleiben und nie wieder auftauchen. Geht aber nicht. Er hat nichts dergleichen dabei, eben weil es keine geplante Aktion war. Sondern eine Tötung im Affekt. Das könnte ihm vor Gericht sogar Strafmilderung einbringen. Aber ist es nicht vollkommen egal, ob die Leiche noch mal nach oben getrieben wird? Die dumme Sau kennt doch eh keiner! Und das Meerwasser wird alle Spuren vernichten.

Er packt ihren schlackernden Körper unter den Schultern, zieht ihn an den Rand der Klippe und starrt dabei die ganze Zeit nach oben. In diesem Zustand will er die Frau, die ihm noch vor fünf Minuten ihre Liebe geschworen hat, gar nicht mehr anschauen. Es was sowieso alles nur vorgetäuscht, redet er sich ein. Sind alle falsch, die Weiber. Manchmal kriegen sie halt die Quittung dafür, und ich bin dann der schlimme, schlimme Bösewicht. Aber nur, wenn sie mich erwischen. Er hebt die tote Frau mit letzter Kraft auf Brusthöhe an und wirft sie ins Meer. Er sieht noch, wie ihr Fall von einem Felsvorsprung gebremst wird. Dann verschwindet ihr Körper im dunklen rauschenden Wasser. Frank schnauft, die letzten Minuten haben ihm seine körperlichen Grenzen aufgezeigt. Ich bin eben keine dreißig mehr, grinst er schief. Zupft an seinen wirren Haaren und zieht seinen blutbefleckten grünen Pullover aus. Auch der fliegt ins Mittelmeer, war ohnehin nur ein billiges Ding vom Wühltisch bei C&A in Palma. Dann zwingt sich Frank zu einem schlendernden Gang und macht sich auf den Rückweg. Bloß nicht durch Hektik und wilde Flucht auffallen. Am Hotel Villa Sirena vorbei und vor der Galerie von Hein Driessen links die Treppen hoch, zwischen den Apartmenthäusern der Villa Sirena hinauf in die zweite Reihe. Pepe, der Hund des alten Braunschweigers mit dem Häuschen am Ende der Treppe, bellt ihn verstört an. Kann so ein Tier etwa spüren, dass irgendwas nicht stimmt? Franks fünfzehn Jahre alter dunkelroter Ford Focus wartet auf ihn, er wuchtet sich hinein, betrachtet sein schwitzendes, angestrengtes Gesicht im Rückspiegel und setzt den Wagen in Bewegung, raus aus Cala Figuera und einen Kilometer weiter rechts in Richtung S'Amarador, dem Bilderbuch-Badestrand.

An der Rezeption des Hotels Villa Sirena denkt Martí währenddessen darüber nach, wie er seine Beobachtungen zu deuten hat. Der Rocksänger geht engumschlungen mit seiner Freundin in die Klippen und kommt zwanzig Minuten später allein wieder raus. Hat es einen Streit zwischen den beiden gegeben? Wollte das Mädchen einfach allein sein? War der Mann vielleicht nur zum

Auto gegangen, um ein Fläschchen Schaumwein zu holen? Oder ein Kondom, wie Martís eifersüchtige innere Stimme gleich noch lüstern hinzufügt. Der Steven-Tyler-Doppelgänger kommt jedenfalls nicht zurück, nicht nach zehn, nach zwanzig und auch nicht nach sechzig Minuten. Martí ruft sich selber zur Ordnung: Nein, ich mach mich doch nicht lächerlich und verlasse meinen Arbeitsplatz, nur um eine wildfremde Frau in den Klippen zu suchen, die vielleicht nach einem ekstatischen Liebesakt versonnen den Mond anbetet! Er streicht den Vorfall aus seinen Gedanken und beginnt ein Baller-Spiel im Internet. Als am nächsten Nachmittag die Nachricht von der im Hafen angeschwemmten Leiche das friedlichen Cala Figuera aufscheucht, beginnt Martí allerdings, seine Erinnerungen an den Vorabend zu reaktivieren.

Frank ist nach seiner Tat durch die Felder zu seiner Bleibe in der Calle Clapers gefahren. Drei Kilometer, gesäumt von den typischen groben mallorquinischen Steinmauern. Zwischendurch kommen ihm immer wieder die Tränen. Es sind Tränen unendlichen Selbstmitleids. Als wolle er auch noch darin baden, schiebt er eine Aerosmith-CD in den Schlitz und lässt den echten Steven Tyler die schmalzige Ballade »Angel« singen: »You're my angel, come and see me tonight.« Auf dem kleinen von Pinien bestandenen Platz an der Einbiegung zur Calle Clapers hält er an, wischt sich die Mischung aus Schweiß und Tränen mit einem Papiertaschentuch aus dem Gesicht und ordnet seine Haarmähne. Das Blut auf seinem Handrücken ist mittlerweile getrocknet, irgendeine plausible Erklärung für den Kratzer wird er schon finden, wenn sie ihn danach fragen. Seine Hände zittern leicht, die Erregung will ihn einfach nicht verlassen. Ich muss mich etwas beruhigen, ermahnt er sich, lehnt sich zurück und schließt für eine Weile die Augen. Das ist also aus dir geworden, dem gutbürgerlichen Kind aus Gelsenkirchen-Buer. Aus dem kleinen Frank Husniak, der immer so brav zum Klavierunterricht gegangen ist. Bevor ihn die Rührseligkeit wieder übermannen kann, wirft er den

Motor an und fährt die letzten Meter bis zum Haus Nummer 24. Hier wohnen Jacko, der Radio-Moderator, und seine Frau Lissy, die eine Tierarztpraxis in Santanyí führt. Ein geräumiges, leicht abgewracktes Haus mit viel Platz, einem Pool und großem Garten. In einem der vier Schlafzimmer haben Frank und seine Freundin nach dem Überfall auf das besetzte Haus, in dem sie zuvor gewohnt haben, Zuflucht gefunden. Seine Gastgeber sind großzügig und drängeln ihn nicht, schnell eine neue Wohnung zu finden. Frank kennt sie schon seit ewigen Zeiten, sie sind fest eingebunden in die Gemeinde der deutschen Residenten von Cala Figuera und Santanyí. Franks Rückkehr nehmen sie an diesem späten Abend nur am Rande zur Kenntnis; die beiden liegen auf dem Sofa und sehen Frau Maischberger bei der Arbeit zu. Nach einigen belanglosen Worten holt sich Frank noch eine Flasche katalanisches Damm-Lagerbier, den Hauptsponsor seines Bauches, und zieht sich in sein Zimmer im ersten Stock zurück.

Aus seiner hellbraunen Retro-Aktentasche, ganz im Stil der Sechziger, greift er sich eine unbenutzte Schreibkladde und setzt sich an den Ikea-Schreibtisch. Nein, er ist weit davon entfernt, mit sich im Reinen zu sein. Wie sollte das angesichts der blutigen Tat in den Klippen auch möglich sein? Aber das gewohnte rührselig-narzisstische Selbstbild beherrscht schon seit über einer Stunde wieder sein Denken und Fühlen. Frank ist nämlich alles andere als ein böser Mensch. Ihm hat nur das Leben immer wieder schlimm mitgespielt, er musste sich ständig wehren, und leider, leider sind ihm dabei manchmal die Zügel aus der Hand geglitten, die Rollenverteilung zwischen Täter und Opfer ist sehr schnell sehr unscharf geworden. Klar, er schleppt jetzt eine Last mit sich herum. Aber die lässt sich ja, wenn schon nicht mehr ungeschehen machen, so doch eventuell von der Seele schreiben. Seine psychotherapeutisch angefixten Eltern haben ihm von dieser Hintertür für schwere Herzen öfter vorgeschwärmt. Schreiben hilft, schreiben befreit, schreiben lässt dich die Dinge klarer sehen, haben sie gesagt. Frank, dem angesichts seines harten

Schicksals schon wieder Tränen in den Augen stehen, beginnt zu schreiben. Es wird eine kurze Nacht, nur für ein paar Stunden fällt er irgendwann erschöpft in einen unruhigen Schlaf.

Am nächsten Tag, nachmittags gegen vier, ist die tägliche tagestouristische Zangenbewegung in Cala Figuera mal wieder in vollem Gange. Es ist einer jener makellosen sonnigen Tage mit wolkenlosem Himmel und 25 Grad, auf die die Touristen ein Anrecht zu haben glauben. Oben im Dorf parken die Mietwagen aus Cala d'Or, Cala Millor und den anderen Massenquartieren der Insel. Grüppchenweise strömen die Besucher auf die Hafenpromenade, fotografieren sich gegenseitig mit ihren Handys am Geländer vor dem Hafenbecken, und vom Meer her nähert sich der »Starfish«, das magenta-rot-gelbe Glasboden-Schiff mit den üblichen sechzig, siebzig Passagieren der Anlegestelle im Hafen. Unten vor dem Hotel Villa Sirena sonnen sich einige Urlauber auf dem Felsen, den die Stammgäste wegen der Ballung sonnenverbrannter Haut »Fleischplatte« getauft haben. Eine Leiter eröffnet den Zugang zum Mittelmeer, und weil die Feuerquallen gerade wieder auf Tournee in anderen Buchten sind, ist das Badevergnügen ungetrübt. Aber nur fast, wie sich bald herausstellt.

Mitten in der Bucht treibt nämlich ein aufgequollener Kleiderhaufen, der sich bei näherer Betrachtung als toter Mensch entpuppt. Ein Schwimmer, der sich dem Bündel neugierig bis auf ein paar Meter genähert hat, beginnt wild mit den Armen zu winken.

»Das ist eine Leiche!«, schreit er hysterisch durch den Hafen, und nur wenige Augenblicke später beenden entsetzte Touristen ihre Fotosafari und starren laut palavernd aufs Meer. Der umsatzträchtige Stopp des Ausflugsschiffes in Cala Figuera fällt heute aus; der Kapitän, der das grausige Treibgut beinahe überfahren hätte, wendet vorsichtig und verlässt die Bucht.

Eine halbe Stunde später wimmelt es in Cala Figuera nur so vor Polizei. Die Guardia Civil räumt das Hafengelände, um die

Gaffer von der Bergungsaktion fernzuhalten. Ein Patrouillenboot der Küstenwache SEMAR mit zwei Tauchern hievt die weibliche Leiche an Bord. Die Frau hat keine Papiere bei sich, ohne eine passende Vermisstenmeldung wird sich ihre Identität nur schwer feststellen lassen. Dennoch gibt es im Fall des unbekannten Opfers schon bald einen bekannten mutmaßlichen Täter. Denn am Abend desselben Tages gegen zwanzig Uhr erhält die Policia Local in Cala d'Or den Anruf eines Mannes, der sich mit Martí Barreto vorstellt. Und so kommt es, dass die Polizei schon wenige Stunden nach der Entdeckung der toten jungen Frau eine heiße Spur zum »Klippenmörder von Cala Figuera« hat.

Frank ahnt nicht, dass seine letzten Stunden in Freiheit angebrochen sind. Aber was für eine Freiheit? Die als Akt der Befreiung gedachte Niederschrift seiner Tat endete nach einer Viertelstunde im geistigen Nirwana. Trotz einiger versprengter innerer Widerstände ist er immer noch davon überzeugt, seine Freundin Talea habe ein paar schmerzhafte Schläge als Strafe verdient. Sterben sollte sie dabei zwar nicht, da hat er in einem unkontrollierten Augenblick überreagiert. Aber er war nun mal seit jeher spontan, geraderaus und manchmal vielleicht auch etwas heftig. Das würde sich auch nicht mehr groß ändern. Aber dafür hat er auch eine Menge guter Seiten. Er ist ein witziger Typ, er kann gut anpacken, er ist gar kein schlechter Rockmusiker, an der Gitarre und vor allem mit seiner Stimme. Und trotzdem fühlt er sich am Morgen nach der Tat müde und zerschlagen, immer noch aufgewühlt und wie durch die Mangel gedreht. Und für den Bruchteil einer Sekunde dämmert ihm von Ferne, dass es ganz schön anstrengend sein kann, sich permanent selbst zu betrügen.

Lissy ist mit Jacko auf dem Weg zum Flughafen. Der hat mal wieder seine Moderationswoche. Er moderiert bei NRH 90,8 (»Nordradio Harmonie«) die sogenannte Morning-Show. Für den gebürtigen Holländer ist das immer noch eine fremde Welt, hat er doch lange Jahre bei den Öffentlich-Rechtlichen aktuelle Magazine mit politischem Anspruch präsentiert. Als die dann meinten, auf seine Dienste verzichten zu können, heuerte er zum Zwecke des Broterwerbs beim Flachfunk an. Jacko flucht zwar immer wieder, im Grunde aber hat er sich damit arrangiert, sein restliches Berufsleben mit Howard Carpendale und Andy Borg verbringen zu müssen. Er zitiert oft die Trostworte des Ruhrgebiets-Kabarettisten Frank Goosen für alle Lebenslagen: »Woanders iss auch Scheiße.«

Frank freut sich über die Abwesenheit seiner beiden Mitbewohner, jetzt Normalität oder gar gute Laune mimen zu müssen, wäre ein übermenschlicher Kraftakt. Er gönnt sich ein kräftiges Rührei-Frühstück mit brutal starkem Kaffee und widmet sich dann seiner mallorquinischen Kernkompetenz – der Säuberung und Versorgung von Pools mit den üblichen Chemikalien. Sein Revier besteht aus fünfzehn Anwesen; damit kommt er gerade einmal auf das Existenzminimum. Weil aus anderen Quellen aber noch weit höhere Einnahmen sprudeln, geht es ihm nicht wirklich schlecht. Gegen Mittag hat er seine Pool-Liste abgearbeitet und ärgert sich zum Schluss noch mit einer arroganten Lady aus Norddeutschland herum, die fünf Raupen auf dem Boden ihres Planschbeckens gefunden hat. Er zwingt sich dazu, ruhig zu bleiben, obwohl er der fetten Kuh in ihrem viel zu knappen Bikini am liebsten eine Maulschelle verpasst hätte.

Noch ein Café con leche in der Dorfkneipe von Cala Llombards. Danach geht es zurück zur Calle Clapers, aber nicht ohne zuvor noch einen Umweg über das Cap des Moro mit dem leerstehenden Haus auf dem Felsen gemacht zu haben. Dort hat Frank bis vor ein paar Wochen mit vier anderen Deutschen und Talea gewohnt. Bevor sie von einem gewalttätigen Rausschmiss überrascht wurden. Frank steigt auf die Dachterrasse und schaut aufs Meer. Das Gefühl aufkommender Leere und Ausweglosigkeit schiebt er wütend beiseite. Es geht schon irgendwie weiter, Fränkie, lass dich jetzt nicht hängen. Keiner kann dir was, es gibt keine Beweise. Reiß dich zusammen, du hast schon ganz andere Hürden genommen. Er gibt sich einen Ruck, trippelt die kaputten Stufen der Terrasse wieder nach unten, wirft sich in den Focus und rast die paar hundert Meter zur Calle Clapers. Dort ist Lissy mittlerweile wieder eingetroffen. Frank fällt es schwer, belanglos mit ihr zu plaudern. Zumal ihn Lissy mal wieder mit seinem Job aufzieht.

»Und, durftest du dich mal wieder von den schärfsten Touristinnen der Insel anbaggern lassen?«, beginnt sie zum hundertsten Mal ein nicht mehr wirklich lustiges Wortgefecht.

»Stimmt. Vor allem, als ich diese speckige Tussi aus Neumünster an der Cala Llombards getroffen habe, hat's mir fast die Hose gesprengt.« Übergangslos schlüpft er wieder in seine Rolle als Pool-Macho. »Hocherotisch, ein Vollweib, und dann schwabbelt's auch noch so geil bei jedem Schritt.«

»Wo du doch eigentlich gar keine Miss Neumünster mehr brauchst. Hast ja jetzt deine Talea. Wo ist sie eigentlich?« Auch darauf ist Frank vorbereitet. »Die ist gestern zu ihrer Freundin nach Cala d'Or gefahren. Will mal ein paar Tage korrektes Spanisch hören. Nicht unser Rumgeholpere.«

»Da hätte ich ja gar nicht die Cabanossi von Lidl mitbringen müssen.«

Hinter Campos hat vor einem Jahr eine riesige Lidl-Filiale aufgemacht, die regelmäßig von der deutschen Community rund um Santanyí und Campos heimgesucht wird.

»Ach, die halten sich doch ewig. Talea ist spätestens am Wochenende wieder zurück«, meint Frank und denkt dabei: Hoffentlich merkt mir Lissy nicht an, dass das eine dreckige Lüge ist. Das Gespräch versandet, zumal Lissy am Nachmittag noch drei Termine in ihrer Tierarztpraxis in Santanyí hat. Die Mallorquiner wissen ihren gründlichen, liebevollen Umgang mit den Tieren zu schätzen. Immer mehr einheimische Hundebesitzer wollen Spaß an ihrem Vierbeiner haben und sehen ihn nicht nur als Ketten-Sklaven auf der Finca. Lissys Praxis floriert.

Frank verbringt den Rest des Nachmittags auf der Sonnenliege. Am Abend lässt er sich von Lissy mit einem würzigen Pulpo-

Salat verwöhnen, danach zieht er sich auf sein Zimmer zurück. Kurz denkt er über einen Abstecher zu Costas Kneipe in Cala Figuera nach. Aber bei dem Gedanken an das Würfel-Zocken und an das dumme Rumgelabere, das ihn dort erwartet, setzt er sich lieber die Kopfhörer auf. Keiner würde ihm glauben, weshalb er es auch für sich behält, dass er, sobald Entspannung nottut, am liebsten eine Weile in klassischer Musik badet. Er liebt Klavierkonzerte von Beethoven, Chopin und Mozart. Heute lauscht er dem ersten Klavierkonzert des polnischen Komponisten, bei dessen zweitem Satz er immer ganz melancholisch wird. Er hat sich sogar schon einmal in die Warteschlange in Valdemossa eingereiht und die Zellen Nummer 2 und 4 in der Kartause besichtigt, wo der Komponist mit seiner Freundin George Sand den lausig-kalten Winter 1838/39 verbrachte.

Als Frank sich eine Stunde später aus dem Kühlschrank in der Küche ein Fläschchen Estrella Damm besorgt, ist Lissy ganz aufgeregt.

»Ich hab gerade mit Sabrina telefoniert«, sagt sie. »In Cala Figuera war heute Nachmittag die Hölle los. Da ist doch tatsächlich eine Frauenleiche angeschwemmt worden.« Sabrina gehörte mit zu der Clique, die das leere Haus am Cap des Moro besetzt hat. Sie malt Landschaftsbilder, die sie wie der alte Maler Hein Driessen in Cala Figuera an die Touristen verkauft.

»Das ist ja unglaublich«, sagt Frank und könnte schwören, dass seine Stimme zittert. »Wo denn, direkt im Hafen? Oder weiter draußen?«

»Sie trieb mitten im Hafen. Die Bullen haben alles abgeriegelt und die Leiche geborgen.«

»Und was ist mit ihr passiert? Ist die Frau ertrunken?«

»Das weiß noch keiner so genau. Da schwirren natürlich die wildesten Gerüchte durch die Cala. Unfall, Mord, es wird alles Mögliche erzählt.« Frank zwingt sich zu einem lockeren Spruch.

»Tja, da geht ja endlich wieder mal was ab in unserem verschlafenen Nest. Und wenn's ne schwimmende Leiche ist.«

»Na komm, Fränkie, etwas mehr Pietät bitte. Wer weiß, was sich für ein Schicksal dahinter verbirgt.«

»Iss ja gut, ich find's ja auch nicht lustig.« Lissy fällt auf, dass Frank von einer zur anderen Sekunde ernst geworden ist. »Aber heulen musst du jetzt auch nicht gleich. Warten wir mal ab, was die Bullen rauskriegen.« Frank geht wieder auf sein Zimmer, gibt Lissy vorher aber noch schnell zwanzig Euro, seinen Anteil am Lidl-Einkauf. Er findet es nett, dass ihn die beiden in ihrem großen Haus aufgenommen haben; durchfüttern müssen sie ihn aber nicht auch noch. Gegen Mitternacht liegt das Haus an der Calle Clapers 24 im Dunkeln, Lissy und Frank sind schlafen gegangen.

Eine halbe Stunde später biegt ein grün-weißer Nissan Patrol der Guardia Civil in die Straße ein und hält genau vor dem Haus der Deutschen. Zwei uniformierte Polizisten drücken im Stakkato-Rhythmus auf die Klingel am Gartentor. Lissy schließt es abends immer ab; Besucher müssen auf dem Bürgersteig vor dem Grundstück warten, bis ihnen geöffnet wird. Es dauert eine gute Minute, bis Lissy sich, nur mit ihrem türkisfarbenen Nachthemd bekleidet, auf dem Balkon im ersten Stock zeigt.

»Perdona, Señora, öffnen Sie bitte.« Der eine Polizist hält seine Dienstmarke hoch und nimmt eine bestimmende Haltung ein.

»Momento.« Lissy zieht sich schnell einen dünnen Strickmantel über und öffnet den Vertretern der Staatsmacht die Tür.

»Wir haben die Information, dass bei Ihnen ein junger Mann mit Vornamen Frank wohnt, der in der deutschen Rockband ›Makemaleesa‹ spielt.«

Unter anderen Umständen hätte Lissy sich schlapp gelacht. Fränkies Band hat den abgedrehten Ruhrpott-Namen »Machmaleisa«, also auf Hochdeutsch »Mach mal leiser«. Keiner erwartet, dass spanische Sprechwerkzeuge in der Lage sind, diesen Begriff korrekt auszusprechen. Die Spanier kommen ja noch nicht einmal mit Namen wie Michael Jackson oder Alicia Keys klar. Aber anlässlich eines Polizeibesuchs mitten in der

Nacht will Lissy Pattmanns Humor nicht so recht auf Touren kommen.

»Was wollen Sie denn von ihm?« Lissy, deren Geistesgegenwart sich in diesem Moment genauso in Grenzen hält wie ihr Sinn für Scherze, erwägt keine Sekunde lang, Frank, der sich offensichtlich in Gefahr befindet, schlichtweg zu verleugnen. Zumal die Guardia Civil mit ihrem herrischen Auftreten nicht gerade als eine Truppe von Freunden und Helfern gilt. Frank ist dagegen ein Freund, und der Satz: »Hier gibt's keinen Frank«, hätte die Bullen eventuell abziehen lassen. Aber Lissy bittet die Uniformierten ins Haus und holt Frank aus seinem Zimmer. Er ist noch verschlafen, dann entsetzt.

Er braucht aber nur die achtzehn Treppenstufen bis ins Erdgeschoss, um sich einigermaßen zu berappeln.

»Was wollen Sie von mir?«, blafft er die Polizisten selbstbewusst an.

»Dürfen wir Ihren Pass sehen?«

»Es kann sein, dass Ihnen Ihr Auftritt morgen peinlich sein wird. Aber kein Problem, ich zeige Ihnen meinen Pass. Reicht der deutsche Personalausweis?«

»Wir sind innerhalb Europas, der Personalausweis ist vollkommen okay,« erwidert der freundlichere der beiden Polizeibeamten. Frank geht nochmal nach oben. Für einen Moment spielt er mit dem Gedanken, durch die Hintertür zu flüchten. Aber was können sie schon gegen ihn in der Hand haben? Das Mädchen ist tot, und ich habe es gekannt. So what? Bleib cool, Fränkie!

»Herr Husniak«, hebt der Unsympathische mit dem Schnäuzer an, als Frank wieder im Erdgeschoss ist. »Wo waren Sie vorgestern Abend?«

»Ich habe Freunde in Cala Figuera besucht.«

»Und zwischendurch?« Zum zweiten Mal an diesem Tag, nach dem Vorfall mit der Frau aus Neumünster, zuckt es Frank in den Fäusten.

Jetzt hat der gute Cop seinen Auftritt. »Sie sind dabei beobachtet worden, wie sie etwa um 22 Uhr mit einem jungen, lateinamerikanisch aussehenden Mädchen in die Klippen beim Hotel Villa Sirena in Cala Figuera gegangen sind.«

»Ist das verboten, Comandante?«

»Erstens ist es nicht verboten, zweitens bin ich kein Comandante, und drittens sagt unser Zeuge, sie seien zwanzig Minuten später ohne Ihre Begleiterin aus den Klippen zurückgekehrt. Möchten Sie uns dazu etwas mitteilen?«

»Nein, Comandante, ich möchte Ihnen dazu überhaupt nichts mitteilen. Ich sage gar nichts mehr, das wird mir jetzt zu abenteuerlich.«

»Abenteuerlich? Das mag schon sein. Denn wir haben den Verdacht, dass es sich bei der Toten um genau die Frau handelt, mit der sie zusammen gesehen wurden. Und dass Sie, Señor Husniak, bei ihrem Tod Ihre Finger mit im Spiel hatten.«

Der Polizist mit dem Schnauzbart greift in die Jackentasche und holt ein Foto raus. Es zeigt das aufgedunsene, malträtierte Gesicht Taleas. Das Bild ist nach der Bergung der Leiche im Hafen gemacht worden.

»Mein Gott, das ist meine Freundin Talea! Was ist mit ihr passiert? Ist sie etwa die Tote, die heute aus dem Hafenbecken gezogen wurde?«

Ich kann bald nicht mehr, ich will auch nicht mehr, wie soll das alles nur weitergehen?, denkt Frank und gleich darauf: Nur jetzt nicht zusammenbrechen!

»Sie müssen sich keine Mühe geben.« Der sympathischere Polizist spricht fast katzenfreundlich, inhaltlich ist er aber knallhart. »Die Zeugenaussage, die wir haben, macht Sie zu einem Verdächtigen im Mordfall von Cala Figuera. Wir nehmen Sie jetzt mit auf die Polizeiwache nach Cala d'Or. Sie sind vorläufig festgenommen.«

Mach jetzt keinen Unsinn, redet sich Frank ein. Du stehst unter Verdacht, aber das heißt noch gar nichts. Es gibt keinen unmittelbaren Augenzeugen, vermutlich auch keine Spuren, also belaste dich jetzt nicht selbst durch irgendwelche unüberlegten Aktionen. Kein Widerstand, am besten kein Wort mehr aus deinem Mund.

»Ich komme selbstverständlich mit«, sagt Frank, nach außen hin die Ruhe selbst, und an Lissy gewandt: »Das ist alles eine gewaltige Luftnummer, mach dir keine Sorgen. Aber ruf Tom an, er kennt einen super Anwalt. Der wird mich da raushauen.« Lissy ist vollkommen fertig mit den Nerven und streicht sich immer wieder über die Haare, die für sie typische Beruhigungsgeste bei Angst und Nervosität. »Mach ich, Fränkie. Halt durch.« Sie versucht, ihn zu umarmen, wird aber vom bösen Cop darin gehindert.

»Sie können ein paar persönliche Gegenstände mitnehmen, Zahnbürste, Pyjama und so. Ich begleite Sie auf Ihr Zimmer, wenn Sie was zusammenpacken wollen.« Was für ein Film läuft da gerade ab? Persönliche Gegenstände mitnehmen, Untersuchungsknast, Vernehmungen – irgendwie kommt das Frank alles bekannt vor, vielleicht aus einem früheren Leben oder aus dem Kino? Absurderweise geht ihm in dieser Situation ausgerechnet die »Schauburg« in Gelsenkirchen-Buer durch den Kopf, wo er als kleiner Junge seine ersten Kino-Erlebnisse hatte. Aber wenn das alles kein böser Traum oder brutaler Thriller ist – wie sind die Bullen dann auf ihn gekommen? Was ist das für eine dubiose Zeugenaussage, die die Guardia Civil veranlasst hat, ihn in der Calle Clapers 24 einzusacken?

Frank hat völlig vergessen, dass er seit vier Jahren in einem Dorf lebt, in dem seine Erscheinung auffällt, dass er mit seiner Band öffentlich aufgetreten ist, kurz, dass er in Cala Figuera und den angrenzenden Ortschaften bekannt ist wie ein bunter Hund. Es wird mal wieder Ernst für Frank, der dem Leben schon oft eine lange Nase gedreht hat. So richtig spaßig dürfte der Aufenthalt in einem spanischen Knast nicht werden.

48 Stunden später liegt Frank auf seiner Pritsche im »Centro Penitenciario«, der Justizvollzugsanstalt in der Nähe der Ringautobahn im Norden Palmas. Er ist einer von dreihundert Untersu-

chungshäftlingen, die in zwei der insgesamt 14 Gebäude untergebracht sind. Der Haftbefehl wegen Mordverdachts wurde schon am Mittag nach der Festnahme erlassen. Seinen Anwalt konnte er am Nachmittag kurz sehen, das war noch im Polizeiarrest in Cala d'Or. Franks Kumpel, der Musik-Produzent Tom Kratzer, hat den Verteidiger besorgt. Auf Tom konnte man sich schon immer verlassen.

In Franks erster Nacht im Knast von Palma ist an Einschlafen überhaupt nicht zu denken. In ihm geht eine gefährliche Veränderung vor, gefährlich für ihn selbst. Denn herausgerissen aus der gewohnten Umgebung, hineingeschossen in den stumpfsinnigen Knast-Kosmos, versagt der schon in Fleisch und Blut übergegangene Mechanismus des Selbstbetrugs. Erinnerungen an den blutigen Abend in den Klippen beginnen ihn zu quälen, aber auch an eine schlimme Phase in Deutschland, die er fast verdrängt hat. Unter diesem emotionalen Druck nimmt er sich wieder als Täter wahr. Als brutalen Mörder. Jetzt zweifelt Frank auch an dem düsteren Zerrbild der berechnenden Frau, das er sich von seiner Freundin Talea gemalt hat, deren Zuwendung nur vorgetäuscht war, um ihn und seine Freunde ins Verderben rennen zu lassen.

Warum habe ich ihr nicht einfach geglaubt? Weshalb habe ich an ihren Gefühlen gezweifelt, auch wenn sie Scheiße gebaut hat? Frank fängt an zu schluchzen. Er presst das kleine löcherige Kopfkissen gegen sein Gesicht. Stunden zuvor hat er noch in Selbstmitleid gebadet. Jetzt beginnt er zu bereuen. Die Sprunghaftigkeit seiner Gefühle hat ihn schon sein Leben lang verfolgt. Eben noch der strahlende Mittelpunkt seiner eigenen Macho-Welt, nun ein wimmerndes Häufchen Mensch. Selbstverachtung steigt in ihm auf. Dann kehren sich seine Aggression, die sich so oft gegen andere gerichtet haben, mit einem Schlag gegen ihn selbst. Frank springt von seinem Bett auf.

»Ich bring mich um!«, ruft er. »Ich bin ein Mörder, ich hab's nicht anders verdient!« Fieberhaft überlegt er, wie er seinen Plan in die Tat umsetzen kann. Die Grenzsituation setzt selbstzerstörerische Kreativität frei. Innerhalb weniger Sekunden hat er seine Art, aus dem Leben zu scheiden, gefunden. Zuerst erwägt er, Stofffetzen zusammenzubinden und sich zu erhängen. Doch das ist viel zu mühsam. Er wirft sich auf den Boden und schaut unter das Bett, ob dort vielleicht spitze stählerne Bettfedern zu finden sind. Natürlich nicht, denn auch die spanischen Justizbehörden kennen sich mit Suizid-Versuchen von Strafgefangenen aus.

Aber den Kugelschreiber haben sie ihm nicht abgenommen. Weil er aus Plastik und damit ungefährlich ist. Aber da irren sie sich, denkt Frank und geht mit dem Kuli zur rau verputzten Wand. Ich spitz ihn an, ich mach ihn messerscharf. Die Tränen laufen ihm immer noch über das Gesicht, während er mit schnellen und heftigen Bewegungen den dunkelgrauen Stift an der Wand reibt. Ständig spricht er schluchzend mit sich selbst, kann gar nicht genug Selbstbezichtigungen loswerden, als wollte er sein ganzes Leben als selbstgefälliger Macker in wenigen Minuten ausradieren. Jetzt bricht das Scheiß-Ding auch noch ab! Frank zwingt sich, ruhig zu bleiben. Er beginnt erneut zu feilen, und siehe da, nach fünf Minuten hektischer Arbeit, befindet sich ein spitzer Plastik-Gegenstand in seiner Hand.

Für einen Augenblick überfallen ihn Zweifel, aber nach ein paar Sekunden Ungewissheit tut er es tatsächlich: Er stößt den angespitzten Kugelschreiber in die Pulsader seines linken Handgelenks und schlitzt sie der Länge nach um einige Zentimeter auf. Das tut entsetzlich weh. Wie gut, dass er dabei auf dem Bett sitzt; es hätte ihm sonst vielleicht die Beine weggezogen. Das Blut beginnt zu sprudeln. Frank ahnt, dass er ganze Arbeit geleistet hat. Wie lange es wohl dauert, bis ich ohnmächtig werde? Ich lege mich aufs Bett. Wird 'ne ziemliche Sauerei werden. Ich bin dann mal weg. Talea, ich habe dich auch geliebt. Vielleicht gibt's ja ein Wiedersehen im Jenseits. Obwohl das alles Quatsch ist. Weg ist weg. Ist das jetzt Müdigkeit oder die einsetzende Ohnmacht ... die letzten Tage waren ja auch furchtbar anstrengend ... da wird man automatisch müde. Schade, Talea, hätte eine richtige Erfolgsgeschichte werden können mit uns ... aber jetzt ... folge ich dir ... Augenlider sind schwer ... alles voll mit Blut ... sieht gar nicht gut aus ...

Am nächsten Mittag bekommt das Haus an der Calle Clapers 24 schon wieder Besuch von der Guardia Civil. Die Polizisten teilen Lissy mit, dass sich der Untersuchungsgefangene Frank Husniak letzte Nacht im Centro Penitenciario getötet hat.

»Wir wissen nicht, ob er Verwandte auf der Insel hat. Deswegen haben wir Ihnen seinen Rucksack mit seinen persönlichen Habseligkeiten mitgebracht.« Lissy Pattmann ist zu geschockt, um zu weinen. Sie hat Fränkie gemocht, obwohl er ihr mit seinem unsäglichen Macker-Gehabe unendlich auf den Zeiger gehen konnte. Eine seiner Ex-Freundinnen hat Franks Persönlichkeit mal für sich auf den Punkt gebracht: »Wer als Arschloch geboren wird, kann nicht als Kanarienvogel sterben.« Trotz allem: Frank war Lissy ein guter Freund, zwischen dem verhinderten Kanarienvogel und ihr gab es eine rational nicht nachvollziehbare positive chemische Verbindung. Die hätte niemals im Bett geendet, um Himmels willen, aber für eine stabile Freundschaft mit diversen Höhen und Tiefen hat es gereicht. Und nun ist er vielleicht zum Mörder geworden und hat sich nach der Tat selbst ins Jenseits befördert. Eine Serie mit schrecklichen Ereignissen auf der Sonneninsel Mallorca ist blutig zu Ende gegangen. Lissy kauert sich in eine Sofaecke. Sie wird lange brauchen, um diesen Schlag zu verdauen. Und ausgerechnet jetzt ist Jacko mal wieder auf Moderationstour. In Augenblicken wie diesen hasst sie den intellektuellen Flachstrecken-Sender »Nordradio Harmonie« noch mehr als sonst. Ein Radioprogramm für die geschlossene Abteilung, moderiert von dem liebsten Menschen, den sie kennt. In einem langen Telefonat nach Deutschland holt sie sich notdürftig den seelischen Beistand ab, den sie jetzt dringend braucht. Zwar treffen bald darauf auch die telefonisch alarmierten Freundinnen Carla, Gabi und Sabrina aus Cala Figuera bei ihr ein; die Männer aus dem Freundeskreis schauen verstört vorbei. Aber sie sind alle kein Ersatz für Jacko.

Drei Tage später, vorher ist sie dazu nicht in der Lage, geht Lissy in Franks Zimmer, um dort seine Habseligkeiten zu sortieren. Es nutzt ja alles nichts, sie kann den Raum schließlich nicht wie eine Gedenkstätte unberührt lassen. Lissy findet eine Menge Kram, den sie sofort zum Müllcontainer trägt. Sie entdeckt aber auch die Aufzeichnungen, die Frank in der Nacht nach dem Mord gemacht hat. Der Text ist nur zwei Din-A-5-Seiten lang, und so viel schlauer macht er Lissy auch nicht: »Das Schlimmste war, als sie mir in den Klippen mit ihrem Liebesschwur kam. Da hat mich so eine unendliche Wut gepackt, dass ich nicht anders konnte. Ich habe das ja schon öfter erlebt: Jemand reizt mich, ich bleibe erst ruhig, aber irgendwann brennen mir die Sicherungen durch. Ich bin dann nicht mehr zu bremsen, das ist wie ein Naturereignis. Man kann ja auch keinem Gewitter oder Hagelsturm befehlen: Schluss jetzt! Es rumst und prasselt einfach weiter! Und genauso bin ich auch. Da helfen keine Argumente und keine guten Worte mehr, da geht's einfach ab. Jetzt ist sie tot, das musste vielleicht nicht sein. Wirklich nicht! Aber übel mitgespielt hat sie mir. Ich dachte, endlich eine Frau gefunden zu haben, mit der ich eine gemeinsame Zukunft aufbauen kann. Und dann das! Irgendwie begreife ich es immer noch nicht. Eine Riesen-Enttäuschung. In meinem Leben hätte sie sowieso keinen Platz mehr gehabt.«

Was bedeutete das? Lissy legt die Notizen verwirrt zur Seite. Was für eine Enttäuschung konnte so riesig sein, um darüber zum Mörder zu werden? Oder hatte Frank mal wieder eine Nichtigkeit zu einer menschlichen Katastrophe aufgeblasen? Darin war er wirklich gut, aber selbstverständlich nur, wenn es um seine eigene Person ging. Vielleicht sind aber auch tatsächlich schlimme Dinge geschehen, von denen sie keinen Schimmer hat. Was also ist passiert zwischen Frank und Talea, der scheuen, hübschen Frau aus Paraguay?

Kapitel 2

Talea

»There's something wrong with the world today. I don't know what it is.«
(Aerosmith: »Livin' on the Edge«)

So hundertprozentig legal war die Aktion der fünf Deutschen nicht. Eigentlich war sie komplett illegal. Aber die drei Männer und zwei Frauen fühlten sich moralisch im Recht, das Haus auf dem Felsen zu besetzen.

»Ich mach mir da null Vorwürfe«, sagte Frank, der selbsternannte Anführer der Gruppe. »Ihr wisst ja, seit einem halben Jahr tut sich in diesem Palast nichts mehr, und vorher turnte hier nur so ein alter Sack ab und zu mal für eine Woche oder für ein Wochenende rum. Frauen auch, aber nur selten. Scheues Wild eben, das andere Geschlecht.« Er lachte und zeigte dabei seine großen, erstaunlich weißen Zähne. Gabi fragte ihn manchmal gespielt ernst, wie viel er denn für das Bleichen bezahlt hätte. Und ob die Krankenkassen bei den ganz großen Stars die Kosten dafür übernehmen würden. Aber Bleaching hätte Frank nie gemacht, er trug den Igel in der Tasche spazieren. Seine Beißerchen waren eben ein Geschenk der Natur. Sabrina Schwiebering, die sensible Künstlerin, hätte ihn in Momenten wie diesen am liebsten geschüttelt. Der Vergleich mit dem »scheuen Wild« brachte sie auf die Palme. Aber sie hatte gelernt, mit Franks Macho-Schüben zu leben; darum sagte sie nichts und holte sich lieber eine neue Flasche Rosado aus dem Kühlschrank. Die Eckpunkte im goldenen Dreieck ihrer Schwächen waren Frauen, »Musicos« und Roséwein aus der Weinkellerei Macià Batle in Santa Maria del Camí. Bei »Musicos« handelte es sich um göttliche Blätterteig-Taschen, gefüllt mit Vanille-Creme und karamellisierten Pinienkernen. Aber die gab es immer nur nachmittags, jetzt war es kurz vor 19:45 Uhr. Auf dem Tisch lagen Onion-Chips und Bocadillos mit Sobrasada, spanische Baguette-Brötchen mit faseriger Paprika-Schweinewurst. Sabrina füllte die Gläser von Gabi, Jörg, Wolf und ihr eigenes mit dem fruchtigen Wein. Frank blieb bei seinem katalanischen Bier. Jörg, Mitte vierzig und wie die meisten Bass-Gitarristen ein eher introvertierter Typ, hob als erster das Glas und ergriff in einer für ihn vollkommen untypischen Weise das Wort: »Auf unsere neue WG. Wäre toll, wenn wir fünf hier eine super Zeit hätten.«

»Das hoffe ich auch«, stimmte ihm Wolf zu. Er war mit 55 der Älteste der Gruppe und mit seiner langen dunkelbraunen Matte und dem lila Stirnband so etwas wie der letzte Hippie von Cala Figuera. »Das ist ein klasse Projekt in einem Wahnsinnshaus. Kommt mir jetzt schon vor wie ein gelebter Traum.«

»Und wir müssen noch nicht mal im Düsteren träumen. Hoch die Tassen auf unseren Technik-Beauftragten!«, griente Frank Richtung Jörg, der als gelernter Elektriker mittels eines klapperigen Notstrom-Aggregats, das ständig mit Diesel gefüttert werden musste, den notwendigen Saft für die Wohngemeinschaft organisiert hatte. »Ohne Strom wäre das für meinen Geschmack doch etwas zu viel Abenteuer-Urlaub gewesen«, sagte Jörg, der mit seinen schwarzen lockigen Haaren aussah wie ein Spanier. Passenderweise sprach er sehr gut Spanisch und spielte deshalb sowas wie den Außenminister der Gruppe. »Abende nur bei Kerzenlicht, kein Fernseher, keine Musik-Anlage, keine Waschmaschine und kein Kühlschrank. Ich habe keine Lust auf Mittelalter.«

Wolf nickte. »Gestern habe ich noch eine heiße Geschichte mit Strom gehört. Ihr kennt doch den Peter Marthiensen aus Hamburg, der ein Haus nach dem anderen baut und verkauft. Da sitzt doch letzte Woche einer seiner potentiellen Käufer beim Probewohnen in der Hütte und macht sich gerade 'ne Pfanne

Spiegeleier. Und als er so rausguckt, sieht er da draußen am Strommast einen Typ im Blaumann. Der klettert mit seinen Steigeisen den Mast hoch. Der mit den Spiegeleiern fragt sich gerade, was das soll, als am Herd auch schon sämtliche Lämpchen ausgehen. Und natürlich auch die am Kühlschrank inklusive der Tiefkühl-Abteilung. Da hatte ihm der Spezialist von der Gesa-Endesa doch tatsächlich schnipp-schnapp die Stromleitung zum Haus gekappt. Der Stromlose rennt sofort raus und fragt, was das soll. Und dabei kommt raus, dass Marthiensen vergessen hat, für das frisch gebaute Haus die Umstellung von Baustrom auf normalen Strom zu beantragen. Da schickt dir der Energieversorger nicht etwa einen höflichen Brief, nein, der kommt sofort mit der Kombi-Zange. Die mallorquinische Lösung, hart und ungerecht.«

»Und?«, fragte Sabrina. »Wie ging's weiter? Wie lange hat es gedauert, bis der Typ wieder Strom hatte?«

»Nur 'ne Stunde«, lachte Wolf. »Peter kam gleich angerast und hat schlicht den Saft vom Nachbarn angezapft. Obwohl der gar nicht da war und gefragt werden konnte. Auch später haben sie ihn nicht informiert. Peter meinte nur: ›Der hat mich beim Bauen oft genug geärgert.‹ Da kam dann einfach der Strom für ein paar Wochen vom lieben Nachbarn.«

»Uns kann die Gesa jedenfalls kreuzweise, wir sind autark. Und unseren eigenen Brunnen haben wir auch.« Das war die piepsige Stimme von Gabi, der Beauty-Queen der WG. Hohe Wangenknochen, leicht asiatische Gesichtszüge, lange Model-Beine, und blond war sie auch noch, blonder ging's nun wirklich nicht. Jörg war ihr langjähriger Partner, der im tiefsten Innern immer noch nicht glauben konnte, dass sich ausgerechnet die schönste Frau westlich des Urals für ihn, einen Mann mit dicker, kartoffeliger Depardieu-Nase entschieden hatte. Aus Angst, dass ein anderer, wesentlich attraktiverer Mann seine schmutzigen Finger nach dem blonden Schatz ausstrecken könnte, war er in ständiger Alarmbereitschaft. Vielleicht wäre das sogar Fränkie, der Super-Rockstar?

Diesen Verdacht hatte Jörg schon lange, obwohl er bislang auf keinem konkreten Anlass beruhte. Gabis Gedanken kreisten momentan sowieso nicht um erotische Abwege, sondern um die Wasserversorgung. »Ich habe es euch ja schon gesagt: Fangt bloß nicht an, das Brunnenwasser zu trinken. Ich bin da sehr misstrauisch. Waschen geht, die Wäsche und euch selbst. Aber für alles andere nehmen wir besser die Fünf-Liter-Flaschen von Eroski oder Lidl.«

»Ja, Mutti«, säuselte Frank, »aber nur, wenn du die Wasserbeauftragte bist. Du hast doch immer den besten Blick dafür, wo es die billigsten gibt.« Ähnlich wie Sabrina hatte sich Gabi ein großes Herz für Franks Frechheiten antrainiert.

»Kann ich gerne machen, denn alles, was über einen Euro geht, wäre in diesem Fall rausgeschmissenes Geld.«

»Jetzt aber Schluss mit dem Organisations-Mist«, grätschte Sabrina dazwischen. »Mach mal Musik an, Fränkie, heute iss Party und sonst nix. Ein Haus ganz oben auf dem Felsen über der Steilküste, ein Märchen aus dem Postkartenland. Wenn das mal kein Anlass ist, die Kuh so richtig fliegen zu lassen, weiß ich auch nicht. Den ganzen banalen Kram können wir ab morgen erledigen.« Da waren sie sich nun wirklich alle einig. Scheiß was auf die Feinheiten der Wasserversorgung, auf Brunnenwasser mit Kalk und Salz und vielleicht sogar einer ganzen Armee von Legionellen – jetzt stand nichts anderes auf der Tagesordnung als gepflegtes Abfeiern, der alkoholträchtige Startschuss in eine gemeinsame Zukunft am Cap des Moro. Frank steckte die »Babyshambles« mit ihrem psychopathischen Bandgründer Pete Doherty in den CD-Schlitz, und schon gruben sie miteinander das verschüttete Gefühl von Freiheit und wildem Rock'n'Roll aus. Eine Gruppe unterschiedlicher Menschen mittleren Alters, deren einigendes Band ihre deutsche Herkunft und ihre ungewöhnlichen, meist problembeladenen Biografien waren. Alle waren in das idyllische Fischerdörfchen Cala Figuera verliebt. Ihr Leben in der deutschen Heimat hatte sich auf der Minus-Skala zwischen Frust und Desaster abgespielt. Jetzt suchten die WG-Mitglieder einen Neuanfang im Südosten Mallorcas.

Frank, Jörg, Gabi, Sabrina und Wolf gehörten auch nicht zu den Reichen und Schönen, die sich eine Residenz am Mittelmeer samt erfrischendem Geldbad am Morgen leisten konnten. Für alle fünf hatte das Schicksal oder das persönliche Unvermögen eine materielle Existenz auf kleiner Flamme vorgesehen. Nur Frank wähnte sich auf dem verheißungsvollen Weg in finanziell schwindelerregendere Höhen. Und Jörg Schabe, der ein notorischer Spieler war und regelmäßig in den Casinos von Palma und Magaluf gesichtet wurde, sowieso. Besondere Freude bereitete es ihm, Geld in der englischen Proll-Hochburg Magaluf einzusacken. Umringt von rotgesichtigen Briten, die über seine Gewinne staunten. Denn Jörg hatte ein Händchen fürs Zocken. Er war vernarrt in die prickelnde Ungewissheit des Setzens und Wettens. Ihn faszinierten Geschichten wie die von der Fußballmannschaft, die einmal am Gepäckband in Palma mehrere 500-Euro-Scheine in eine Baseball-Cap geworfen hatte, die dem gehören sollte, dessen Koffer als erster heranrollte. Ansonsten war Fußball für Jörg eine fremde, exotische Welt. Dieser Leidenschaft frönte in der WG, wenn auch in überaus passiver Form, nur Wolf Jensen. Geboren in Herdecke vor den Toren Dortmunds gehörte er seit jeher zu den Hardcore-BVB-Fans. Und es war für die anderen immer wieder ein Fest, dem Alt-Hippie dabei zuzusehen, wie er mit einer Tüte Gras vor dem Fernseher lag und die kurzgeschorenen Jung-Leistungssportler beim Kicken beobachtete. Zu Wolfs Füßen lag Franks Hund Palo. Ein brauner und langhaariger Mix aus allerlei Hütehunden, vermutlich Golden Retriever, Labrador und einem Schuss Bearded Collie. Palo war ein friedliebendes, in die Jahre gekommenes Tier, das seinen Namen dem braunen balearischen Kräuterlikör verdankte. Das mit Johannisbrot aromatisierte Gesöff schmeckte mild-aromatisch, war Wolf allerdings zu süß.

Frank wiederum mochte weder Likör noch Fußball. Obwohl sein Geburtsort Gelsenkirchen-Buer alle Signale auf Blau-Weiß und Schalke stellte, hatte Fränkie mit Fußball nicht das Geringste am Hut. In der Schule hatte er deshalb schwer leiden müssen, er selbst sprach von Mobbing. Denn wenn einer in Gelsenkirchen sagt, dass ihm der Fußball am Arsch vorbeigeht, halten sie ihn für etwas weich in der Birne. Oder wahlweise für schwul, was auch nicht gerade liebevoll gemeint ist. »Lasst uns aufs Dach gehen!«, schrie Frank nach einer Weile gegen den Lärm an, den die Babyshambles veranstalteten. »Ich hab noch eine affengeile Silvester-Rakete gerettet. Die zeichnet uns hundertzwanzig Goldsterne in dreißig Sekunden in den Himmel!« Als er sich an Gabi vorbeidrängelte, um das Mini-Feuerwerk aus seinem Zimmer zu holen, strich er, unbemerkt von den anderen, mit der flachen Hand über ihren Hintern. Sie entzog ihren runden Po jedoch blitzartig der frivolen Tätschelei und schickte Frank einen Mord-und-Totschlag-Blick. Es war jetzt Viertel vor neun. Die Sonne, die den Mallorquinern und ihren Gästen den ganzen Tag Freude bereitet hatte, schickte sich an, ins Mittelmeer abzutauchen. Und die mittlerweile angeschickerte Gesellschaft begab sich über die Außentreppe auf die riesige Dachterrasse des Hauses. Sechzig Quadratmeter, mit Terrakotta-Fliesen belegt, ein phantastischer Blick aufs Meer und die bizarre Felsenbucht zur Linken, die über einen halb zugewucherten Fußpfad zu erreichen war. Oberhalb der Bucht, auf der gegenüberliegenden Seite, stand ein unbenutzter Bootsschuppen, und noch ein Stück höher, etwas zurückversetzt, ein Wohnhaus, in dem nur sporadisch Leben herrschte. Vor dem Haus ging die Küste nach einem Fels-Plateau steil in die Tiefe, bestimmt an die dreißig Meter. Rund um das neue WG-Quartier wucherte dorniges Gestrüpp, und vier, fünf krumme, mickrige Pinien bogen sich im mittlerweile stürmischen Wind.

Einmal mehr präsentierte sich der Mai auf Mallorca bei untergehender Sonne ungemütlich und kühl, die 22-Grad-Tageswärme sackte auf Pullover-Temperaturen ab, Erinnerungen an Deutschland im März kamen hoch. »Da, halt mal fest, ich zünd das Ding an.« Es war wie immer: Frank gab die Kommandos, Wolf sollte sie ausführen. »Ich bin doch nicht bescheuert und halt die Rakete fest. Hol doch ’ne Flasche, da stecken wir sie dann rein.«

»Mein Gott, was bist du nur für ein Flower-Power-Weichei«, knurrte Frank, bequemte sich dann aber doch, eine der leeren Rosado-Flaschen als Startrampe aus dem spärlich möblierten Wohnzimmer zu holen. Gott sei Dank verfügte Frank über ein Sturmfeuerzeug, das seinem Namen alle Ehre machte. Die Rakete zischte ab, zog einen goldenen Feuerschweif hinter sich her und setzte hoch oben am Himmel unter den kindlich-freudigen Aaahs! und Ooohs! der Hausbewohner jede Menge güldener Leuchtkugeln frei. »Frohes Neues Jahr!«, jubilierte Jörg, der heute einen fast manischen Überschwang versprühte. »Hast du irgendwas genommen?«, fragte ihn Frank auch prompt, und es klang so, als ob er Jörg seine naive Gründer-Freude über die neue WG nicht gönnte. »Genommen« hatte Gabis Freund, der Drogen verachtete, außer das Glücksspiel natürlich, nur ein wenig Rosado. Trotzdem war er gut drauf. Bis die Party kippte und – im wahrsten Sinne des Wortes – ins Wasser fiel. Sabrina entdeckte es als erste. »Guckt mal, da draußen auf dem Wasser schwimmt was!«

»Da schwimmt immer mal was«, sagte Frank. »Am ehesten ne Ladung Plastiktüten, die irgendwelche Arschlöcher von ihren Yachten geschmissen haben.«

»Das sind keine Plastiktüten, Frank, das sieht eher nach bunter Kleidung aus, vielleicht steckt sogar ein Mensch drin.«

»Scheiße, du hast recht. Ich hol mal das Fernglas.« Frank besaß ein riesiges Fernglas, einfach so, ohne bestimmten Grund. Er war keiner der 20000 Insel-Jäger, die jeden Sommer zuerst auf Kaninchen und dann auf Wachteln, Tauben und Hasen ballerten – oder ein Spanner, wie Gabi beim ersten Anblick des Feldstechers gemutmaßt hatte.

»Das kann doch nicht wahr sein, da schwimmt tatsächlich ein Mensch!«, sagte er, nachdem er wieder zurück auf der Dachterrasse war.

»Und? Schwimmt der, oder treibt er nur auf dem Wasser?«, wollte Jörg wissen.

»Ich glaube, der bewegt sich nicht.«

»Und, was machen wir jetzt?«

»Ich spring da rein und schau nach. Das Meer ist zwar etwas stürmisch, aber es wird schon gehen.« Keiner der vier hätte es zugegeben, um Franks Hahnenkamm nicht noch mehr schwellen zu lassen, aber in Augenblicken wie diesen bewunderten sie ihn. Denn das musste man ihm wirklich lassen: Wenn es in einer prekären Situation darum ging, entschlossen zu reagieren, war er schnell und mutig. Nur Gabi gab zu bedenken: »Guck dir die Wellen an. Das Meer ist nicht ›etwas stürmisch‹. Es ist total gefährlich. Und wahrscheinlich stößt du sowieso nur auf einen Toten, dem du nicht mehr helfen kannst.« Da war sie wieder, Gabis Überängstlichkeit, die oft jedes gesunde Maß sprengte – gelegentlich angereichert mit Anfällen von Verfolgungswahn. Als sie noch mit Jörg in Ganderkesee vor den Toren Bremens lebte, hatte sie sich einmal zwölf Stunden lang im Keller versteckt. Weil ein ihr unbekannter Mann zweimal innerhalb einer Stunde an der Haustür klingelte, sie ihn durch den Spion beobachtete und umgehend als potentiellen Vergewaltiger outete. Der Besucher enpuppte sich Tage später am Telefon als harmloser Versicherungsvertreter, die Vergewaltigung hätte schlimmstenfalls Gabis Konto gegolten.

»Da, halt mal das Glas«, sagte Frank und drückte es der ängstlichen Gabi in die Hand. Fünf Sekunden später hatte er die Jeans abgestreift, das T-Shirt mit den Lynyrd-Skynyrd-Tourdaten von 2007 ausgezogen, und spurtete in Unterhosen über die brüchige Treppe und den felsigen Weg hinunter zur Bucht. Disteln und Dornenbüsche malträtierten seine Waden, aber er nahm es nicht zur Kenntnis. Er hatte nur noch das Ziel, den Menschen zu retten, der dort unten im Mittelmeer um sein Leben kämpfte. Und sollte der den Kampf schon verloren haben, würde er zumindest die Leiche bergen. So war er, der Frank Husniak aus dem Kohlenpott: In ihm wohnte der Lebensretter neben dem Schläger, der witzige Sprüche-Klopfer neben dem dominanten Widerling. Und alle Facetten seiner sprunghaften Persönlichkeit bedurften nur dramatisch wenig Zeit, um einander abzuwechseln. An diesem Mai-Abend hatte Frank die Chance, sich als heldenhafter Lebensretter zu profilieren. Denn als er mit kräftigen Kraulbewegungen das auf- und abtauchende bunte Menschenpaket erreicht hatte, blickte er in durchaus lebendige Augen. Sprühende Lebensfreude war in ihnen allerdings nicht zu erkennen. Guck an, eine Latina, war Franks spontaner Gedanke, nachdem er sich mühsam der Stelle genähert hatte, an der die Wellen die Frau immer wieder überrollten. Sie trug ein auffallend geschmackloses leuchtend grünes T-Shirt mit einem aufgedruckten orangefarbenen Cartoon-Muskelmann, dazu knallrote Shorts. Ihre langen braunen Haare wurden von den Schaumkronen immer wieder durcheinander gewirbelt. Frank kraulte wie ein Wahnsinniger, bis er sie endlich zu packen kriegte. Er rüttelte und schüttelte sie, um ihren Lebensgeistern die Sporen zu geben. Sie blickte ihn in einer merkwürdigen Mischung aus Schläfrigkeit und Panik an. Hübsche braune Augen, dachte Frank und fragte sich, wie er in diesem Augenblick nur solch einen Gedanken haben konnte! Hoffentlich kriege ich sie an Land, hoffentlich behalte ich die Kontrolle, wenn sie anfängt, sich zu wehren. Aber Conchita wehrte sich nicht. Heilige Scheiße! Jetzt hatte er ihr sogar schon einen Namen gegeben. Merkwürdige chemische Reaktionen liefen in so einem menschlichen Hirn im Ausnahmezustand ab. Bis zur Felsenbucht, wo er wieder Grund unter die Füße bekam, waren es vielleicht fünfzig Meter. Als kleiner Junge hatte Frank nur das übliche Seepferdchen geschafft, aber später als Jugendlicher war er mit einem Rettungsschwimmer befreundet gewesen, der ihm langatmig den Unterschied zwischen dem Standard- und Fesselschleppgriff, dem Achselschleppgriff und dem Kopfschleppgriff erklärt hatte. Genervt hatte sich Frank nur gemerkt, dass er im Falle eines Falles von hinten die Hände unter das Kinn des Ertrinkenden legen und ihn dann im Rückenschwimm-Modus an Land transportieren musste. Vorausgesetzt, er hatte überhaupt die Absicht, quasi-professionell vorzugehen.

Aber Frank wollte immer und in allem Profi sein. Er packte Conchita von hinten mit beiden Händen am Kinn und bemühte sich, ihr dabei nicht die Luft abzudrücken. Widerstand oder gar aggressive Abwehr-Reaktionen kamen nicht, und leicht war sie auch. Höchstens fünfzig Kilo, schätzte er. Einfach war die Rettungsaktion dennoch nicht. Die Wellen krachten ihnen immer wieder ins Gesicht und beförderten Salzwasser in Münder und Nasen. Schluck nicht zu viel, Conchita, das Meer will dich umbringen, das lassen wir einfach nicht zu! Frank hatte keinerlei Zeitgefühl, alle paar Sekunden bezweifelte er, dass er die überschaubare Strecke bis zur Bucht mit der Frau im Schlepptau überhaupt schaffen würde. Doch die Wellen waren ihnen nicht nur feindlich gesonnen, peinigten sie nicht nur mit brechenden Kämmen und Schaumkronen, sondern trugen sie auch Richtung Land, unterstützten Franks Schwimmbewegungen.

Jörg, Gabi, Sabrina und Wolf auf der Dachterrasse hatten die Rettungsaktion zunächst regungs- und sprachlos beobachtet. In der Dämmerung konnten sie zwar nicht alle Details erkennen, aber Gabi sah durch das Fernglas, wie sich Frank mit der Geretteten im Schlepptau Meter um Meter der rettenden Bucht näherte. Seine Schwimmbewegungen hatten fast schon einen gleichmäßigen, ruhigen Rhythmus angenommen, da geschah es: Durch einen besonders heftigen Brecher gerieten beide für drei, vier Sekunden unter Wasser. Die Frau rutschte Frank aus den Armen. Wo ist sie?!, schrie er in Gedanken, als er den Kopf wieder aus dem gurgelnden Wasser streckte. Ich hab sie verloren, es war alles vergebens. Verdammt! Aber dann, nach ein paar frustrierenden Sekunden, als er schon ohne die Frau durch das schaumige Wasser an Land schwimmen wollte, sah er nur wenige Meter von sich entfernt das orange-grüne T-Shirt. Dein schlechter Geschmack ist also doch zu etwas gut, Conchita! Sein zynischer Humor verließ ihn nie, wahrscheinlich hätte er sich sogar noch in Guantanamo oder einem nordkoreanischen Arbeitslager Bahn gebrochen. Drei heftige Kraulstöße, ein energischer Griff, und die junge Frau, jetzt erschreckend leblos mit geschlossenen Augen, hing wieder in seinem Arm. Franks Freunde hatten den Zwischenfall wegen der zunehmenden Dunkelheit nicht mehr mitbekommen. Es drängte sie, etwas zu tun.

»Kommt«, rief Gabi, »wir laufen an den Strand! Vielleicht können wir helfen. Hier oben länger dumm rumzustehen, bringt gar nichts.« Sie hasteten im Pulk den Pfad hinunter. Sabrina, die noch nie durch geschmeidige Bewegungen aufgefallen war, stieß mit dem Knie an eine spitze Felskante und zog sich eine blutende Wunde zu. Als die vier unten angekommen waren, sahen sie, dass Frank die Rettungsaktion fast zu Ende gebracht hatte. Er war nur noch ein paar Meter von der Bucht entfernt und musste aufpassen, mit seinem Schützling nicht gegen einen der vielen aus dem Wasser ragenden Felsen geschleudert zu werden.

Da tat Wolf, der Hippie, etwas, das keiner von ihm erwartet hätte. Er hüpfte im Slalom durch die Felslandschaft, und das mit einer federnden Leichtigkeit, die nur durch bewusstseinserweiternde Substanzen erzeugt worden sein konnte. Als die beiden durch den Kampf mit der Wasserkraft gebeutelten Körper schon zum Greifen nah waren, rauschte noch einmal eine derbe Welle heran. Wolf, der jetzt schon bis zum Bauch in der Nässe stand, machte einen Hechtsprung nach vorne und bekam Frank und die Frau gerade noch zu packen, bevor die Wassermassen über der Dreiergruppe zusammenschlugen. Dann entließ sie das Meer aus seiner Umklammerung. Wolf nahm Frank die Frau ab. Behende wie eine Kletterziege trug er sie an Land und legte sie auf einem der ersten trockenen flachen Felsen ab. Frank, der hinterher gewankt kam, war zwar fix und fertig, übernahm aber sofort wieder das Kommando.

»Leg sie auf die Seite!«, brüllte er und fing gleichzeitig an, nach Luft zu schnappen. »Stabile Seitenlage, verdammt nochmal, stabile Seitenlage!« Und, zu Sabrina und Gabi: »Holt mal ein paar Handtücher und Decken. Wenn sie durchkommt, soll sie sich nicht gleich 'ne Lungenentzündung einfangen.« Die Frau lag jetzt seitlich auf dem harten Felsen. Ihr Brustkorb hob und senkte sich nicht. Zumindest ließ sich in der Dunkelheit keine Bewegung erkennen. Jörg griff nach ihrem Handgelenk und fühlte nach ihrem Puls. Frank rief den beiden Frauen noch hinterher: »Bringt meine Taschenlampe mit, die liegt in der obersten Schublade von meinem Schrank.«

»Ihr Puls tuckert ganz schwach und sehr langsam, aber er ist da«, meldete sich Jörg, »die kriegen wir wieder hin, die hat richtig Glück gehabt.«

»Ich weiß nicht, ob sie das auch so sieht. Ich nehme an, dass sie nicht rein zufällig ins Meer gefallen ist, sondern sich bewusst ins Jenseits befördern wollte. Da werden sich ihre Glücksgefühle in Grenzen halten.«

»Scheißegal, du hast sie jedenfalls gerettet. Irgendwann wird sie dir dankbar dafür sein.«

»Abwarten, Jörg, erfahrungsgemäß fliegt mir nur ganz selten die Dankbarkeit meiner Mitmenschen zu. Aber guck mal da!« Conchita hatte die Augen aufgeschlagen. »Hey, Braunauge«, sprach Frank sie an, »wieder unter den Lebenden?« Braunauge oder Conchita bekam einen gewaltigen Hustenanfall und spuckte einen Riesenschwall Wasser auf den Felsen. Dann waren die Augen wieder zu. »Jörg, du sprichst doch so gut spanisch, frag sie doch mal nach ihrem Namen. So, wie sie aussieht, kommt sie nicht unbedingt aus Wanne-Eickel oder Pinneberg.« Jörg näherte seinen Mund ihrem rechten Ohr. »Hola, cómo te llamas?« Die Frau murmelte irgendwas, aber der Wind und ihre verwaschene Aussprache machten es unmöglich, ihre Antwort zu verstehen. »Na gut«, sagte Frank, »dann nenn ich dich eben weiter Conchita. Passt ganz gut zu dir, denke ich.«

»In der steckt noch Leben drin, da bin ich hundertprozentig sicher. Auch wenn sie wahrscheinlich sehr geschwächt ist.«

»Ja, Herr Doktor, da stimme ich Ihnen voll und ganz zu. Wenn die Mädels mit den Decken kommen, packen wir sie ein und bringen ihren Körper wieder auf Normal-Temperatur.«

Wolf, der Woodstock-Veteran auf Speed, stand die ganze Zeit dabei und sagte kein Wort. Er war auf seinem persönlichen Temperaments-Thermometer von der außergewöhnlichen Zehn wieder auf die übliche Drei zurückgefallen. Vielleicht fror er aber auch nur, denn er war komplett bekleidet ins Wasser gesprungen und stand jetzt zitternd im kalten Wind. »Wisst ihr was, ich renn schnell nach oben. Sonst hol ich mir hier noch den Tod. Ihr braucht mich ja im Augenblick nicht mehr, oder?«

»Iss okay, du Zitteraal«, grinste Fränkie, fügte dann aber anerkennend hinzu, »du hast dich hier unten vorbildlich geschlagen. Da nehmen wir gleich noch einen drauf, Alter.« Gabi und Sabrina kamen mit einem Stapel Decken, wickelten ihren unerwarteten Gast darin ein und warfen dem bibbernden Wolf noch ein Badehandtuch über den Oberkörper. Dann marschierte die merkwürdige Prozession – Frank und Jörg trugen die Frau vorsichtig den steinigen Hügel hinauf – zurück ins besetzte Haus. Vom flackernden Strahl aus Fränkies Taschenlampe begleitet, stellten sie oben angekommen fest, dass sie Besuch bekommen hatten: Lissy und Jacko wollten es sich genauso wenig nehmen lassen, bei der House-Warming-Party vorbeizuschauen, wie der Kneipen-Besitzer Costa und seine Gattin Carla. Allerdings wurden sie mit einem atypischen und vollkommen unlustigen Partyknaller begrüßt: eine dem nassen Tod gerade noch entronnene Latina, deren südländischer Teint momentan stark ins Grünlich-Weiße changierte.

Frank, Jörg und Wolf präsentierten sich den Gästen ebenfalls in einem ziemlich derangierten Zustand, der dem Anlass ihres Kommens in keiner Weise entsprach. Auch wenn es sich um keinen Dinner-Empfang im Golfclub Son Gual handelte. Patschnasse, mit Algen und Tang überzogene Klamotten, Schürfwunden an Armen und Beinen – es gab eine Menge Klärungsbedarf. Den befriedigten Gabi und Sabrina, nachdem sie die gerettete Frau in Franks Zimmer abgetrocknet und in warme Kleider gesteckt hatten. »Ich glaube, sie ist entsetzlich erschöpft. Vielleicht sollten wir sie vorsichtshalber ins Krankenhaus nach Manacor fahren?« Bis nach Manacor waren es knapp dreißig Kilometer, mit dem Auto eine halbe Stunde; die Alternative hieß Palma mit seinen sehr gut ausgestatteten Kliniken, teilweise sogar mit deutschem Personal, aber fünfzig Kilometer weit entfernt und nur bei günstigen Verkehrsverhältnissen innerhalb einer Dreiviertelstunde zu erreichen. Speziell die furchtsame Gabi empfand die längere Strecke bis zur medizinischen High-Tech-Versorgung als Damokles-Schwert, das ständig über ihrer zerbrechlichen Gesundheit schwebte.

»Ach was, sie macht nicht unbedingt den Eindruck, als würde sie in Lebensgefahr schweben.« Und auch Sabrina, die als medizinische Autorität galt, weil sie aus einem Arzt-Haushalt stammte, meinte: »Sie ist zwischendurch immer wieder mal wach, der Puls ist da, sie ist ansprechbar. Wir gucken einfach regelmäßig nach ihr, und sollte ihr Zustand sich verschlechtern, sie beispielsweise für einen längeren Zeitraum wegsacken, können wir immer noch die Reißleine ziehen.« Sie lagerten jetzt zu neunt um den wuchtigen braunen Couchtisch im Wohnzimmer herum, einige auf dem schwarzen Ledersofa, die anderen auf Kissen am Boden. »Mensch, Fränkie«, griente Jacko, »du musst dich hier als Gelsenkirchener doch ganz besonders wohl fühlen. Die Möbel in der Hütte sind doch absolut dein Stil.« Frank, immer noch unter Adrenalin, wollte schon an die Decke gehen, kriegte dann aber gerade noch die Kurve.

»Tja, unser spanischer Freund, der vor uns hier gewohnt hat, hatte eben einen exquisiten Geschmack.« Alle Möbel waren dunkel und wuchtig, die meisten braun, und hatten vierzig, fünfzig Jahre auf dem Buckel, eine gewisse stilistische Nähe zum Gelsenkirchener Barock war nicht von der Hand zu weisen. Aber immerhin befanden sich überhaupt Möbel im Haus, das schonte ihre schmalen Budgets.

»Woher wisst ihr eigentlich, dass es ein Spanier war?«

»Wissen wir ja gar nicht so genau. Wir haben den nur ein paar Mal zufällig hier oben rumlaufen sehen, und er sah schon verdammt spanisch aus. Auch die Möbel sprechen dafür.« Tatsächlich stellten viele Mallorquiner ihre alten Tische, Schränke und Betten im muffigen Stil der 60er Jahre in ihre Ferienhütten. Und die bekannte mallorquinische Sparsamkeit – schärfer formuliert: der unbändige Geiz – ließen einen Möbeltausch frühestens in der dritten Generation zu. Sabrina ging in die Küche, füllte zwei Tüten Chips in eine Schüssel und öffnete eine weitere Flasche Rosado. Dabei stellte sie entsetzt fest, dass im Kühlschrank nur noch zwei weitere Einheiten des rosaroten Stoffs auf ihre Vernichtung warteten. Sie sagte den anderen aber vorsichtshalber nichts von dem drohenden Alkoholnotstand.

»Costa«, wandte sie sich stattdessen an den Kneipier aus Cala Figuera, »wer macht denn heute die Theke, wenn ihr beide ausgeflogen seid? Habt ihr Mario und Wulf noch unter Vertrag?«

»Genau. Die beiden Jungs schmeißen den Laden. Machen die doch seit Jahren, das weißt du doch. Stockschwul und absolut zuverlässig.« Sabrina hätte es nicht gewundert, wenn Costa, der nicht unbedingt als Speerspitze der Liberalität und Toleranz galt, gesagt hätte: »Stockschwul, aber absolut zuverlässig.«

Costas dunkle Haare und die hellenische Hakennase legten eine falsche Spur: Der Wirt war waschechter Franke aus einem Kaff bei Würzburg. In dem Lebensplan, den sein Vater für ihn geschrieben hatte, stand die Übernahme des elterlichen Weinbetriebs ganz oben. Bis zum Ende seiner kaufmännischen Ausbildung hatte Dieter Siebel, so Costas wirklicher Name, den gutbürgerlichen Zirkus auch noch mitgespielt. Dann aber zog er einen radikalen Schlussstrich und ging mit seiner Carla nach Mallorca. Die beiden hatten schon zuvor geheiratet, der spießige Rahmen für eine profitable Karriere in der Weinwirtschaft war gespannt. Aber nein, es musste stattdessen der Traum von einer unangepassten Existenz auf der Sonneninsel gelebt werden.

»Auf Mario und Wulf lass ich nix kommen«, sagte Carla. »Und außerdem: Wann stehen wir denn einmal nicht in der Kneipe? Die wenigen Tage kannst du wirklich dick im Kalender anstreichen.«

»Mein Gott«, fühlte sich Sabrina missverstanden, »ich wollte euch doch kein mangelndes Pflichtbewusstsein unterstellen. Ihr müsstet eigentlich viel öfter etwas unternehmen. Der Laden läuft doch bestens, auch wenn da mal zwei andere den Zapfhahn bedienen.« Carla lächelte.

»Alles easy, Sabrina. Keiner hat was in den falschen Hals gekriegt. Wir freuen uns mit euch über euer neues Zuhause. Lasst uns noch ein Glas nehmen.« Carla hatte sich schon sehr früh entschlossen, ihre Haare in Form einer Badekappe zu tragen. Die Krone-Schmalz-Gedächtnisfrisur. Zusammen mit der Brille im alten AOK-Look, die derzeit bei den Optikern epidemisch über die Ladentheke ging, wirkte ihr hübsches Gesicht fast intellektuell. Der äußere Eindruck täuschte nicht, denn Carla war in der deutschen Szene rund um Santanyí fast die einzige Frau mit Hochschul-Abschluss. Mit beiden Staats-Examina war die Juristin für eine Weile vom heimatlichen Volkach in eine Rechtsanwalts-Fabrik nach Frankfurt gewechselt. Wer das übersteht, will eigentlich nur noch auswandern. Was danach auch passierte.

»Hömma, Carla«, verfiel Frank ganz bewusst in sein Ruhrpott-Idiom. »Hab ich dat richtig verstanden, hast du schon dat Lallerige? Kriss die Wörter nich mehr so richtig hintereinander? Verträgst du nix mehr?« Frank und Carla – da gab´s eine Menge Anziehung, aber auch genauso viel Distanz. Und keiner von beiden hätte sich gewundert, wenn es zwischen ihnen irgendwann eine erotisch-animalische Explosion gegeben hätte. Aber Frank waren kluge Frauen unheimlich. Vielleicht gerade deshalb hatte er sich angewöhnt, ihre prinzipiell gute Beziehung mit seinen Holzhammer-Sprüchen auf die Belastungsprobe zu stellen.

Selbst wenn ich voll hacke wäre«, kam Carlas Konter, »fändest du das doch klasse. Besoffene Weiber sind doch besser rumzukriegen. Meinst du jedenfalls.«

»Jetzt mach doch nicht gleich die beleidigte Leberwurst. Ich gönn dir doch die kleinen rosa Wölkchen.«

»Ich bin total gerührt. Ich glaub, ich kann richtig stolz sein, einen so großzügigen Super-Typen wie dich näher zu kennen.« Carlas Mann Costa warf sich verbal dazwischen, bevor das Gezanke eskalieren konnte: »Jetzt ist es aber gut. Müsst ihr euch denn immer anmachen? Und gerade heute hat er es nicht verdient, Carla. Sich ins aufgewühlte Meer zu schmeißen und eine Frau da rauszuholen, wer traut sich das schon? Aber Fränkie hat sich getraut. Deswegen piss ihn heute mal nicht an.« Frank stand auf, um sich erstmal allen weiteren Gesprächen zu entziehen. Ich muss nach Conchita sehen, dachte er, seit einer halben Stunde war keiner mehr bei ihr. Als er den vom Mond in ein ockerfarbenes Licht getauchten Raum neben dem Wohnzimmer betrat, drehte sich die junge Frau gerade vom Rücken auf die rechte Seite. Sie lag unter Franks dicker Bettdecke und stöhnte leise.

»Bist du wach?«, fragte er sie, zunächst auf Deutsch, dann auf Englisch, weil ihm nicht einfiel, was »wach« auf Spanisch hieß. Englisch verstand sie offenbar.

»Ich bin wach«, sagte sie, immer noch sehr leise, aber in dem ruhigen Raum gut zu verstehen. »Wo bin ich?«

»Du bist in Cala Figuera, in einem Haus am Meer. Und du bist hier ganz sicher. Ich habe dich aus dem Wasser gefischt.« Ihre Augen waren starr auf ihn gerichtet, und Frank sah nur Traurigkeit, keine freudige Erregung, keinen tiefen Dank. »Wolltest du sterben?« Sie zögerte eine Weile und nickte dann wortlos.

»Mir geht es nicht gut. Der Kopf tut weh. Und ich habe Durst.« Frank holte eine Flasche Wasser aus der Küche.

»Du kannst hier bleiben. Es ist mein Zimmer, ich schlafe aber in einem anderen Raum. Wir haben Platz genug im Haus.«

»Gracias.«

»Wenn es dir besser geht, kannst du uns deine Geschichte erzählen. Aber ich will noch zwei Sachen von dir wissen.« Sie nahm einen nicht enden wollenden Schluck Wasser aus der großen PET-Flasche.

»Sollen wir jemanden anrufen? Macht sich einer Sorgen um dich? Und dann möchten wir natürlich gerne wissen, wie du heißt.«

»Ich heiße Talea und komme aus Paraguay. Ihr müsst niemanden anrufen. Es gibt hier keinen, der sich dafür interessiert, was mit mir ist.«

»Wir würden für dich auch nach Paraguay telefonieren, kein Problem.«

»Nein, das ist nicht nötig. Ich habe keinen Kontakt mehr in mein Land.« Frank empfand tiefes Mitgefühl. Das kam selten vor, denn wenn es um andere ging, war sein Inneres meistens emotionales Brachland. Aber angesichts des Häufchen Elends auf seiner Matratze konnte er nicht anders als mit der jungen Frau mitzuleiden.

»Jetzt versuch zu schlafen, Talea. Wir werden uns um dich kümmern. Und wenn du ein Problem hast, komm einfach eine Tür weiter ins Wohnzimmer. Oder ruf nach uns.« Nebenan wurde soeben die vorletzte Flasche Wein geleert. Die Uhr zeigte erst halb zwölf. Doch wegen der peinlichen Getränke-Fehlplanung deutete sich ein frühes Ende der Einweihungs-Party an. Ohne Alkohol keine Fete. Bier war zwar noch reichlich im Kühlschrank, aber für das stufenlose Umsteigen von Wein auf Bier oder gar Schnaps war von den Anwesenden keiner mehr zu haben. Vor zehn Jahren hätte das vielleicht noch anders ausgesehen; aber aus diesem gefährlichen Alter waren sie allesamt raus. Frank verkündete das neueste ärztliche Bulletin: »Es geht ihr nicht gerade blendend, aber sie wird sich erholen. Ärztliche Hilfe braucht sie wohl nicht. Außerdem hat sie mir verraten, dass sie Talea heißt und aus Paraguay kommt.«

»Und warum bist du jetzt rot geworden?« Die Frage kam von Gabi und löste bei den anderen hämisches Gelächter aus. Frank war angestochen. »Zuerst darf ich keinen Spruch übers Lallen machen, und jetzt werde ich auch noch angepupst, weil ich angeblich rot werde wie ein Achtklässler. Was ist los? Was wollt ihr von mir?«

»Fränkie, du bist fix und alle vom Lebenretten und folglich total übersensibel«, schaltete sich Jörg ein. »Wir wollen überhaupt nix von dir. Du musst nur akzeptieren, dass wir dich auch mal hochnehmen. Mit uns machst du das doch ständig!« Während Frank noch schmollte, bellte Wolfs Handy. Er hatte sich als alter Hundefreund täuschend echtes Gebell auf sein Mobiltelefon laden lassen. Palo jedenfalls, der sich in einer Ecke schläfrig zusammengerollt hatte, begrüßte den vermeintlichen Artgenossen auch dieses Mal freudig mit einem lauten Wuff!

»Ja, hallo«, sagte Wolf und folgte der weitverbreiteten Unsitte, sich nicht mit Namen zu nennen. Wolfs Gesicht erstarrte. Er stand auf und ging aus dem Raum, wobei er ernst und fast ängstlich mehrmals: »Ja, ja, ja« und »Okay« sagte. Nicht dieses widerliche amerikanisierte Okay mit dem sinnentstellenden Fragezeichen hintendran, sondern ein schlichtes, bejahendes Okay. So, als bekäme er gerade Anweisungen, denen zu widersprechen, keine gute Idee wäre. Als Wolf nach ein paar Minuten wieder reinkam, sah er blass aus. »Wer war das? Was ist passiert? Warum bist du so bleich?«, wollte Gabi alles ganz genau wissen.

Wolf blaffte sie nur an: »Bist du jetzt Spezialistin für Gesichtsfarben? Der eine ist rot, der andere blass. Vielleicht guckst du selber einfach mal in den Spiegel.« Irgendwie steckte der Wurm in diesem Abend drin. Der Wein war alle, und immer wieder flogen verbale Stimmungskiller durch den Raum. Dabei hatte es doch eigentlich ein fröhliches Hoch-die-Tassen auf die neue Luxus-Behausung werden sollen. Alle Beteiligten spürten, dass es besser war, die sogenannte Party an dieser Stelle langsam ausklingen zu lassen, weshalb es ziemlich genau um Mitternacht zum allgemeinen Aufbruch kam. Die Verabschiedung fiel nicht so überschwänglich aus wie sonst. Drei aus der neunköpfigen Gruppe, die nun in zwei Teile zerfiel, hatten sich für den Rest der Nacht vorgenommen, ihren geschundenen Körpern weiteren Alkohol zuzuführen. Doch während Costa, der Wirt, und Jacko, der Radio-Moderator, an ihrem jeweiligen Zielpunkt noch reichlich fündig wurden, endete der Tag für Wolf im Frust. Er gönnte sich zunächst noch eine Flasche von Fränkies Spezial-Bier. Weitere alkoholische Freuden erschlossen sich ihm jedoch nicht. Zwar entdeckte er bei einer Durchsuchung des Wohnzimmers im Vitrinenschrank hinter einer Flasche scheußlichen Anis-Likörs noch eine Dose Jim-Bean-Cola und kriegte als alter Bourbon-Spezialist gleich das große Glitzern in die Augen. Aber dummerweise ließ sich die Dose nicht öffnen, die Metall-Lasche brach ab, und auch das nachfolgende Geklopfe und Gezerre führten nicht zum gewünschten Ergebnis. In dieser Nacht war für Wolf kein Whiskey-Cola mehr vorgesehen. Er entschloss sich, seinen exklusiven Raum im Souterrain des Hauses aufzusuchen. Über ihm hatten Jörg, Gabi und der Überraschungsgast Talea bereits die Brücke in den Schlaf gefunden. Frank, der auf einer Luftmatratze in Sabrinas Raum nächtigte, unterhielt sich noch ein paar Minuten mit seiner Herbergsmutter und schlief dann ziemlich schnell ein.

Kapitel 3

Gang Bang

»She hung my head in a guillotine. She's my flame, she's a wettin' my dream.«
(Aerosmith: »She's On Fire«)

Als Frank Husniak durch die Schinkenstraße an der Playa de Palma spazierte, kamen Erinnerungen in ihm hoch. Der richtige Name der Straße lautete: Calle Padre Bartolomé Salvá, aber wer konnte das schon nach fünf Litern Bier und ein paar Beschleunigern korrekt aussprechen? In der Schinkenstraße, im »Bamboleo«, hatte er Gabi und Jörg kennengelernt. Das war jetzt fünfzehn Jahre her. Damals kam er noch als Tourist nach Mallorca und machte für drei, vier Tage Party im Dauersuff am Ballermann. Das war heute überhaupt nicht mehr sein Ding, und das Angebot »Wodka-Lemon-1 Liter-9 Euro« auf der gelben Papptafel vor dem Lokal ließ ihn nur süffisant lächeln.

Mit dem Pärchen aus dem niedersächsischen Ganderkesee war er bei rund 1,5 Promille rein zufällig ins Gespräch geraten. Die beiden wohnten zu diesem Zeitpunkt bereits in Cala Figuera, einem Ort, von dessen Existenz Fränkie nichts wusste. Er kannte nur den Flughafen, die Gegend rund um den Ballermann und die touristischen Trampelpfade in Palma. Gabi fielen an diesem Abend zwei Dinge auf: dass Frank ein witziger Typ war, der auf jeden Spruch gleich wechseln konnte; und dass sein Gesicht so fahl wie hellgrauer Toilettenstein war.

»Du hast die Sonne aber dringend nötig«, sagte sie zu ihm. »Ist es denn in Gelsenkirchen den ganzen Tag über so düster wegen Smog?« Frank kommentierte die Bemerkung nicht, sondern dachte sich nur: Wenn du zwanzig Monate im Knast gesessen hättest, Baby, dann sähst du auch nicht aus wie nach drei Wochen Dom-Rep.

Ja, sie hatten ihn eingebuchtet. Wegen einer Verkettung unglücklicher Umstände, wie Frank nicht müde wurde, sich selber einzureden. In einer Disko in Essen hatte ihn ein Typ blöd angemacht, und zwar aus einem absolut albernen Grund: Fränkie hatte ganz sittsam, wie er hinterher sagte, mit der Braut des späteren Opfers geplaudert. Der junge Mann missverstand das als obszöne Anmache, beschwerte sich lautstark und fing sich dafür einen Tritt in die Eier und eine brutale rechte Gerade mitten ins Gesicht ein. Daraufhin kippte er wie ein nasser Sack hintüber und schlug mit dem Kopf auf dem Steinboden auf. Vier Tage später war er tot. Da war dann Schluss mit den Bewährungsstrafen. Es hatte schon zwei einschlägige Urteile gegen Frank gegeben, beide mit Bewährung, weil er seine Aggressionen nicht unter Kontrolle bekam. Vorzugsweise in Diskotheken, wo der Alkohol regelmäßig die Fäuste unter Dampf setzte. Die Körperverletzung mit Todesfolge in der Disko bescherte Frank eine versiffte Zelle im Essener Knast und bedeutete gleichzeitig das Aus für sein Betriebswirtschaftsstudium in Bochum. Seine Eltern nahmen das Scheitern ihrer auf bürgerlicher Anständigkeit bauenden Erziehung zum Anlass, um mit ihrem Sohn endgültig zu brechen.

»Wir wissen nicht mehr weiter. Was haben wir nur falsch gemacht?«, jammerte sein Vater und verpuppte sich in einem Kokon aus Selbstmitleid, wie es sein Sohn nicht besser hingekriegt hätte. »Wir haben alles versucht. Es ist so schade um ihn, mit seiner Intelligenz hätte er es zu was bringen können.« Tatsächlich war Frank ein schlaues Kerlchen, leider fehlten ihm jedoch ein paar andere Eigenschaften, um ein Leben in Wohlstand und Zufriedenheit zu führen. Eine Mischung aus Faulheit, grenzenlosem Egoismus und der Hang, Konflikte gewalttätig zu lösen, warfen ihn ständig aus der Bahn. Wenig hilfreich war auch seine Weigerung, sich irgendwelchen gesellschaftlichen Normen anzupassen. Ein Umstand, der heftig mit dem Lebensstil der Eltern kollidierte; die wollten nämlich unter keinen Umständen auffallen und legten großen Wert darauf, immer schön auf der Straßenmitte zu fahren. Das hing auch mit dem Beruf von Franks Vater zusammen: Während die Mutter nach der Aufzucht der beiden Kinder – Frank hatte noch einen fünf Jahre jüngeren, braven Bruder – wieder die Kindergartentante gab, bekämpfte Papa bei der Gelsenkirchener Kripo das Verbrechen. Gott sei Dank nicht die Gewaltkriminalität, sondern die Einbruch-Seuche; sonst hätte womöglich eine innerfamiliäre dienstliche Konfrontation gedroht.

Die polizeilichen Wertevorstellungen bestimmten auch das Privatleben der Husniaks. Es wimmelte nur so von Verbotstafeln und Ordnungsprinzipien, die einfach nur da waren und nicht näher begründet wurden. Andererseits wurde zu Hause eine gepflegte Standpunktlosigkeit gepredigt, sobald die Gefahr einer abweichenden, unbequemen Meinung drohte. Echte Probleme wurden mit Worthülsen auf der Müllkippe des Einerseits-Andererseits entsorgt. Jenseits von »Geh doch mal zum Friseur« oder »Zieh dir mal 'ne anständige Hose an« fehlten in Franks Kindheit und Jugend alle Orientierungs-Bojen, die ihm den richtigen Weg zwischen Duckmäuserei und brachialer Gewalt aufgezeigt hätten.

Franks Reaktion auf die spießige und verlogene Welt seiner Eltern war nicht der aufrechte Gang, sondern die Rebellion mit Schlägen und Tritten. Tagsüber Schüler und BWL-Student, abends und am Wochenende ein übler Schläger. Und das, ohne von seinen Eltern jemals vermöbelt worden zu sein. Die Schuld für seine Ausraster gab Frank niemals sich selbst, sondern immer anderen, der Gesellschaft oder seiner falschen Erziehung. Die Kunst, die eigene Verantwortung empört zu verleugnen, beherrschte er bereits in jungen Jahren perfekt. Schon als Dreizehnjähriger hatte sich Frank einen besonders kuriosen Knaller erlaubt. Der Vater wollte sich nicht damit abfinden, dass ausgerechnet ein Gelsenkirchener Junge dem Fußball die kalte Schulter zeigte. Er meldete ihn deshalb hinterrücks bei einem der zahlreichen Gelsenkirchener Fußballvereine an. Frank maulte zwar, ging aber zum Training. Und als er merkte, dass er Talent hatte, machte ihm das Gekicke sogar richtig Spaß. Der wurde ihm aber durch den dominanten Trainer vergällt. Der Mann machte ihm ständig Druck und schreckte auch vor üblen Beschimpfungen nicht zurück. Als er Frank aus einem nichtigen Anlass heraus anbrüllte und ihn als »faule Sau« titulierte, legte der sich den Ball zurecht und zielte auf den Kopf des Übungsleiters. Er traf mit voller Wucht die rechte Schläfe, der Trainer fiel um und erlitt eine Gehirnerschütterung. Damit war die Fußball-Karriere des kleinen Frank Husniak abrupt zu Ende. Und nie wieder wollte Frank, weder aktiv noch passiv, irgendetwas mit Fußball zu tun haben.

Die Eltern waren angesichts der Irrwege ihres Sohnes vollkommen verstört und verstanden die Welt nicht mehr. Frank kokettierte mit seinem üblen Ruf. Jeder hat die Wahl, ob er sich mit mir anlegen will oder nicht, sagte er. Wenn einer um Schläge bettelt, kann ich schlecht Nein sagen. Die Monate im Knast sorgten allerdings für eine leichte Korrektur seiner rigiden Einstellung. Er saß mit drei unerträglichen Typen in einer Gemeinschaftszelle: einem glatzköpfigen Kraftpaket mit Kolibri-Hirn, dessen Hobby das Berauben von Trinkhallen war, einem ewig grinsenden Scheckkarten-Betrüger und einem sehr smarten, sehr brutalen albanischen Mädchenhändler. Die ideale Besetzung für einen gemütlichen Doppelkopfabend. Nach der Entlassung stand Franks Entschluss fest, dieses Low-Budget-Hotel künftig zu meiden. Da kam ihm die Bekanntschaft mit den beiden Mallorca-Residenten gerade recht. Sie wiesen ihm den Weg zu einem Neustart. Zwar nur mit einem Job als Hausverwalter, der weit unter seinen intellektuellen Möglichkeiten lag, und der ihn auch finanziell gerade mal über Wasser hielt. Aber Frank war zum ersten Mal in seinem Leben rundum zufrieden, fast schon glücklich, was er wie ein Wunder empfand. Das hing hauptsächlich mit den Menschen zusammen, die ihn umgaben. Jörg, Gabi, Costa, Jacko und die anderen hatten, wenn überhaupt, nur eine dunkle Ahnung von seinem Vorleben. Sie akzeptierten ihn inklusive seiner dominanten Anwandlungen. Und überhaupt – so glaubte Frank, bevor er etwas intensiver hinter die Kulissen guckte – waren hier auf Mallorca alle wesentlich lockerer und leichtfüßiger unterwegs als im problembeladenen Deutschland. Mit fliegenden Fäusten hatte Frank auf der Insel abgeschlossen.

Nur ein einziges Mal, als ihn in Costas Kneipe ein besoffener Tourist wegen seiner Rockstar-Aufmachung bis aufs Blut provozierte, rutschte ihm die Hand aus. Der Schlag kam immer noch hammermäßig, das Nasenbein dieser Witzfigur aus dem Pfälzer Wald überlebte die Attacke denn auch nicht, aber Frank war nicht mehr stolz drauf. Das wilde Tier in mir schläft, dachte er oft, vielleicht wacht es ja nie mehr auf. Er war tatsächlich ruhiger geworden, zumal er sich auch in seiner wilden Rolle als Rocksänger austoben konnte. Ein gesetzestreuer Bürger war er aber deshalb noch lange nicht. Denn er pflegte außerhalb von Santanyí noch ein paar weniger harmlose Kontakte. Genau die sollten heute mal wieder bedient werden.

Frank passierte den riesigen »Bierkönig«, einen an den Seiten offenen Sauftempel, in dem auf 3 800 Quadratmetern jeden Tag systematisch Milliarden von Gehirnzellen zerstört wurden, immerzu untermalt von den derzeit aktuellen grausig-schönen Ballermann-Hits.

»Ey, Schätzken, komm doch zu uns«, grölte es von einem Steh-Tisch am Bürgersteig-Rand. »Die Peggy findet dich total scharf. Trink einen mit!« Eine Gruppe angeschickerter Ladys in Franks Alter war auf seine auffällige Matte und sein Indianer-Gesicht aufmerksam geworden. Sie trugen alle das gleiche goldfarbene T-Shirt mit dem Aufdruck »Papa iss zu Hause!« Während Papa zu Hause in Deutschland die Kohle ranschaffen musste, durfte Mama sich auf Mallorca so richtig austoben. Und Frank hatten sich die saufenden Muttis als Sex-Sklavinnen ausgeguckt. Eine Dicke mit kurzen blonden Haaren schmiegte sich wankend an das potentielle Opfer.

»Du bist aber wirklich ein ganz Süßer«, säuselte sie mit schwerer Zunge. Die anderen lachten schallend. »Wir haben hier ganz schlimmen Frauen-Überschuss, du musst also was für die Männerquote tun.« Frank waren solche alkoholischen Vergnügungen nicht grundsätzlich zuwider, dabei konnte man schon Spaß haben. Aber auf das verfügbare Frauen-Material kam es auch an. Und hier und heute wurde ganz großer Sport geboten!

»Hier iss unsere Peggy, die hat eben Riesen-Augen gekriegt, als sie dich gesehen hat.« Peggy, mit zerzauster blonder Mähne und lasterhaften roten Lippen ganz auf Luder getrimmt, lächelte das verführerischste Lächeln, zu dem sie fähig war, sagte aber nichts. »Mensch, ihr seid aber gut drauf«, grinste Fränkie, »euch haben sie ja richtig von der Kette gelassen.« Die Dicke zapfte ein Glas Wodka-Tonic aus dem Zwei-Liter-Glaskolben und bot es Frank an. »Komm, Junge, stoß mit uns an. Auf dich haben wir den ganzen Nachmittag gewartet.« Frank stellte sich kurz die alte Streitfrage, was wohl schlimmer sei, betrunkene Frauen-Rudel oder alkoholisierte Männer-Trupps. Wie auf Kommando knallte jetzt der aktuelle Top-Song aus den Boxen: »Scheiß drauf – Malle ist nur einmal im Jahr«. Und die ganze Gruppe stimmte ein: »Olé, olé und schalala!«

»Nee, lasst mal gut sein.« Frank schob die Hand mit dem Glas zur Seite. »Ich hab noch einen dringenden geschäftlichen Termin. Heute gilt Arbeitsteilung: Ihr sauft, und ich kümmere mich um meine Karriere.« Dann machte er auf nachdenklich. »Oder eine von euch schiebt mir den Finger in den Arsch. Dann bleib ich vielleicht noch.« Frank spielte auf ein Youtube-Video an, das in der Open-Air-Disko »Megapark« am Ballermann 5 entstanden war, und in dem eine junge Frau im knappen Dirndl auf offener Bühne diese prickelnde Form der Annäherung bei einem betrunkenen Gast praktiziert hatte. Die Damen im Bierkönig hatten jedoch keinerlei Lust auf Prostata-Untersuchungen, sie waren beleidigt und guckten kein bisschen mehr erotisch-einladend.

»Du bist überhaupt nicht so nett, wie wir gedacht haben«, maulte die Wortführerin. »Am besten verpisst du dich einfach. Solche wie dich gibt's hier an jeder Ecke.«

»In der Niederlage zeigt sich die wahre Größe«, konterte Frank und beschleunigte seine Schritte. Im Weggehen schob er noch hinterher: »Und immer schön an die 113 Verbote der Stadtverwaltung denken! Kein Sangria aus 'm Eimer, den Ghetto-Blaster leise machen und nicht mit nacktem Oberkörper inne Kneipe.«

»Wichser!« Dieses derbe Schimpfwort im Chor aus süßen Frauenmündern war fast schon wieder charmant. Der Abschied von der beschwingten Damen-Combo fiel Frank aber schon deswegen leicht, weil er wusste, dass seine Sexualhormone heute noch eine ganz andere Aufforderung zum Tanz kriegen würden. Hinter dem Bierkönig bog er nach rechts ab und steuerte auf ein nur wenige Meter vor ihm liegendes und für die Ballermann-Gegend atypisches kleines weißes Haus mit roten Fensterläden zu. Auf das Flachdach war – wahrscheinlich nachträglich – noch eine zweite Etage gesetzt worden, allerdings nur auf den rechten Teil des Daches. Das Häuschen hätte sich überall auf der Insel gut gemacht. Inmitten der Hotel-Hochhäuser, der Kneipen und der Biergärten an der Playa de Palma wirkte es jedoch wie ein Fremdkörper. Im Vorgarten, mit wenig Bepflanzung und umso mehr pflegeleichten Kieselsteinen und Natursteinplatten, stieg dichter Rauch auf. Und als Frank näherkam, verriet ihm der Duft, dass hier gerade gegrillt wurde. An die zwanzig Männer, jeder mit einer Bierflasche in der Hand, standen vor dem Haus, zwei kümmerten sich um den Grill, der in der Anfeuerungsphase heftig vor sich hin qualmte.

»Da isser ja, dä Rocker aus 'm Ruhrpott«, ertönte ein kölsches Bass-Organ. »Du hast es ja fast auf die Minute genau abgepasst, Jung. Gleich gibt's die ersten lecker Würstchen vom Grill.« Die immer leicht versoffen klingende Stimme gehörte Peter Zoller, der wegen seiner Kölner Herkunft von allen »Pitter« genannt wurde. »Ja, Pitter, das ist Timing. Da merkst du mal wieder, dass du nach mir die Uhr stellen kannst.«

»Sonst würden wir ja auch nicht mit dir zusammenarbeiten, und du nur deine Pools schrubben und fertig.«

»Schönen Dank auch für das tolle Kompliment. Sag mir mal lieber, wo ihr heute das Bier versteckt habt.« Pitter wirbelte seine hundert Kilo blitzartig herum und deutete auf den Hauseingang. »Haben sie dir das Gehirn verkleinert? Dat leckere Kölsch steht schon seit kurz nach 'm Krieg da vorne rechts in dem Riesen-Kühlschrank. Daran hat sich seit fünf Jahren nix geändert. Und du bist doch auch nicht das erste Mal mit dabei, oder?«

»Iss ja gut. Ich gebe dir einen Beratervertrag, weil du einfach alles weißt. Vor allem die wirklich wichtigen Sachen.«

Frank holte sich erstmal ein Bier, bevor er die anderen begrüßte. Pitter mit der dicken Plautze und dem spärlichen Haupthaar wirkte im Hauptberuf als Tontechniker im KraTom-Studio des Produzenten und Gastronomen Tom Kratzer, nachdem er früher lange Zeit beim WDR als Festangestellter für den Ton gearbeitet hatte. Doch irgendwann hatte er, wie viele deutsche Mallorca-Residenten, vom ewig schlechten Wetter und dem beruflichen Hamsterrad die Schnauze voll gehabt und war nach Mallorca ausgewandert. Pitter gab stets den jovialen Kölner; wer ihn näher kannte, wusste aber, dass er eine ganz üble Ratte sein konnte. Es war also kein Fehler, sich über das Geschäftliche hinaus gut mit ihm zu stellen und mehr als eine lose Bekanntschaft mit ihm zu pflegen. Frank bemühte sich jedenfalls nach Kräften, dem beleibten Pitter Zoller nicht auf die Füße zu treten.

»Hey Tom, alter Schnulzen-König, danke für die Einladung, da schau ich doch immer gerne vorbei.« Fränkie prostete einem kleinen Mann mit pechschwarzem, nach hinten gegeltem Haar zu.

»Mein Freund, du bist mir immer herzlich willkommen. Essen, trinken und entspannen. Greif zu und bedien dich.« Tom Kratzer benahm sich ständig wie ein gönnerhafter Pate. Frank fand das lächerlich und sah darin das Imponiergehabe eines körperlich zu kurz Geratenen. Aber, das musste er dem aufgeblasenen Zwerg immerhin lassen: Mit seinen 52 Jahren hatte sich Tom ein kleines Imperium aufgebaut. Sein KraTom-Studio in Portopetro vor den Toren von Cala d'Or genoss einen vorzüglichen Ruf bei den deutschen Werbeagenturen und Hörbuchverlagen. Und für die auf Mallorca ansässigen deutschen Sprecher und Schauspieler war das Studio ein echter Gewinn, sparte es ihnen doch eine Menge Flüge. Musik wurde dort auch produziert. Toms größter Coup auf diesem Sektor war das Comeback des deutschen Alt-Rockers Jingo Marksteiner, den er auf Balladen »mit hohem VGT-Faktor« trimmte, wie er jedermann amüsiert erzählte. »VGT« stand für: vorgetäuschter Tiefgang, und davon gab es in Marksteiners Texten jede Menge, vor allem in seinem Song »Rolli Lover«, der sechs Wochen lang auf Platz eins in den deutschen Charts gestanden hatte.

»Rolli Lover« war eine herzzerreißende Ballade über die Liebe eines achtzehnjährigen Jungen im Rollstuhl zu einer doppelt so alten Frau. Das Lied hatte einen Nerv getroffen und war der Startschuss für Jingo Marksteiners zweiten Pop-Frühling im zarten Alter von fünfundvierzig Jahren geworden. Frank verachtete die schnulzige Ranschmeiße an die Menschen mit Behinderung, die nur auf rührseliges Mitleid setzte. Er begrüßte eine lange, schmale Gestalt mit Nazi-Frisur neben dem Ton-Produzenten, die mit missmutigem Gesicht an ihrem Bier nuckelte.

»Hey, Mirko, iss einer gestorben? Oder bist du sauer, dass es schon wieder kein tschechisches Pivo gibt?« Es war ein Markenzeichen von Mirko Hodmanek, sich bei jeder passenden Gelegenheit über das Fehlen seiner Lieblings-Pilsmarke zu mokieren. »Hovno, echte Scheiße«, raunte er, »dieses komische Bier aus Köln sieht aus, als käme es direkt unten aus Körper, und schmeckt auch so.« Köln sprach er wie Keln aus und Körper wie Kerper, und Frank musste immer unwillkürlich an die Titelmusik der Zeichentrickverfilmung »Die Biene Maja« von Karel Gott denken, wenn er Mirko reden hörte. Aber mit Bienen und Honig hatte der Tscheche nichts am Hut; sein Produkt war wesentlich einträglicher. In Mirkos Heimat, der deutsch-tschechischen Grenzregion rund um das Fichtelgebirge, war es besonders präsent. In Ermittler- und Journalistenkreisen lief der Gebirgszug inzwischen unter dem Begriff »Crystalgebirge«. Mirko schaute sehnsüchtig zum Grill hinüber, selbstverständlich das Edelfabrikat, der Porsche unter den Grills. An ihm wirkten heute die beiden ungekrönten Immobilienkönige der Insel. Frank winkte ihnen zu. So allmählich meldete sich auch bei ihm der Hunger. Die Würstchen – vom deutschen Spitzenmetzger hier auf Mallorca, woher auch sonst? – waren allerdings noch ein wenig blass, genau so wie die Ballermann-Suffköppe nach der Rückkehr in die deutsche Heimat. Frank gesellte sich einstweilen zu einer Gruppe von Männern vor dem Hauseingang, bereute es aber sofort, als er hörte, dass das Gespräch um sein Hassthema Fußball kreiste. Gerade nahmen sie einen unscheinbaren Typ mit schütterem Haar und schwarzer Hornbrille in die Mangel.

»Du bist doch auch einer von diesen Bayern-Erfolgsfans. Vor zehn Jahren hast du allerdings noch geglaubt, der Ball springt, weil da ein Frosch drinsitzt.« Ein Dicker mit Ruhrgebiet-Slang war der Wortführer der Anti-Bayern-Front und erntete hämisches Gelächter. »Vollkommener Blödsinn«, entgegnete der Angegriffene. »Ich sehe seit zwanzig Jahren jedes Bayern-Spiel im Westen und fahre bestimmt sieben, acht Mal im Jahr nach München. Wollt ihr mir tatsächlich vorwerfen, dass mein Verein Erfolg hat?«

»Ja, ja, iss ja gut. Total schlauer Vortrag. Trotzdem: Kennst du den Spruch ›Support your local team‹? Den solltest du dir mal hinter die Ohren schreiben. Dann kämst du als Westfale gar nicht auf die Idee, den Seppels hinterherzulaufen.« Wieder derbes Lachen in der Runde. Frank hätte am liebsten demonstrativ gegähnt. Fußball war das Allerletzte, da hätte er sich sogar noch lieber in die Oper gesetzt und sich »La Traviata« oder 'nen ähnlichen Scheiß angetan. Diskussionen über Bayern-Fans im Ruhrgebiet hatte er sich schon in seiner Jugend bis weit jenseits der Kotzschwelle anhören müssen. In Gelsenkirchen gab es natürlich nur ein Thema: Schaaaalke. Einer, der offen zugab, lieber die exotischen Enten im Teich von Schloss Berge zu füttern, während Schalke spielte, hatte einen schweren Stand. Franks Außenseiter-Rolle war so festgeschrieben wie das ständige Scheitern der Blau-Weißen im Kampf um die ersehnte Meisterschaft.

»Was ist das für ein komisches Geräusch?«, rief jetzt einer der gutgelaunten Männer. »Hat da nicht gerade irgendwas geschwabbelt?« Der freundliche Willkommensgruß galt einer fetten Gestalt, die sich soeben durch das Gartentor zwängte.

»Hallo Luis«, sagte Tom Kratzer. »Wie schön, dass du trotz deiner aufreibenden Geschäfte Zeit für uns findest.« Kratzers beißende Ironie, die oftmals in einer so gewählten Ausdrucksweise daherkam, dass manch einer sie nicht einmal registrierte, war sein Markenzeichen. »Hast du mit deinem bescheidenen Auto einen angemessenen Parkplatz gefunden?«

»Ja Scheiße, mit dem Parken wird es immer schlimmer an der Playa. Ich stehe jetzt in dritter Reihe, genau gegenüber von deinem Cayenne. Schöne Grüße von Kevin außerdem. Der baggert wieder mal die Weiber an, sogar aus dem Auto raus. Als ich ankam, war er gerade dabei, einer bildhübschen Touristin die Reisetasche ins Hotel zu tragen.« Kevin war erstens der größte Womanizer von Mallorca und zweitens Toms Fahrer; der Erfolgs-Produzent konnte sich locker einen Chauffeur leisten. Dafür schlug ihn sein schweißüberströmter frisch eingetroffener Gast aber, was das Prestige des Wagens anging: Luis Pacheca nannte einen – natürlich feuerroten – Ferrari sein eigen. »Ruh dich erstmal aus von der langen Anreise. Ich hol dir ein Bier. Du willst doch eins, oder?«

»Aber claro will ich eins. Und nicht dieses widerliche Buckler, sondern ein richtiges.« Luis spielte auf Kratzers alkoholfreies Lieblings-Bier aus dem Hause Heineken an, das von vielen seiner Freunde als »Katzenpisse« verunglimpft wurde. Pacheca bekam also sein »richtiges« Bier und schnaufte zufrieden. Er brachte einhundertfünfzig mühsam erfressene und ersoffene Kilos auf die Waage. Ihm gehörten drei Bierbars an der Playa, die aber nur als schöne Tarnung für weit einträglichere Geschäfte dienten. Der Spanier fixierte gerade böse einen Gast, der lauthals auf sein Übergewicht angespielt hatte. Schon der Blick reichte, um dem vorlauten Typen eine verlegene Klarstellung abzupressen. »Mensch Luis, das war doch nur Spaß. Soll auch nie wieder vorkommen.« Luis Pacheca wandte sich Frank zu, der wie eine verhungernde Hyäne um den Grill strich. »Na, Fränkie, wie läuft's denn im idyllischen Cala Figuera? Hast du dir schon ein Apartment in der großen, schönen Anlage am Meer gekauft?« »Hast du da deine Finger etwa auch mit drin? Nee, schönen Dank für die Nachfrage. Ich wohne bereits direkt am Meer, aber 'ne ganze Ecke billiger.« »Wenn wir später mal eine ruhigere Minute finden, müssen wir geschäftlich reden. Es gibt Probleme. Offenbar gönnen uns ein paar Jungs unsere Erfolge nicht.«

»Was für Probleme denn? Bis jetzt lief doch alles reibungslos, keiner hat uns gestört.«

»Lass mal gut sein für den Moment. Hier sind mir zu viele Ohren auf Empfang.« Sie prosteten sich und dann Tom Kratzer zu, das Grillgut war mittlerweile auch genießbar, und die üppige Salatbar auf dem Büfett im Wohnzimmer wartete darauf, geplündert zu werden. Allmählich begann sich die Sonne zu verziehen, und es wurde kühl bei Tom Kratzers Herrenabend. Alle drei Monate versammelte sich eine Gesellschaft in Kratzers Refugium hinter dem Bierkönig, die von jedem unbefangenen Beobachter in die Kategorie »halbseiden« eingeordnet worden wäre. Zwar befanden sich auch seriöse Ärzte und Gewerbetreibende mit lückenlosen Steuererklärungen und gesetzeskonformen Hobbys unter ihnen. Einige berufsmäßige Söhne, die ihr Erbe am Mittelmeer verprassten, gaben sich ebenfalls die Ehre. Aber den meisten Figuren, die sich bei Tom tummelten, hätten der Papst und der Dalai Lama sicher nicht die Hand geschüttelt. Der Tonstudio-Inhaber sprach immer hochtrabend von »einem Fest für alle

Sinne«. Sie aßen, tranken, alberten rum, erzählten Anekdoten aus ihrem Berufsleben. Und natürlich die üblichen Weibergeschichten, mit denen in der reinen Männerrunde nach einem »Gibt's ja nicht!« und »Heller Wahnsinn!« geheischt wurde. Als sich ein Gefühl der Sattheit breitmachte, als sie fast alle – bis auf Tom, der ja Buckler trank – die sanften Wellen der alkoholischen Beschwingtheit spürten, erhob Kratzer die Hand und bat um Ruhe.

»Liebe Freunde«, sprach er salbungsvoll wie ein Pfarrer, »jetzt ist wieder der Moment gekommen, in dem wir auch noch andere Bedürfnisse befriedigen wollen, die in uns schlummern. Im ersten Stock geht's ab sofort zur Sache. Aber bitte, es gilt wie immer: kein Gedrängel, keine Hektik. Jeder kommt mal dran und das nicht zu knapp.« Harmlose Gemüter hätten auf einen bereitstehenden Billardtisch oder auf einen improvisierten Zocker-Salon mit Black Jack und Roulette getippt. Aber das war es nicht, was die Herren im Dachgeschoss erwartete, und es ging zu wie immer, wenn es etwas umsonst gab: Der Erste vor Ort war der stellvertretende Chefredakteur der »Insel-Depesche«, eines deutschen Wochenmagazins auf Mallorca. Immer auf der Jagd nach aufregenden News. Und hier oben gab es drei heiße Neuigkeiten zu erkunden: eine schwarze und zwei blonde, drei junge Damen der erotischen Extraklasse, für eine beträchtliche Summe vom ersten Escort-Service am Platz angemietet. Sie lagen in aufreizenden Posen auf einer aus diversen Matratzen zusammengebastelten Spielwiese. Eine Thailänderin, eine Spanierin und eine Slawin aus einem Dorf in der Unendlichkeit der russischen Steppe, die in Sachen Oberweite ganz weit vorne lag. Was sich da in der folgenden Stunde stöhnend, schwitzend und saugend abspielte, läuft bei Fachleuten unter dem Namen »Gang Bang«: Jeder mit jedem, nacheinander und gleichzeitig, übereinander, kreuz und quer, und jeder so oft er will oder kann. Nur der Gastgeber hielt sich formvollendet zurück und überließ seinen illustren und weniger illustren Gästen das Feld der Lüste. Seine persönliche

Befriedigung musste warten; die würde er erst einige Tage später beim Betrachten des Videos in Überlänge haben, das diskret von zwei versteckten Kameras aufgenommen worden war. Zudem wusste man ja nie, ob die derben Sex-Szenen mit den ehrenwerten Protagonisten nicht auch noch in anderen Zusammenhängen nützlich sein konnten. Schau an, der Herr Rechtsanwalt beim Blasen, und guck mal da, der Kommunalpolitiker, immer noch in der Analphase, und erst der Gardist von der Guardia Civil: fünf Minuten am Stück im Doggy-Style, alle Achtung! In Toms Phantasie trieb der Bulle es mit einem Drogen-Schnüffelhund.

Luis Pacheca, der Barbetreiber, wartete nach Toms Aufforderung noch eine halbe Stunde, in der er ein ernstes Gespräch mit Frank Husniak und Pitter Zoller führte, in dem von Kunden und von Vertriebswegen die Rede war. Dann schleppte er seine Kilos ächzend nach oben und orderte mit herrischer Handbewegung die Ost-Lady, die sich gerade von dem Journalisten lecken ließ. Rein technisch betrachtet, bewegte sich Pachecas Sexualleben im unteren Schwierigkeitsbereich; ein Nilpferd hätte ihn bei den Haltungsnoten locker geschlagen. Pacheca ließ sich einfach rücklings auf ein angemessen breites Sofa an der Wand plumpsen. In dieser Position musste sich der Spanier nicht bewegen, während ihn Natascha zuerst mit dem Mund und anschließend mit einem wüsten Ritt befriedigte. Frank war nun auch ins Obergeschoss der Geilheit geklettert. Innerlich platzte er fast vor Lachen, als er die Serviceleistung der Ost-Braut beobachtete. Mein Gott, was ist dieser Luis doch für eine fette Sau, dachte Frank, der muss wirklich mal dringend abnehmen. Schlauchmagenoperation oder so. Mitten im Raum lag die Spanierin auf der Matratze, um sie herum standen vier Männer, die nacheinander ihr Sperma auf ihrem Körper verteilten. Was ist das für eine abgedrehte Situation, schoss es Frank durch den Kopf. Was machen wir hier eigentlich? Das ist ja wie in einem Slapstick. Dann musste er wieder an Peggy, das Möchtegern-Luder aus dem Bierkönig denken.

Stell dir vor, du bist so richtig schön scharf. Denkst nicht an

Liebe oder eine Beziehung, die nackte Libido will sich einfach nur austoben. Ein Phänomen, dessen Existenz die meisten Frauen bestreiten. Oder durch den Psycho-Wolf drehen und als männliche Dominanz brandmarken. Und dann musst du den ganzen langen Abend mit Peggy quatschen, vielleicht sogar noch über ihren Kerl, mit dem nix mehr läuft, der vielleicht ne andere hat. Und danach geht's ab ins RIU-Hotel, und wenn du Pech hast, erlebst du eine Riesen-Enttäuschung. Da ist die Orgie hier doch wesentlich ehrlicher, oder? Also hinein ins Getümmel! Frank kniete sich neben die Spanierin, die gerade von hinten genommen wurde, begann ihre Brüste zu streicheln und ließ sich dann per Fellatio auf Touren bringen. Das heißt, er wollte sich auf Touren bringen lassen. Es funktionierte aber nicht. Sein mündlich zur Erektion aufgefordertes bestes Stück verweigerte den Befehl, kein Schwellkörper wollte schwellen, die Schwanz-Performance ähnelte der eines zu lang gekochten Spargels. Frank schob es zuerst reflexhaft auf die spanische Schlampe, die es einfach nicht brachte.

Dann aber kam er allmählich dem wahren Grund auf die Spur: Auf Franks geistigem Bildschirm war schon nach dem Verlassen der gefährlichen Bierkönig-Zone das Bild der braunäugigen Talea erschienen. Talea aus dem bewegten Meer. Sie hatten sich beim Frühstück unterhalten, größtenteils mit Händen und Füßen, und er hatte so ein merkwürdig warmes Gefühl ums Herz herum bekommen. Scheiße, was bahnte sich da an? Flackerte da so etwas wie Verliebtheit auf? Mein Gott, das passiert einer coolen Socke wie mir. Und aus dem Grund bring ich's dann nicht bei einer spanischen Nutte, das kann doch wohl nicht wahr sein! Da gibt's doch überhaupt keinen Zusammenhang. Und das alles wegen einer Frau, die ich nur flüchtig kenne. Kommt übers Wasser in unsere Behausung geschwebt und verzaubert mich stehenden Fußes. Will ich das überhaupt, soll ich das zulassen oder nicht lieber sofort zumachen? Frank stand auf, zog seinen Slip hoch, ignorierte den erstaunten Blick der Prostituierten und verließ den Raum, in dem es weiterhin heftig und laut zur Sache ging.

»Na, du bist ja heute von der ganz schnellen Truppe, mein Freund«, laberte ihn Tom Kratzer salbungsvoll von der Seite an, als er die Treppe runterkam. »Hat mein Angebot deinen exquisiten Geschmack etwa nicht getroffen?«

»Och lass mal, irgendwie bin ich heute einfach nicht gut drauf. Liegt aber nicht an den Mädels. Die sind voll okay, da hat der Escort-Service ganze Arbeit geleistet.«

»Muss ich mir Sorgen machen? Du bist doch sonst immer ganz vorne, wenn's um die Weiber geht. Soll ich dir einen Kontakt zur ›Apotheken-Umschau‹ machen? Ich kenn da einen Redakteur.« Frank fühlte, wie ihn der Unmut packte, er wollte schon pampig werden. Da hörten sie plötzlich eine heftige Detonation. Ein dumpfes, sehr lautes Wumm, von dem keiner sich zunächst erklären konnte, was es war, und woher es genau kam. »Scheiße, was ist denn da passiert?«, fluchte Kratzer, nun gar nicht mehr der vornehme, ölige Patron. Aus dem Gang-Bang-Zimmer kamen einige von Toms Gästen die Treppe heruntergestürmt, das ekstatische Gebumse war plötzlich nicht mehr so wichtig. Es lag etwas Bedrohliches in der Luft. Nach ein paar Sekunden unheimlicher Ruhe stieg hinter dem Hotel in der Nähe von Kratzers Refugium eine dunkle Rauchsäule hoch. Frank meinte sogar, panisches Geschrei zu hören, vielleicht täuschten ihn seine Sinne aber auch, weil für ihn zu einer Explosion und aufsteigendem Rauch immer auch Entsetzensschreie gehörten.

»Komm mit, Tom«, rief Frank, »wir gehen mal nachschauen! Das hat sich übel angehört.« Die beiden liefen los, drei andere aus der Partyrunde folgten ihnen. Den Ort des Geschehens lokalisierten sie ziemlich rasch in der nächsten Querstraße. Größere Gruppen von Bierkönig-Touristen marschierten ebenfalls Richtung dritte Strand-Reihe. »Hat Pacheca nicht gesagt, dass da sein Ferrari steht? Und dein Wagen doch auch, oder?« Kratzer nickte, stumm und schon ein wenig atemlos. Der Gedanke an die parkenden Autos war ihm auch schon schmerzhaft durch den Kopf geschossen. »Bleib erst mal locker«, hechelte er. »Da gibt's auch noch andere Möglichkeiten. Vielleicht ist ja nur eine Fritteuse in die Luft geflogen.«

»Glaub ich nicht, klang eher nach einer Bombe oder so.« Frank kannte diese Art von Geräusch nur aus Action-Filmen. Aber was sie sahen, als sie um die Ecke bogen, war schreckliche Realität. Hohe Flammen schossen aus einem Auto, das auf der rechten Seite geparkt war. Ein Mann mit einem Feuerlöscher sprühte in einer lächerlich anmutenden Aktion weißen Schaum auf das ausbrennende Fahrzeug. »Das ist meins!« Kratzer war urplötzlich stehengeblieben. Frank drehte sich um und sah Panik in seinen Augen. Er packte ihn am Oberarm und zerrte ihn Richtung Cayenne. »Was ist mit Kevin? Wo ist Kevin? Ist der etwa noch drin?« Bei den letzten Worten überschlug sich Toms Stimme. Er war vollkommen neben der Spur.

Ich bin jetzt derjenige, der die Kontrolle behalten muss, befahl sich Frank. Wir dürfen nicht zu nah rangehen, vielleicht explodiert die Karre auch noch und fliegt uns um die Ohren. Er hinderte Kratzer mit Gewalt daran, einfach weiterzulaufen. »Bleib hier stehen«, herrschte er ihn an. »Wir können sowieso nix mehr machen. Reiß dich zusammen, wir warten erst mal. Das Auto ist sowieso hin.« Kratzer wimmerte jetzt fast. »Hoffentlich ist Kevin noch mit der Tussi, die er angequatscht hat, im Hotel, hoffentlich hat er sie zu einem Café con Leche überredet. Oder sie flach gelegt.« Eine größere Menschenmenge beobachtete nun aus sicherer Entfernung das brennende Auto und die Versuche, die Flammen zum Ersticken zu bringen. Dann hörten sie das näherkommende schnell auf- und abschwellende schrille Heulen spanischer Polizei-Sirenen. Schon bogen drei weiß-dunkelgrüne Nissan X-Trails der Guardia Civil um die Ecke, kurz darauf ein Feuerwehr-Einsatzwagen. Die Feuerwehrleute rückten den immer noch heftig züngelnden Flammen mit einem professionellen riesigen Schaumteppich auf den Leib. Eine Minute später stiegen nur noch dünne Rauchschwaden aus dem deformierten Autowrack, es stank entsetzlich nach verbranntem Gummi und Plastik und ätzend chemisch nach Lösch-Schaum.

Im Innenraum des Cayenne, dessen Seitenfenster auf der Beifahrerseite geöffnet war, lag die verkohlte Leiche eines jungen Mannes, der die Frauen liebte und als Fahrer für den Tonstudio-Besitzer Tom Kratzer gearbeitet hatte. Kevins Mörder hatten sich nicht lange damit aufgehalten, eine komplizierte Bombe zu basteln. Passanten hatten beobachtet, wie ein junger, dunkelhaariger Typ mit einem hellgrauen Kapuzen-Pulli von der anderen Straßenseite auf das Auto zugelaufen war und einen Gegenstand ins Wageninnere geworfen hatte. Wie die Sprengstoffspezialisten der Guardia Civil später herausfanden, handelte es sich dabei um eine Handgranate der belgischen Firma Mecar, die standardmäßig mit der Sprengstoffmischung »Composition B« gefüllt war. Frank Husniak hatte sich, nachdem das Feuer gelöscht war, dem Auto genähert und einen Blick ins Innere gewagt. Was er dort sah, veranlasste ihn, schnell ein paar Schritte zurückzutreten und den schmächtigen Tom Kratzer im Klammergriff am Weitergehen zu hindern.

»Tu das nicht, Tom. Kevin ist tot, und es ist besser für dich, wenn du ihn nicht mehr siehst.« Kratzer schlug die Hände vors Gesicht, die Fassade des souveränen, gönnerhaften Geschäftsmannes war nun komplett in sich zusammengebrochen. Er schluchzte laut und kriegte sich überhaupt nicht mehr ein. Dann schrie er: »Diese Schweine! Wer immer das war, wird dafür büßen müssen.« Frank zerrte ihn vom Anschlagsort weg. Schweigend und langsamen Schrittes gingen sie wieder die Schinkenstraße hinunter. Frank fand als erster die Sprache wieder: »Hast du denn eine Ahnung, wer die feigen Schweine sind?« Tom nickte nur und wischte sein tränennasses Gesicht am Ärmel ab. »Ja, hab ich, aber sicher bin ich mir nicht.« Auch Frank hatte da so seine Vermutungen. Die Polizei stellte Tom später diverse Fragen, die der aber nur höchst lückenhaft beantworten konnte und wollte. Er hütete sich davor, auch nur eine Silbe mehr als notwendig zu reden. Am liebsten hätte er den Bullen ohnehin gesagt, sie sollten sich da raushalten.

Das »Fest für alle Sinne« auf Toms Grundstück hinter dem Bierkönig war abrupt zu Ende gegangen. Einige der Gäste hatten sofort nach der Explosion das Weite gesucht. Die Verbliebenen tranken nur noch schnell und still ein Getränk. Witze riss keiner mehr, niemand protzte mit seinen sexuellen Rekorden, die Frauen hatten sie nach Hause geschickt. Alle waren irritiert und niedergeschlagen. Besonders Kratzers legale Geschäftspartner waren mehr als irritiert und wussten nicht, was sie von dem Anschlag halten sollten.

»Liebe Freunde«, erhob Tom nun die Stimme. »Ich weiß nicht, wer mir da Böses wollte. Oder vielleicht auch meinem Fahrer. Ich bin sehr traurig, dass dieser Abend so endet. Bitte geht jetzt nach Hause. Ich werde alles wieder gut machen. Ihr sollt Spaß haben und nicht mit Blut und Tod konfrontiert werden.« Die noch Verbliebenen verabschiedeten sich daraufhin ohne Worte, und Kratzer ahnte, dass mancher angesichts des Mordanschlags auf Distanz zu ihm gehen würde. Zurück blieben Tom, Pitter Zoller, Luis Pacheca und Frank.

»Was sollen wir jetzt tun?«, eröffnete Pitter das Gespräch, nachdem die vier eine Weile wortlos an ihren Bierflaschen genuckelt hatten. »Ich bin im Augenblick absolut ratlos«, sagte Kratzer, »und vor allen Dingen: Ich weiß nicht einmal genau, wer mein Feind ist.« »Wer immer das auch war«, fügte Frank hinzu, »die Sache scheint mir extrem ernst zu sein. Wir sollten uns wirklich überlegen, ob wir weitermachen wie bisher.« Pacheca lachte hysterisch. »Jetzt mal langsam, Fränkie, du deutsches Weichei. Besoffenen eins auf die Fresse hauen, dafür reicht es gerade noch bei dir. Aber wenn die Klapperschlangen anfangen zu rasseln, dann geht dem Herrn die Düse. Ich fass es nicht.« Was war denn das? Warum versetzte ihm Pacheca nach so einer harmlosen Bemerkung gleich einen Hieb mit dem Vorschlaghammer? Wie aus dem Nichts. War Pacheca etwa nervöser, als er zugeben wollte?

Bevor sich ein Streit zwischen den Geschäftspartnern entwickeln konnte, ertönte eine synkopierte Ragtime-Melodie. Kratzers Handy. Er drückte auf die Annahmetaste und meldete sich vorsichtig, wie es seine Art war, nur mit: »Hallo?« Kratzer lauschte, und seine Gesichtszüge versteinerten. Er öffnete den Mund und wollte etwas sagen; da hatte sein Gegenüber offensichtlich schon aufgelegt. Tom Kratzer schob das Handy in sein Sakko und schüttelte sich in einer Mischung aus Sorge und Ekel. Dann sagte er leise: »Tja, Frank, du hast recht. Die Lage ist beschissen.«

Kapitel 4

Machmaleisa

»Walk this way. Just gimme a kiss. Like this.«
(Aerosmith: »Walk this way«)

»Talea, du siehst ja schon wieder richtig gut aus. Wie geht's dir denn?« Frank, mit der Kaffeetasse in der Hand, mühte sich ab mit seinem sub-optimalen Spanisch. »Ganz gut. Ich habe auch keine Kopfschmerzen mehr.«

»Ich hab's dir ja schon mal gesagt, bei uns ist es wie im Sanatorium. Bleib ruhig noch ne Weile. Und keine Angst, wir schmeißen dich nicht raus.« Talea lächelte ihr schüchternes Lächeln und fingerte mit einer Hand nach ihren Haaren, die sie zu einem Zopf geflochten hatte. »Aber du könntest uns ruhig etwas mehr über dich erzählen. Wir wissen ja praktisch nur, dass du aus Paraguay kommst, Talea heißt und Herzeleid wegen eines Kerls hast.« Franks Allgemeinwissen hatte sich nach einem Blick ins Internet sprunghaft vermehrt: Paraguay, ein südamerikanisches Binnenland, angrenzend an Brasilien, Bolivien und Argentinien, so groß wie Deutschland und die Schweiz zusammen, aber nur 6,7 Millionen Einwohner. Der Name Paraguay bedeutete »Wasser, das zum Wasser geht«, eine wunderbare Steilvorlage für den Chef-Zyniker Frank.

»Jetzt wissen wir wenigstens, warum das Mädel ins Wasser gegangen ist«, hatte er grinsend zu seinen Mitbewohnern gesagt, deren Begeisterung über die Bemerkung sich in den üblichen Grenzen hielt. Niemand hatte bislang herausfinden können, warum Talea sich umbringen wollte. Sie sprach immer nur ganz vage von schlimmem Liebeskummer. Aber die näheren Umstände konnte ihr niemand entlocken. Frank wagte noch einmal einen Versuch. »Gibt es denn wirklich keine Freunde oder Bekannte, zu denen du Kontakt aufnehmen willst? Wir würden dir dabei helfen.«

»Ich kenne ein paar Leute in Cala d'Or. Da wohnt auch eine Bekannte aus meinem Land.«

»Möchtest du sie anrufen?«

»Jetzt noch nicht. Ich will mich noch etwas erholen. Ich fühle mich so schwach.«

»Oder soll ich dich nach Cala d'Or fahren? Das liegt ja gleich um die Ecke.« »Später, vielleicht nächste Woche. Ich will im Augenblick Ruhe haben.«

»Sollen wir dir ein Handy besorgen? Es gibt ein kleines Geschäft in Santanyí, die haben bestimmt auch welche mit Prepaid-Card.« Da sah er so etwas wie ein Leuchten in ihren braunen Augen. Aber sie sagte nichts mehr, nahm nur einen Schluck Kaffee.

»Morgen früh besorg ich dir eins, okay? Und wenn du vorher schon mal telefonieren willst, komm zu mir.« Jetzt strahlte sie. So sieht sie noch viel besser aus, dachte Frank. Die Paraguayer hatten in einer dieser bescheuerten Umfragen den Titel »glücklichstes Volk der Welt« abgeräumt. Talea war wohl nicht konsultiert worden. Ihre Augen verrieten meistens eine große Traurigkeit.

»Fährst du heute Abend mit nach Cala Figuera? Wir proben da mit unserer Band. Dann kommst du mal unter Leute.«

»Nein, ich möchte nicht«, antwortete Talea erwartungsgemäß. Sie zupfte an dem viel zu großen hellblauen Sweatshirt, das Gabi ihr geliehen hatte, und meinte dann: »Ich möchte spazieren gehen, am Meer.« Frank konnte sich nicht zurückhalten zu sagen: »Okay, aber bitte nur am Meer, nicht ins Meer.« Ja, in Sachen Sensibilität lag er ganz weit vorn. Trat bei ihm dann tatsächlich einmal viel Gefühl nach außen, ging es meist nur um seine eigene hochempfindliche Seele. Talea schlich hinaus auf das Fels-Plateau; schon ihr leicht geduckter Gang signalisierte Ängste oder Minderwertigkeitskomplexe. Dann lenkte sie ihre kurzen

Schritte auf den Feldweg, der unmittelbar vor dem Haus endete. Fränkie spielte mit dem Gedanken, sich ein Fläschchen Damme aus dem Kühlschrank zu angeln, aber ein schneller Blick auf die Uhr – es war gerade mal 18.10 Uhr – und seine Selbstdisziplin ließen ihn stattdessen zur Kaffeemaschine eilen. Sabrinas ganzer Stolz, ein in die Jahre gekommener, aber immer noch perfekt funktionierender Jura-Kaffeevollautomat. Ein Nachbar ihrer Galerie in Cala Figuera hatte das alte Teil loswerden wollen, aber Jörg wartete es mit seinen goldenen Elektrikerhänden, und so gab's im Haus am Meer neuerdings Espresso, Cappuccino und Caffè Latte vom Feinsten. Im Augenblick waren nur die drei Männer im Haus. Gabi ruinierte sich ihren Rücken wieder mit Bücken, Knien und Putzen, und die Malerin Sabrina legte beim Verkauf ihrer Landschaftsbilder den Grundstock für die erste Million. Das allerdings schon seit sieben Jahren, und der Blick auf die riesigen Geldberge wurde immer noch dadurch erschwert, dass es sie nicht gab. Franks Gedanken kreisten um den gestrigen Abend, um diese unselige Herrenparty mit ihrem abscheulichen Ende. Das Bild von Kevins verkohlter Leiche wollte nicht aus seinem Kopf verschwinden. Scheiße, jetzt geht's uns allen an den Kragen! Wie können wir das nur verhindern? Am Morgen hatte er mit Tom Kratzer gesprochen, um Näheres über den anonymen Anruf nach dem Anschlag herauszubekommen. Aber der Boss hatte sich in nebulöse Andeutungen geflüchtet, in denen von Rockern und Zigeunern die Rede war. Eins aber war klar: Es ging hier um ihre Geschäfte und nicht um irgendeine private Abrechnung mit Kevin.

Es summte und brummte unter seiner Schädeldecke, der großmäulige Frank war plötzlich unsicher und ängstlich. Wo doch gerade noch ein warmes, fürsorgliches Gefühl für das kleine Braunauge aus Paraguay seinen Körper durchflutet hatte. Frank war froh, dass die emotionale Achterbahnfahrt von Jörg und Wolf unterbrochen wurde. Jörg hatte ein Anliegen. »Sag mal Fränkie, hat da einer auf deinem Handy für mich angerufen?«

»Nee, kein einer. Aber du gibst doch wohl nicht meine Nummer an andere raus, oder? Hast du kein eigenes Handy mehr? Du musst dir keine Sorgen machen, Handys darf der Gerichtsvollzieher nicht pfänden, auch nicht der spanische.«

»Spar dir deinen komischen Humor und geh mir nicht auf die Eier.« Jörg setzte mit einem Knopfdruck das Mahlwerk des Kaffeeautomaten in Gang – ein Sound wie ein Sägewerk – und ließ einen Espresso in seinen Becher laufen. »Mein Handy ist kaputt, ich warte aber auf einen Auftrag. Deshalb hab ich dem Typ ausnahmsweise deine Nummer gegeben.«

»Ah, ein Auftrag. Richtige Arbeit? Vielleicht sogar gegen Bezahlung? Was iss es denn?«

»Dem Mann ist die Elektronik für die Rollläden verreckt. Ich muss mal gucken, ob ich das wieder hinkriege.« Für seine Verhältnisse hatte der schweigsame Niedersachse geradezu wie ein Sturzbach geredet. Manchmal vergingen gefühlt ganze Tage, an denen kein einziges Wort seinen Mund verließ.

»Mich hat keiner angerufen«, wiederholte Frank, »aber so richtig glücklich bin ich trotzdem nicht, wenn irgendein Heinz meine Nummer kriegt.«

»Ist ja gut, ich hab eben Pech mit dem Handy gehabt, das ist mir in einen Pool gefallen, als ich gerade die Pool-Beleuchtung repariert habe.« Wolf, heute in einem uralten BVB-T-Shirt, hatte die ganze Zeit stumm und lächelnd danebengestanden. Er wollte mit Frank über den Handgranaten-Anschlag auf Tom Kratzers Auto sprechen. Frank hatte ihn nur ganz kurz darüber informiert. Aber in Jörgs Gegenwart wollte er das Warum und Wieso der Bluttat nicht erörtern. Deshalb kam Wolf, der sein Hippie-Outfit heute zusätzlich noch mit einem schwarz-gelben Stirnband veredelt hatte, auf ein anderes Thema zu sprechen. »Ich habe doch diesen Stick in der Bourbon-Cola-Dose gefunden. Wollen wir nicht mal gucken, was da drauf ist?« Wolf, dem Bourbon-Spezialisten, hatte es keine Ruhe gelassen, dass er in der Nacht nach Taleas Rettung die Dose nicht aufbekommen hatte. Gleich am nächsten Tag war er dem widerspenstigen Weißblech noch einmal zu Leibe gerückt und hatte dabei den Dreh-Mechanismus entdeckt. In der Dose war keine Flüssigkeit mehr, dafür aber vielleicht etwas viel Interessanteres. Denn als Wolf die Dose aufschraubte, fiel ihm ein USB-Stick vor die Füße. Das vermeintliche Jim-Bean-Cola-Behältnis war ein Mini-Safe. »Wenn unser Vorbewohner den Stick so wahnsinnig originell verstecken musste, dann doch nur, weil er einen guten Grund dafür hatte.«

»Sehr klug geschlussfolgert«, meinte Frank, »schmeiß doch mal das Laptop an.« Wer immer in ihrer neuen Bleibe gewohnt hatte, war offensichtlich an einer schnellen Internetverbindung interessiert gewesen, und sämtliche Einrichtungen dafür, einschließlich eines komfortablen MacBooks, existierten noch, als die deutsche Fünfergruppe das Haus in Besitz nahm. Die Telefonica, die in Sachen Telekommunikation zu den sechs größten weltweiten Playern gehörte, hatte ihren Ruf als Schlampenladen erneut bestätigt, dieses Mal aber andersrum: Indem sie nämlich die DSL-Leitung nicht gekappt hatte. Aber wer wusste schon, unter welchen Umständen sich der Mann, der hier gelebt hatte, vom Acker gemacht hatte?

»Nein!«, rief Frank, als auf dem Bildschirm seitenweise spärlich bekleidete Frauen auftauchten. »Jetzt wird's aber schwer erotisch in unserer kuscheligen Hütte! Oh, guck mal: Carlotta! Die nehm ich. Die ist ja richtig hübsch, die Carlotta. 55 Kilo, 75 B, lange schwarze Haare.«

»Ich will Violetta«, meldete sich Wolf. »Die hat Feuer, das springt ihr schon aus den Augen. Die kommt bestimmt aus Andalusien. Aber nee, guckt mal, 70 Kilo, die ist mir dann doch etwas zu mopsig.« Jörg fiel nicht in ihre pubertäre Begeisterung mit ein. »Da hat einer doch tatsächlich seine ganz persönliche Nutten-Auswahl gespeichert. Auf einem Stick in einer präparierten Getränkedose. Der muss doch einen Hau haben. Und vor wem wollte er die denn verstecken? Etwa vor seiner Ehefrau?« Frank verlagerte seine Denktätigkeit als erster wieder vom

Schwanz ins Gehirn. »Ihr meint also, unser Freund holt sich die Porträts von Weibern aus dem Netz, damit er eine Auswahl fürs bezahlte Vögeln hat? Das glaube ich überhaupt nicht.«

In dem Augenblick drehte sich laut vernehmbar ein Schlüssel in der Haustür, was Frank dazu veranlasste, in Windeseile das Laptop zuzuklappen und den Stick in seiner Hosentasche verschwinden zu lassen. Gabi betrat erschöpft das Haus, wie immer, wenn sie zwei, drei Ferienhäuser für neuankommende Touristen hergerichtet hatte. »Irgendwann hetze ich dem Typen noch die Bullen auf den Hals«, schimpfte sie sofort los. »Dieser kleine, glatzköpfige Wichser ist wieder hinter mir her geradelt. Mindestens zehn Minuten lang. Was will der nur von mir?«

»Ich nehme an, er findet dich einfach wunderschön und möchte dich gerne bei Gelegenheit flachlegen«, sagte Frank aufreizend ruhig. Gabi wurde laut und ruppig.

»Halt doch einfach mal die Schnauze. Ich krieg es mit der Angst zu tun, aber du machst blöde Witze.« Doch ihre Mitbewohner wussten: Die Begegnung mit dem radelnden Wichser, der Gabi in Panik geraten ließ, konnte auch genauso gut ein dummer Zufall sein und nicht zwingend eine reale Bedrohung. Frank versuchte jetzt, sie zu beruhigen: »Ich glaub, ich kenne den. Der wohnt hier um die Ecke, da kann es schon mal vorkommen, dass er mit dem Fahrrad hinter dir herfährt. Der ist wahrscheinlich total harmlos.«

»Ich bin mir da nicht so sicher, nachdem das in den letzten zwei Wochen schon dreimal vorgekommen ist.«

»Hier bei uns geht dir jedenfalls keiner an die Wäsche. Oder du vielleicht, Jörg?« Mit Frank war es jedenfalls nie langweilig, ein unpassender Scherz jagte den nächsten. Jetzt entschloss er sich aber, einen Gang runterzuschalten: »Soll ich dir ein Bier holen? Dann kannst du erstmal entspannen. Ist das okay?« Gabi deutete ein Kopfnicken an, plumpste auf das große Sofa und ließ sich von Frank bedienen. Und schon war sie bei einem ihrer anderen Lieblings-Themen.

»Heute hab ich mal wieder den Glauben an die sauberen und ordentlichen Deutschen verloren.« Jetzt geht das wieder los, dachte Frank. Gabi und ihre traumhaften Erfahrungen in ihrem Traum-Job.

»Da finde ich doch tatsächlich auf einem beigen Sofa einen Schwall frischer Hundekotze. Ist das nicht furchtbar?« Auch ihr Freund Jörg kannte die Geschichten über dreckige Touris, war aber immer wieder aufs Neue entsetzt. »Dafür müssten die doch eigentlich zusätzlich Kohle abdrücken, diese Assis. Aber nein, sie werden stattdessen gepampert, damit sie ja nur wiederkommen. Und du musst den Dreck wegmachen.« Die meisten Vermieter zogen nur dann Geld von der Kaution ab, wenn etwas kaputtgegangen war. Alles, was sich wegwischen oder mit chemischen Kampfstoffen reinigen ließ, blieb dagegen unbeanstandet. Das war für die Putzgeschwader oft eine widerliche Zumutung. Nicht geleerte Kühlschränke gehörten dabei schon zum Standardprogramm.

»Manche glauben ernsthaft, sie könnten uns mit angebrochenen Marmeladengläsern und Saftflaschen eine Freude machen«, schimpfte Gabi oft. Nun aber, nachdem das kühle Pils seine beruhigende Wirkung zu entfalten begann, vergaß sie ihren Ärger und schmiedete Entspannungspläne für den Abend. »Ich schmeiße den Kamin an. Unten im Lagerraum liegt trockenes Brennholz. Dann gönn ich mir einen gemütlichen Kamin-Abend mit Rotwein und einem Buch.«

»Ja, mach mal«, sagte Jörg. »Jetzt im Mai ist der Kamin noch ’ne echte Alternative. Wir verziehen uns zu Costa und spielen mit der Band ein paar Stücke durch. Bei einigen Songs gibt’s noch Optimierungsbedarf.«

»Wo ist eigentlich Talea, unsere Meerjungfrau?«

»Die läuft mal wieder rastlos durch die Gegend«, antwortete Frank. »Ich glaub, die braucht noch ne Weile, um wieder ins Lot zu kommen. Du kannst sie ja auf ein Glas Wein einladen, wenn sie wiederkommt. Das Gefühl, hier willkommen zu sein, hilft ihr bestimmt.« Es war jetzt kurz nach halb acht. Frank, Jörg – der Gabi noch schnell einen Pflicht-Kuss gab – und Wolf in seiner Borussia-Dortmund-Verkleidung fuhren mit Franks Focus nach Cala Figuera, zuerst durch die Oliven- und Mandel-Haine und an den Wiesen mit den blökenden Junglämmern vorbei, dann noch ein Stück auf der von Santanyí kommenden Landstraße. Am Kreisverkehr vor dem Ortseingang grüßte die Fischer-Skulptur aus Bronze, die auf den Haupt-Broterwerb der Ur-Einwohner Mallorcas verwies. Noch ein paar hundert Meter geradeaus, dann parkte Frank sein Schrott-Mobil vor der Kneipe mit dem großen krokodil-grünen Neon-Schriftzug »Costas«. Früher hatte an derselben Stelle ein gelbes Neonlicht-Kunstwerk in Bananenform gehangen. »Bananas« hieß das Bistro damals; noch heute berichteten die alten Hasen von Cala Figuera über das zerstörerische flüssige Gemisch namens »Dampf-Zampf«, das in Eimern serviert wurde, und in dem allerlei hochprozentige Nervengifte verarbeitet waren: auf einem Bett von Eis, Zitronen- und Orangenscheiben jeweils 0,2 Liter Wodka, Gin und Baccardi, dazu 0,1 Liter Rotwein, ein Schuss Brandy und – wegen der gewünschten roten Farbe – ein Schuss Grenadine, das Ganze auf drei Liter mit Zitronen- und Orangen-Limo aufgefüllt.

Thomas, der frühere Wirt aus Düsseldorf, erzählte immer mit Wollust die scheußliche Geschichte, Dampf-Zampf sei in den 60er-Jahren als Belohnung für die Legionäre des Schlächters »Kongo-Müller« nach der »Negerjagd« ausgeschenkt worden. Nachdem Thomas über ein Jahrzehnt sich selbst und seine Gäste alkoholisch dem Jenseits nähergebracht hatte, beschloss er, es ruhiger angehen zu lassen. Er betreute fortan Ferienhäuser und lebte gesünder. Das Ex-Bananas stand ein halbes Jahr leer, dann übernahmen Costa und Carla den Laden. Hier »pulsierte« nach dem Hinscheiden diverser Discos und Bierbars noch das »Nachtleben« von Cala Figuera. Ein paar Schritte weiter versuchte Mandy, die Wirtin im Apachen-Look aus Rostock, ihre Bar »El Momento« über Wasser zu halten. Im Spätsommer 2013 war es ihr sogar gelungen, Jürgen Drews, den drahtigen »König von Mallorca«, zu einem Open-Air-Auftritt auf der Straße vor der Kneipe zu überreden. An dem Abend war richtig was los gewesen im beschaulichen Cala Figuera, aber fast alle, die sich das Spektakel anguckten, sagten hinterher: »Das muss aber für die nächsten zehn Jahre reichen.« Cala Figuera war eben mehr Ruhepunkt als Party-Hotspot. Junge Leute kamen selten hierher, Kegel- und Fußball-Clubs erst recht nicht; der typische Cala-Figuera-Urlauber war mindestens mittleren Alters, suchte Erholung rund um den ypsilonförmigen Naturhafen und klapperte mit dem Mietwagen die hübschen Badebuchten der Umgebung ab. Und abends gab es neuerdings sogar menschliches Leben auf dem Marktplatz von Santanyí, auf dem vor ein paar Jahren noch der mallorquinische Totentanz getanzt worden war.

Im Costas in Cala Figuera ließ sich der schwarzlockige Dieter alias Costa heute Abend für zwei Stunden von seiner Ehefrau Carla vertreten. Die war gerade noch rechtzeitig von ihrem Schwätzchen in Sabrina Schwieberings Galerie am Hafen zurückgekehrt. »Genau dr-r-eizehn Minuden zu spät«, musste Carla sich von ihrem Gatten im fränkischen Idiom mit dem rollenden »R« und dem weichen »D« statt des harten »T« anpampen lassen.

»Wie gut, dass du dabei grinst«, schlug sie seinen verbalen Aufschlag unterkühlt zurück, »sonst müssten wir mal über dein Verhältnis zur Pünktlichkeit diskutieren.«

»Ist ja gut. Hock dich hinter die Theke und nimm dir ein Glas von unserem neuen Weißwein. Der ist wirklich klasse.«

»Woher kommt er?«

»Das ist ein Mallorquiner vom Weingut Santa Catarina. Eine Cuvée aus Chardonnay und Sauvignon Blanc.« Carla probierte und nickte dann begeistert. »Könnt ich mich dran gewöhnen. Aber was kostet der denn im Einkauf?«

»Neun Euro, viel zu teuer für den normalen Ausschank. Da schmeißt du doch in neun von zehn Fällen Perlen vor die Säue.

Und bezahlen wollen sie den guten Wein sowieso nicht. Nee, nee, wer von den Gästen Weißwein will, kriegt ihn aus der 1,5-Liter-Flasche für 5,80 Euro. Das muss reichen. Den Santa Catarina gibt's nur privat.« Das war typisch Costa, der auf perfekte Weise den sinnenfrohen fränkischen Wein-Spezialisten und den gastronomischen Pragmatiker in sich vereinte. »Und, wie ist die große Künstlerin so drauf?« fragte er.

»Weißt du doch«, antwortete Carla mit der Badekappen-Frisur. »Sie wurstelt sich so durch, und wenn die depressiven Anwandlungen kommen, wirft sie eben Kuchen, Schokolade und Rosado ein.«

»Irgendwann geht das nicht mehr gut. Wer kauft sich denn den Hafen von Cala Figuera in Öl für dreihundert Euro? Die Leute kommen rein, gucken und nehmen dann zwei Postkarten mit.«

»Im Sommer hat sie eine große Ausstellung im ›Son Bauló‹, das kennst du als Kulturbanause natürlich nicht, das ist eine Kultur-Finca im Landesinnern, in Lloret de Vistalegre. Damit verbindet sie große Hoffnungen.«

»Ey Baby, natürlich kenne ich Lloret de Vistalegre! Da wurde 2013 doch der sympathische Hells Angel Frank Hanebuth festgenommen.«

»Der wollte aber vermutlich nicht auf der Finca Kultur tanken. Darin ähnelt ihr euch, dieser Hanebuth und du.« Costa griente, tätschelte zärtlich Carlas Wange und machte sich auf den Weg in seinen Anbau neben der Kneipe, vorbei am Billardtisch und an seinem absoluten Lieblingsstück, einer NSM City-Musikbox, vierzig Jahre alt, geformt wie eine breite Kühltruhe, oben drauf die Liste der Schallplatten, vorne, in Ockergelb, die Skyline von New York. Costa liebte die Maschine, er hatte knapp tausend Euro für sie investiert, nach deren Herkunft ihn Carla, klug wie sie war, nie gefragt hatte. Nur wenn Costa nach »Leader of the Pack« von den Shangri-Las und »Sugar Baby« von Peter Kraus auch noch den Radetzky-Marsch drückte, kam schon einmal die Frage nach seinem Geisteszustand in ihrer Unterhaltung auf.

Der Kneipen-Anbau war in erster Linie Lagerraum für Schnaps- und Weinflaschen, altes Mobiliar und Nutzloses, wurde aber jeden Montagabend von der Coverband »Machmaleisa« zum Proben genutzt. Fränkie Husniak, Jörg Schabe, Wolf Jensen und Dieter »Costa« Siebel hatten sich musikalisch gesucht und gefunden. Mit Ausnahme von Wolf waren sie alle in den Vierzigern. Musikalisch verwurzelt in den zwei Jahrzehnten zwischen 1965 und 1985: Neue Deutsche Welle mit »Goldener Reiter«, »Sternenhimmel«, Pink Floyd mit dem hellseherischen »The Wall«, John Lennons »Give Peace a Chance«, Queen und Roxy Music. Alle vier tendierten zu etwas härterer Musik, da passte es sehr gut, dass die Natur ihrem Sänger Frank ein ähnliches Gesicht wie Steven Tyler von Aerosmith mit auf den rockigen Weg gegeben hatte. So spielten sie einen knalligen Oldie-Mix, in dem auch die Rolling Stones nicht zu kurz kamen. Wolf war der Führungsspieler an der Gitarre, und wenn er nicht zu bekifft oder besoffen antrat, entließ er sehr ansehnliche Geräusche aus dem Verstärker. Keiner konnte sich vorstellen, dass dieses freakige Gesamtkunstwerk mit dem schwarz-gelben BVB-Touch früher einmal als Krankenpfleger im westfälischen Herdecke die Schichten abgerissen hatte. Jörg, der introvertierte Elektriker mit dem Hang zum Zocken, zupfte den Bass; Dieter kloppte auf dem Schlagzeug herum – hinter seinem Rücken wurde schon mal über sein monotones Spiel gemosert –, und Fränkie war der große Held und Performer am Gesangsmikrofon und an den Keyboards. Er hatte wirklich was von der schmutzigen, hohen Rockstimme Steven Tylers, manche verglichen sein Organ auch mit dem gepressten, hysterischen Blues-Timbre des 2014 gestorbenen Albinos Johnny Winter. Ohne ihn hätte die Band wahrscheinlich weniger Auftritte gehabt; da hätte auch der originelle, gleichzeitig bescheuerte Band-Name »Machmaleisa« nicht weitergeholfen, der selbstverständlich Frank eingefallen war. Die

Ruhrpott-Übersetzung der Aufforderung »Würdest du bitte mal die Anlage leiser machen« hatte den Nachteil, dass sich ihre überbordende Witzischkeit vielen deutschen Landsleuten nicht erschloss, und den Spaniern erst recht nicht. Aber die Veranstalter sprangen über diese Hürde, weil sie wussten: Mit »Machmaleisa« kriegen wir richtig gute Qualität auf die Bühne, also scheiß was auf den Namen!

Bevor sie heute mit der Probe loslegten, begaben sich Frank und Costa noch vor die Tür, um eine Zigarette zu rauchen. »Meine Fresse, was war denn da gestern los?« Costa fingerte sich eine Bravo aus der Schachtel, sagte: »Sorry«, und bot Frank dann auch eine an.

»Ich sag dir nur eins, das ist eine ganz schlimme Kiste. Kann sein, dass sie uns ans Leder wollen. Ich hab aber echt keine Ahnung, aus welcher Ecke das kommen könnte. Wir haben den Ballermann komplett im Griff, das ruft eben Neider auf den Plan.«

Costa nuckelte wie gewohnt zuerst an seiner Zigarette, bevor er einen tiefen Zug nahm. »Aber wen denn, um Himmels Willen?«

»Ich habe heute mit Tom telefoniert, und anschließend auch noch mit Luis. Es gibt zwei Möglichkeiten: entweder die Zigeunertruppe von Son Banya oder eine Rockergruppe, die sich seit einem halben Jahr am Ballermann breitmacht.«

»Ach, du meinst die mit dem lächerlichen Namen, die ›Crocodiles‹?«

»Ja, genau die.«

»Ist das nicht irgendeine Abspaltung?«

»Ach ja, das kannst du ja nicht wissen, die stammen alle aus meiner Heimat, dem lieblichen Ruhrgebiet. Eine Neugründung sozusagen. Sind ein paar Angels mit dabei, aber auch ein paar harte Türkenjungs.«

»Und was wollen die hier auf der Insel?«

»Urlaub machen natürlich, du Depp! Nee, ganz ehrlich, die haben mal mit Puffs angefangen, zu Hause in Deutschland. Und jetzt finden sie immer größeres Gefallen an Handel und Wandel.«

»Und wie kriegen wir raus, welche von den zwei Gruppen was von uns will?«

»Das müssen wir mal dringend in kleiner Runde bereden. Tom und Luis werden das organisieren. Denn eins können wir nicht gebrauchen: Dass sich in unseren Reihen Verunsicherung breitmacht, weil wir nicht wissen, welches Spiel da tatsächlich gespielt wird. Das müssen wir verhindern.« Fränkie schnippte seine Kippe in das Gestrüpp hinter dem Haus und wollte wieder reingehen, aber Costa redete mit besorgtem Gesicht weiter. »Ich versteh nur eines nicht: Warum bringen die sofort einen um? Das ist doch irre, gleich ohne jede Vorwarnung eine Handgranate in ein Auto mit Fahrer zu schmeißen.«

»Das hat mich auch erstmal umgehauen. Vielleicht gibt es aber auch eine Vorgeschichte, die wir zwei nicht kennen. Noch diese Woche setzen wir uns zusammen. Da sind welche voll auf Ärger aus, und zumindest wir beide haben keine Ahnung. Das geht gar nicht.« Sie marschierten wieder rein in die Rock- und Abstellkammer. Wie gut, dass ich jetzt etwas Ablenkung tanken kann, dachte Frank und fummelte an den Reglern für das Gesangsmikrofon und die Instrumente herum.

Sie probten zuerst »Walk this Way« von Aerosmith; das Stück hatten sie zwar schon im Repertoire, aber Frank kam immer noch nicht ganz klar mit dem irrwitzigen Tempo des Textes. Aerosmith hatte das Kunststück vorgeführt, mit dem Song gleich zweimal in die Charts zu kommen, einmal in den Siebzigern und zehn Jahre später noch einmal gemeinsam mit den schwarzen Rappern von Run-D.M.C.

Die deutschen Rocker von Cala Figuera legten los, dass die Hütte wackelte, und Frank war am Ende zufrieden. Text und Musik passten, er schüttelte seine Mähne und verhaspelte sich kein einziges Mal. Dreimal spielten sie das Stück durch und beschäftigten sich hinterher noch spaßeshalber mit »Stairway to Heaven« von Led Zeppelin, das sie bei ihren Auftritten stets zuletzt brachten. Frank war immer stolz, wenn er am Ende die ganz hohen Töne traf. Wolf griff sich die Akustik-Gitarre, und Fränkie gab etwas Keyboard-Unterstützung. Den eigentlichen Gag dieser Nummer, den Blockflöten-Auftritt von Costas Frau Carla, ließen sie heute aus.

Carla fühlte sich aber offensichtlich von den Led-Zeppelin-Klängen wie von einem Magneten angezogen, denn sie stand plötzlich im Raum, zeigte auf Costa und winkte. Frank, wieder ganz der alte Clown, winkte euphorisch zurück, als sei er gemeint. Carla wollte darüber aber überhaupt nicht lachen, sondern bedeutete ihrem Ehemann energisch, nach vorne in den Kneipenraum zu kommen. Die Band brach ab, Costa begab sich in sein eigentliches Wirkungsfeld, fluchte aber wegen der unwillkommenen Unterbrechung ihres künstlerischen Schaffens.

Was ist denn jetzt schon wieder los, dachte Frank und merkte, dass sein Nervenkostüm angegriffener war, als er gedacht hatte. Carla tuschelte mit Costa, der nun noch genervter wirkte. Denn Ricardo war im Costas erschienen. Ein Besuch, der dem Wirt überhaupt nicht gelegen kam. Ricardo, ein hagerer Mallorquiner aus Cala d'Or, lehnte am Tresen, vor ihm stand bereits ein Cortado. Costa packte ihn am Unterarm und zog ihn sehr bestimmt aus dem Lokal. Draußen entfernten sie sich ein paar Schritte Richtung »El Momento«.

»Ich hätte große Lust, dir in die Fresse zu hauen«, herrschte Costa den Mallorquiner an.

»Jetzt beruhige dich mal, warum bist du denn so nervös?«

»Weil ich weiß, was du willst, und weil ich dir schon ein paar Mal gesagt habe, dass ich nicht will, dass du hier während der Öffnungszeiten erscheinst.«

»Okay, mein Freund, ich entschuldige mich in aller Form dafür bei dir. Aber verstehen tu ich es nicht. Ich mache mit dir Geschäfte, und das bislang immer extrem diskret. Wir sprechen miteinander. Von Wirt zu Wirt. Na und? Ist das verboten?«

Jetzt wurde Costa lauter. »Und wenn ich dir sage, dass vor

zwei Wochen zwei Drogenfahnder von der Guardia Civil bei mir aufgekreuzt sind? Natürlich betont locker drauf die beiden. Haben sich, ohne mich persönlich irgendwie anzugehen, nur danach erkundigt, ob mir schon mal was aufgefallen ist.« Ricardo bekam einen Wutausbruch, aber einen von der zischelnden Sorte. Aus seinen Augen grüßte das Böse.

»Du scheißt dir in die Hosen, nur weil zwei Bullen auf einen Drink bei dir vorbeikommen und blöde Fragen stellen? Geht's noch?«

»Aber du musst doch ...,«

»Ich muss überhaupt nichts! Ich erwarte von euch allen, dass ihr euch wie Männer benehmt. Ihr Deutschen habt doch sonst immer die größte Fresse von uns Europäern. Ihr macht uns wirtschaftlich platt, aber wenn es darum geht, bei kleinen Geschäften cool zu bleiben, fangt ihr bei der geringsten Komplikation an zu zittern. Das macht mich sowas von wütend!« Costa war geplättet und unfähig, irgendetwas zu erwidern. Wie kam es auf einmal zu diesem Tobsuchtsanfall?

Ricardo war aber noch nicht fertig. »Und weil ich schon einmal dabei bin«, sagte er und schaltete wieder in einen ruhigeren, aber eiskalten Modus um. »Ich habe in letzter Zeit leider den Eindruck gewonnen, dass ihr mich nur noch gerade so am Rande des Bescheißens mitlaufen lasst. Der Nachschub hakt immer wieder, und über die Preise müssen wir auch mal dringend reden. So geht es jedenfalls unter keinen Umständen weiter.«

Er drehte sich um und begab sich grußlos zu seinem weißen BMW 6er Coupé.

»Arschloch«, sagte Costa bewusst so leise, dass der aufgebrachte Mallorquiner es nicht mehr hören konnte. Zurück in der Kneipe goss er sich erstmal ein halbes Wasserglas Carlos I. ein. Da braute sich ein gewaltiges Sturmtief über Cala d'Or zusammen. Jetzt war Wetterfestigkeit gefragt. Costa kippte den Weinbrand hinunter, dann ging er zurück zu seinen rockenden Kumpels von Machmaleisa.

Kapitel 5

Palaver im Sand

»Eat the rich. Take one bite now, spit out the rest.«
(Aerosmith: »Eat the rich«)

Tom Kratzer war ein hartnäckiger Bursche, ein Stehaufmännchen. Der kleine Boss aus Portopetro hatte sich unmittelbar nach dem Anschlag auf sein Auto und seinen Chauffeur sofort einen neuen Cayenne besorgt, wieder in Schwarz und mit der gleichen luxuriösen Ausstattung. Auch beim zweiten Gespräch mit der Polizei in Palma war Toms Mund aus guten Gründen verschlossen geblieben. Er wollte einfach nichts sagen, was die Bullen auf den Trichter brachte, sich und anschließend ihm die Frage zu stellen, wie es kommten konnte, dass ein harmloser, unbescholtener Bürger Ziel einer Vernichtungsattacke wurde. Ist er vielleicht nicht ganz so sauber, wie es auf den ersten Blick scheint?

Eigentlich naheliegend, dachte Tom, und trotzdem sind meine intelligenten Freunde von der Schmiere nicht draufgekommen. Sind die Falschen für den verantwortungsvollen Polizeidienst ausgewählt worden? Oder sind sie noch ganz schwindelig im Kopf von den sechs Jahren, in denen sie in Spanien in rattenhafter Geschwindigkeit zum Abitur gehetzt werden?

Für Tom und seine Partner kam es jetzt darauf an, möglichst schnell eine wirksame Strategie für einen störungsfreien Geschäftsablauf zu schmieden. Als erste Maßnahme hatte er deshalb eine Art Konferenz für Sicherheit und Zusammenarbeit einberufen, zu der sich die sechs führenden Köpfe seiner verschwiegenen Organisation trafen. Tom Kratzer und sein spanischer Kollege Luis Pacheca waren die Chefs, die gemeinsam Aufbauarbeit geleistet hatten; der notorische Kölner Pitter Zoller mimte eine Art Geschäftsführer; Frank Husniak, war der Wächter und Organisator für die Geschäfte am Ballermann; Dieter »Costa« Siebel der für die in Santanyi und Cala d'Or; und Mirko Hodmanek der begnadete Kristall-Designer. Der Ort für ihre Zusammenkunft war ungewöhnlich, und Frank konnte mal wieder sein Mundwerk nicht außer Betrieb halten.

»Ich will ja keine unzulässigen Vergleiche anstellen«, bemerkte er, als sie sich in Toms Wagen dem Strand S'Amarador näherten. »Aber mir fällt gerade ein, in welchen Luxus-Restaurants sich die Jungs in den Mafia-Filmen immer getroffen haben. Wir dagegen legen uns zu den Touristen an den Strand.« Pitter, der auf dem Beifahrersitz saß, kriegte daraufhin einen seiner lauten rheinischen Aggressions-Schübe. »Jetzt halt die Schnüss, Jung! Du Rockstar vun d'r Bahnhofsmission!«, bellte er. »Erstens sind wir nicht die Mafia, und zweitens kamen da immer welche mit Kalaschnikows rein, die die Versammlungen aufgelöst haben. Oder, andere Möglichkeit, alles war von den Bullen verwanzt, und nix blieb geheim.«

»Und drittens, Fränkie«, meldete sich Luis Pacheca, dessen Fettberge auf dem Rücksitz vor sich hin schwabbelten, »sind wir in einer verdammt beschissenen Lage. Deshalb solltest du für die nächsten zwei Stunden auf deine dämlichen Witze verzichten.« Frank guckte leicht belämmert auf die vorbeirauschenden Natursteinmauern und schwieg. Costa war ebenfalls ruhiger als sonst. Nur als sie auf den Parkplatz oberhalb des Strandes einbogen, konnte er sich eine Bemerkung über den Container an der Einfahrt nicht verkneifen. »Da isses, das mallorquinische Denkmal für geniale Planung und konsequente Umsetzung«, lachte er. »Seht ihr das kleine Fenster an der Seite? Da sollte schon vor fünf Jahren die Hand des Gebühren-Kassierers rausbaumeln. Schöner Strand-Parkplatz, schöne Parktickets für schönes Geld, haben sie sich gedacht. Das war 2009. Und jetzt, fünf Jahre später, ist ihnen die Realisierung des Plans doch tatsächlich gelungen. Nur etwas Teer in die Schlaglöcher gießen, war leider nicht mehr drin. Der Fortschritt ist eben doch eine Schnecke. Hol mal einen Fünfer raus, Tom.« Alle grienten vor sich hin, nur Pacheca nicht. »Ja klar, solche Pannen gibt's bei euch genialen Deutschen natürlich nicht. Weshalb ihr euch auch endlos das Maul über die doofen Spanier zerreißen könnt. Was seid ihr bloß für ein arrogantes Pack!«

»Luis, jetzt beruhige dich mal«, sagte Tom, und sein Tonfall schwankte wieder zwischen Pfarrer und Regierungssprecher. »Du wirst doch wohl zugeben, dass es eine kleine Ewigkeit gedauert hat, bis dieser komische Kassenwagen seiner Bestimmung zugeführt wurde, oder?«

»Es geht ja nicht allein darum. Ihr seid doch ständig dabei rumzumotzen. Als ob Mallorca von einem Haufen Trottel bevölkert wäre. Während ihr, die Especialistas alemanes, immer alles im Griff habt.«

»Komm schon, Luis«, besänftigte Tom seinen Kompagnon, »wir haben im Moment weiß Gott andere Dinge zu bereden. Ob die Mallorquiner Chaoten sind, geht mir derzeit an einem bestimmten Körperteil vorbei. Vergiss es daher einfach.«

Heute kriegt aber jeder seine persönliche Breitseite ab, dachte Frank, die Nervenkostüme sind schwer am flattern. Sie verließen den Parkplatz und machten sich auf den zweiminütigen Weg durch das Pinienwäldchen hinunter zum Strand. Für die Jahreszeit war eine Menge los, aber ein Maitag mit 25 Grad Tagestemperatur bot sich einfach an für ein paar Stunden am Meer. Die männliche Sechsergruppe mittleren Alters fiel inmitten der Pärchen und Familien mit kleinen Kindern auf, aber gelegentlich gab es eben auch in dieser Ecke im Südosten Mallorcas Männerklubs, die ihren Kassenbestand auf null brachten. Dass hier eine ganz besonderer Verein den Freuden des Strandlebens frönte, dessen Vereinszweck sich nicht mit allen Paragrafen des spanischen Strafgesetzbuches deckte, konnte äußerlich niemand erkennen; mit ihren Badeklamotten und Strandtaschen waren alle sechs perfekt als Touris getarnt.

Sag jetzt bloß nichts über die marode Treppe, die seit Jahren nicht repariert wird, rief sich Costa zur Ordnung, als sie über schräge und wackelige Stufen die letzten Meter zum S'Amarador überwanden. Der Strand, zweihundert Meter lang und fünfzig Meter breit, war im Jahre 2008 von einem Internet-Portal unter dreitausend bewerteten Stränden zum schönsten Strand Europas gewählt worden. Seinen allerfeinsten Postkarten-Charme versprühte er, wenn man ihn aus halber Höhe durch die Pinienzweige betrachtete. Selbstverständlich hatte es Versuche gegeben, die Idylle durch einen Hotelklotz zu zerstören, aber die Behörden, angefeuert durch die Naturschützer, hatten standgehalten. Das galt auch für die um die Ecke liegende, über einen Felsweg erreichbare Cala Mondragó. Dort war das gastronomische Angebot reichhaltiger. Am S'Amarador gab es nur eine kleine Strandbude, die Cala Mondragó bot hingegen ein großes Restaurant mit einer ansehnlichen Speisekarte. Tom Kratzer dirigierte die Gruppe zum linken hinteren Teil des Strandes; dort ließen sie sich im Halbschatten schützender Bäumen nieder. Im Umkreis von zwanzig Metern waren keine neugierigen Ohren auf Empfang geschaltet. Ab und zu kam ein kleiner Junge in ihre Nähe gelaufen, weil er sich beim Fußballspielen mit seinem Vater einen Fehlschuss geleistet hatte. Störend wirkte nur das laute Gelächter und Rumgebrülle von drei Pärchen, die zur Förderung der guten Laune nicht nur schnödes Bier, sondern auch ein Fläschchen Ruskij Standart Vodka mitgebracht hatten.

»Russenpack!«, fluchte Pitter Zoller. »Gott sei Dank fallen diese Herrschaften hier noch nicht in Rudeln ein«, bemerkte Tom und prostete den anderen, die San Miguel Bier tranken, mit einer Flasche seines geliebten alkoholfreien Buckler zu. Alles aus der großen Kühltasche von Luis Pacheca. Kein Spanier betritt den Strand ohne einen üppigen Essens- und Getränkevorrat, der eine mittelschwere Hungersnot locker überdauern würde. Diesem Naturgesetz konnte sich auch Pacheca nicht entziehen; selbst wenn es heute nicht um lustiges, unbeschwertes Strandleben ging. In der Kühltasche lauerte noch eine größere Anzahl von Bocadillos, Fleischbällchen und Scampi-Spießen.

»So, dann lasst uns mal drüber reden, wie es weitergehen kann«, eröffnete Tom die Unterredung. »Eine Sache aber noch vorab. Es geht um dich, Frank, und um Wolf Jensen, der ja auch für uns tätig ist.« Wenn es schon so losgeht, dann Gute Nacht, Freunde der Südsee, dachte Fränkie. »Stimmt es, dass du, Wolf und noch drei andere ein leerstehendes Haus besetzt habt?«

»So ist es«, bestätigte Frank lakonisch.

»Denkst du eigentlich auch mal nach, bevor du irgendwelche Aktionen startest? Wir arbeiten auf einem ganz sensiblen Feld zusammen, auf dem wir auch ein paar Gesetze nicht so hundertprozentig einhalten. Und was macht der Herr Chef-Macho? Er zieht illegal in ein Haus ein. Ist dir klar, dass ihr ziemlich bald die Bullen am Hals haben werdet?« Tom Kratzer hatte die Maske der Vornehmheit einmal kurz fallen gelassen.

»Das ist doch meine Privatsache.«

»Das ist genauso wenig deine Privatsache wie die Steuerhinterziehung bei Uli Hoeneß. Du lenkst mit dieser Hausbesetzung das Interesse der Polizei auf dich und im zweiten Schritt auf uns alle.«

»Also, das finde ich jetzt wirklich weit hergeholt. Was haben denn unsere Geschäfte damit zu tun, wo ich gerade wohne?« Jetzt mischte sich auch Pitter Zoller ein. »Du bist doch sonst so ein kluges Kerlchen. Jetzt machst du hier auf blöd. Aber ich erkläre es dir gerne nochmal: Wir müssen uns alle so verhalten, dass uns keiner was am Zeug flicken kann. Aus welchem Grund auch immer. Unauffälliger Lebenswandel, keine Protzerei mit Geld, keine Vergehen, nicht einmal ein Strafzettel wegen Falschparkens, und immer schön die Schnauze halten. Häste dat bejriffen?« Frank schaute verstockt, sagte aber nichts mehr. Tom setzte nach: »Wir erwarten deshalb von dir, dass du sobald wie möglich aus dieser Hütte ausziehst und dir eine ganz normale Wohnung nimmst.« Er holte tief Luft. »Und wenn du dazu nicht in der Lage bist, werden wir uns schlicht und einfach von dir trennen müssen.« Das war ein Volltreffer, der Frank für einen Moment schockfrostete. »Aber ... aber ... das«, stotterte er, obwohl er sonst der klaren und flüssigen Rede im Übermaß mächtig war, »das könnt ihr doch nicht machen. Ich steh doch voll hinter unserer Sache.«

»Mir ist absolut egal, wovor oder wohinter du stehst. Wir können uns in unseren Reihen einfach keinen potentiellen Unsicherheitsfaktor erlauben. Verstanden?«

Ich habe keine andere Möglichkeit, begriff Frank; das logische Denken setzte wieder ein. Einer der Jünglinge aus den Weiten Russlands verschaffte ihm ein paar Sekunden Denkpause. Der Russe wankte an ihnen vorbei, auf dem Weg zur verbotenen Blasenentleerung im Wald. Er grinste debil, da hatte wohl einer seiner Kumpels einen versauten Putin-Witz erzählt. Weil niemand wissen konnte, welche Sprachen der junge Mann auf seinem Elite-Internat in der Schweiz lernte, verhielten sich die sechs aus der Krisenrunde ruhig und widmeten sich vorübergehend stumm ihren Bierflaschen. Frank hatte sich unterdessen entschlossen, klein beizugeben. Ein Rauswurf bei Tom, Pacheca und Co. hätte seinem aufkeimendem Wohlstand einen schweren Schlag versetzt. In dem Fall hätte er sich verstärkt der Pool-Kosmetik widmen müssen. Ein unerträglicher Gedanke.

»Okay, ich guck mal, ob ich kurzfristig was anderes finde«, sagte Frank, als der russische Pinkler wieder bei seiner Saufsportgruppe gelandet war. »Nein, du guckst nicht mal«, zeigte sich Tom Kratzer unerbittlich, »du ziehst da sofort aus und nimmst dir eine ganz normale Wohnung mit einem ganz normalen Mietvertrag. Und für den Woodstock-Veteranen gilt das Gleiche. Ist das klar?« Mehr Klarheit war nicht vorstellbar, und angesichts der angedrohten Konsequenzen nickte Frank nur noch wortlos. Aber das Gewitter war noch nicht vorübergezogen. »Ich kann dir leider nicht ersparen«, hob Tom Kratzer erneut an, »dass es noch einen Punkt gibt, den wir kurz bereden müssen. Wer ist die dritte Frau, die seit kurzem bei euch wohnt?«

»Woher weißt du ...?«

»Das ist vollkommen unerheblich, ich weiß es eben. Und du erzählst mir jetzt, welches Vögelchen euch auf welche Weise ins Haus geflattert ist.« Frank leistete keinerlei Widerstand mehr und berichtete, was sich in der Nacht der Hauseinweihungs-Party ereignet hatte. Am Ende wurde er dann aber wieder sperrig. »Was diese Geschichte mit unseren Geschäften zu tun haben soll, begreife ich nun wirklich nicht«, sagte er.

»Das kann ich dir sagen. Wir sind sehr stark daran interessiert, dass keiner von uns ein merkwürdiges Umfeld hat. Hab ich doch eben schon versucht, dir zu erklären.«

»Inwiefern soll diese junge Frau denn ein ›merkwürdiges Umfeld‹ sein? Sie hat sich halt aus Liebeskummer ins Meer gestürzt, ich habe sie gerettet, und jetzt darf sie für ein paar Wochen bei uns wohnen.«

»Und was weißt du Näheres über sie? Was macht sie hier in Spanien? Wer sind ihre Freunde? Wie ist sie hierhergekommen?«

»Ich weiß es nicht. Aber ich krieg es noch raus. Irgendwann wird sie schon auftauen.«

»Vielleicht bin ich übertrieben vorsichtig. Aber befrag sie mal, und zwar möglichst bald und möglichst intensiv. Hat sie was mit Drogen zu tun? Kommt sie frisch vom Strich? Ich will einfach nicht, dass einer von uns mit irgendwas die Bullen auf den Plan ruft.« Frank wollte schon ungehalten werden. Eine Frau aus Südamerika, na klar, die musste ja halbseiden, wenn nicht sogar kriminell sein. Zumindest in der Wahrnehmung dieser Rassisten, die außer ihren satten Profiten keine anderen Werte hatten. Denen konnte es doch scheißegal sein, mit welchen Frauen er Umgang hatte. Ob mit weißen, gelben, schwarzen oder grünen, verdammte Hacke! Aber Frank zwang sich nach außen hin zur Einsicht. »Okay«, sagte er, »ich kümmere mich drum. Kannst dich drauf verlassen.« Noch während er den letzten Satz für seine Verhältnisse ungewohnt kleinlaut und leise formulierte, zog plötzlich ein schrilles Heulen über den Strand. So wirkte das Geräusch jedenfalls auf die Teilnehmer der Arbeitssitzung unter Pinien. »Wat schreit die Alte da?«, erkundigte sich Pitter.

»Ich versteh nur ›Melon‹ oder so.« Costa kannte sich aus. »Die zieht mit ihrem Kerl jeden Tag über den Strand, und bei ihren Sirenenklängen würden die Leute am liebsten in den Luftschutzkeller rennen. Wenn's denn einen gäbe. Aber sie ist ungefährlich, sie preist nur ihre Ananas, Melonen und Kokosnüsse an. Papa hat dann die Aufgabe, die Früchte mit seinem Buschmesser mundgerecht zu zerteilen.«

»Und Mama kassiert«, amüsierte sich Pitter. »Da kenne ich viele, bei denen es genauso läuft.«

»Dankt dem lieben Gott, dass ihr euren Lebensunterhalt nicht mit Melonen-Verkauf am Strand bestreiten müsst«, lenkte Tom das Gespräch wieder in die richtige Spur. Der Herrgott hätte sich für die Dankadresse bedankt. »Der Anschlag auf das Auto und meinen Fahrer hat ein paar Fragen aufgeworfen, mit denen wir uns dringend auseinandersetzen müssen.« Er redet wie der »Ergo«-Bezirksleiter bei der Halbjahreskonferenz, dachte Frank, der sich schlagartig der absurden Situation bewusst wurde. Wir liegen hier mit unseren Bermudas im Sand, gleich holt Luis wahrscheinlich noch die Bocadillos mit Jamón Ibérico raus, ein lustiges Picknick am S'Amarador, und inhaltlich geht es um eine Handgranate, eine grausam zugerichtete Leiche und um die Frage, wie wir unser weißes Pulver und die bildhübschen Kristalle gefahrlos und gewinnträchtig verticken können. Irre! Aber auch ein Leben im Schatten der Strafgesetze war kein James-Bond-Film in der Dauerschleife; selbst da war vieles entsetzlich banal. So wie dieses seltsame Meeting am Strand, umgeben von tobenden Kindern, sonnenbadenden Eltern und saufenden Russen-Pärchen. Frank bezweifelte, dass die anderen vier zu solch tiefschürfenden Gedanken in der Lage waren, und wurde augenblicklich von einem mitreißenden Gefühl intellektueller Überlegenheit gepackt.

»Guckt euch dat an. Dat Schwein kotzt in die Büsche!«, rief Pitter. Tatsächlich war der junge russische Tourist gerade dabei, eine Ladung Bier und Wodka, vermutlich samt seinem Frühstück, in breitem Schwall zu entsorgen. »Da reißen aber Sitten ein im friedlichen Insel-Osten. Dat kenn ich doch sonst nur vom Ballermann. Oder bei uns in Kölle vom Rosenmontag.«

»Tja«, warf Tom Kratzer lakonisch ein, »die Mauer und der Eiserne Vorhang hatten eben auch ihre guten Seiten.« Der Russe begab sich slalomartig zurück zu seinen Freunden, und Tom kam jetzt zur zentralen Frage ihres Treffens. »Nun versucht mal alle, die Lämpchen in euren Gehirnen zum Glühen zu bringen. Wie sollen wir uns jetzt verhalten? Ich habe Gründe anzunehmen, dass wir massiv eingeschüchtert werden sollen.«

»Da gibt es auf jeden Fall zwei Möglichkeiten«, analysierte Frank vorlaut. »Entweder wir reagieren überhaupt nicht und machen einfach so weiter wie bisher. Oder: Wir kooperieren und gehen auf die Wünsche der Gegenseite ein.« Luis Pacheca wurde pampig. »Jetzt halt dich doch mal zurück, Frank. Das ist ja schon Sprech-Diarrhöe, was da aus dir rausschießt. Welche Wünsche denn? Welche Gegenseite? Tom muss uns doch erstmal auf seinen Wissensstand bringen. Okay, es gab den anonymen Anruf nach dem Anschlag. Aber sonst?« Er wandte sich nun direkt an Tom. »Gab es sonst noch irgendwelche Kontakte, Gespräche, Drohungen, von denen wir noch nichts wissen?« Kratzer atmete einmal tief durch. »Vor vier Wochen war mal ein junger Mann bei mir im ›Alabama‹.« Die Edel-Diskothek Alabama hielt sich der Ton-Artist als zweites Wohnzimmer. Hier verkehrten alle, die sich an der Playa de Palma vom prolligen Rest abgrenzen wollten. »Es war ein ganz dunkler Typ; den hab ich sofort in die Roma-Ecke gesteckt. Der kam rein, hat sich nach mir erkundigt, und weil ich gerade hinten im Büro saß, brachte ihn mein Geschäftsführer zu mir. Und was soll ich euch sagen, es war tatsächlich ein Abgesandter von Teresa Mezanar.«

»Wer ist das denn?«, fragte Costa und fing sich sofort einen verbalen Leberhaken von Tom ein. »Liest du keine Zeitung? Siehst du nie fern? Also, für alle aus dem Tal der Ahnungslosen:

Teresa Mezanar ist die große Nummer in Son Banya, ohne sie geht da gar nichts.« Son Banya sagte allen was. Es handelte sich um eine überwiegend von Roma bewohnte Elendssiedlung in der Einflugschneise des Flughafens. Eine Ansammlung von armseligen Baracken, und trotzdem oder gerade deshalb ein Zentrum des mallorquinischen Drogenhandels. Generationen von lokalen Politikern hatten sich schon bemüht, den Sumpf auszutrocknen, mit äußerst mäßigem Erfolg.

»Gab's da nicht vor zwei Jahren einen Riesen-Prozess?«, fragte Frank. »Und die Chefin von La Banya, die da vor Gericht stand, die hieß doch nicht Teresa, oder?«

»Vollkommen richtig«, sagte Tom, »das war die große alte Dame mit dem Kriegsnamen ›La Paca‹. Was heißt Paca eigentlich auf Deutsch? Weißt du das, Luis?«

»›La paca‹ ist ein Ballen aus Stoff oder Stroh. Wahrscheinlich heißt sie so, weil sie so schön rund ist, die Frau.«

»Jedenfalls saß La Paca Anfang 2013 zusammen mit sage und schreibe vierundfünfzig Mitgliedern von sechs verschiedenen Clans auf der Anklagebank. Am Ende wurden die meisten freigesprochen, weil das Gericht der Meinung war, die Telefone der Angeklagten seien illegal angezapft worden. La Paca wurde ebenfalls freigesprochen, hatte sich vorher in einem anderen Prozess aber schon 22 Jahre Haft abgeholt. Und deshalb führt jetzt die schöne Teresa die Geschäfte. Die nennt sich übrigens ›La Discreta‹. Ohne Spitznamen geht es offensichtlich nicht bei den Gitanos.« In dem Augenblick machte es klatsch. Der niedliche kleine Junge, der mit seinem Vater kickte, hatte Frank Husniak den Ball mitten ins Gesicht geschossen. Frank sprang instinktiv auf. Luis zog ihn aber blitzschnell am Arm wieder nach unten.

»Ruhig, Fränkie«, sagte Tom, »du willst doch wohl jetzt nicht den Rächer aus der Kreisliga spielen. Mach dich mal locker.« Der Vater, ein sportlicher Blonder, kam mit seinem Sohn angelaufen und zwang den Jungen, sich zu entschuldigen. Alle lächelten, Frank etwas mühsam, und Pitter sagte noch: »So iss Fußball. Dä

Poldi hätt och so anjefangen.« Zur allgemeinen Entspannung trug auch noch bei, dass die drei russischen Pärchen ihren Platz am S'Amarador beschwingt räumten. »Die haben nix mehr zu saufen«, meinte Costa, »müssen wohl in Santanyí Nachschub holen.« Danach erzählte Tom die Geschichte mit dem Sendboten der Roma-Drogenchefin zu Ende. »Der Junge hat mir schöne Grüße von Teresa ausgerichtet. Dann fragte er mich doch tatsächlich unverhohlen, ob ich Bedarf an größeren Mengen von sauberem Kokain hätte. Und meinte noch, ob wir nicht auch andersrum ins Geschäft kommen könnten, nämlich mit unseren Kristallen. Er hätte den Auftrag, mir eine Kooperation anzubieten. Hast du gehört, Mirko? Kooperation! Die Sache mit dem Kokain war nur Garnitur. Sie wollen an dein legendäres Crystal Meth.«

Der Tscheche Mirko Hodmanek konnte sich nicht dazu durchringen, sein bisheriges Schweigen zu beenden. Er grinste nur gebauchpinselt. Und Tom lachte sein helles, eunuchenhaftes Lachen. »Was sollte ich dem Zigeunerjungen denn darauf sagen? Super, auf dich haben wir schon lange gewartet?«

»Hast du ihn etwa rausgeschmissen?«, fragte Costa.

»Na ja, rausgeschmissen ist das falsche Wort. Ich bin sehr freundlich mit ihm umgegangen, hab ihm gesagt, da wäre er wohl versehentlich an den Falschen geraten, und habe ihn rauskomplimentiert. Warum sollte ich da Stress machen? Er war ja ganz höflich.« Luis, der mit ernster Miene zugehört hatte, sagte: »Also, aus der Ecke kommt doch bestimmt keine Handgranate angeflogen. Das kann ich mir beim besten Willen nicht vorstellen. Sie haben einfach mal versucht, mit uns zu reden.« Frank befühlte seine Nase, ob der Fußball nicht doch ein Äderchen zum Platzen gebracht hatte. Aber es floss kein Blut. »Du hast da am Telefon so eine Andeutung gemacht über diese Rockertruppe, die Crocodiles. Was ist denn mit denen? Haben die auch mal höflich nachgefragt?«

Kratzer holte bei seiner Antwort weit aus. »Die Sache nehme ich wesentlich ernster. Die Crocodiles machen sich seit zwei Jahren an der Playa breit. Und Fakt ist außerdem, dass die Aufteilung der

Reviere bei den verschiedenen Rockergangs in Deutschland nicht mehr so richtig funktioniert. Andauernd kommt es zu schweren Auseinandersetzungen, da kommt man schon mal auf die Idee auszuwandern.«

»Aber die müssen ja nicht unbedingt mit Drogen handeln«, warf Costa ein. »Haben sie ja auch am Anfang nicht. Denen ging's in erster Linie um Nutten und Puffs. In der Nähe von Cala Ratjada haben sie sich sogar in einen piekfeinen Swinger-Club eingekauft. Ich glaub, da wird mit Einstecktuch gevögelt.« Tom wollte sich angesichts seines grandiosen Gags scheckig lachen, wurde aber sehr schnell wieder ernst. »Seit etwa drei Monaten gehen uns diese komischen Crocodiles gewaltig auf den Pinsel.«

»Und wie sah das aus, das Auf-den-Pinsel-Gehen?«, fragte Frank nach.

»Die alte Nummer, wie es die Schutzgeld-Truppen schon ewig machen. Sie kamen in Grüppchen in meine Bars, waren ab und zu etwas lauter und verscheuchten auf diese Art und Weise schon mal ein paar von den biederen Touristen. Irgendwann verloren drei von meinen Jungs die Nerven. Da gab's dann Maulschellen für die Rockerbrut. Zwei Tage später, das ist jetzt etwa drei Wochen her, stand deren Boss persönlich bei mir auf der Matte. Der heißt Jörg Vehmann, ist so etwa in meinem Alter, und wird ›Der Vogelheimer‹ genannt. Vogelheim ist ein Stadtteil von Essen, wo der Überlebenskampf schon immer etwas härter war als anderswo.«

Der Crocodile-Chef Vehmann war, abgesehen von seinem martialischen Rocker-Outfit, recht smart aufgetreten. Er hatte sich zunächst über die Gewalttätigkeiten gegen seine friedlichen Kollegen beschwert. »Danach wurde er deutlicher«, sagte Kratzer. »Er kam auf Samtpfoten um die Ecke, sprach davon, dass seine Motorradfreunde nicht so recht ausgelastet seien. Und dann bot er mir die Dienste der Crocodiles an, als effiziente Sicherheitstruppe – so hat er das wirklich formuliert! – und als zuverlässige Kuriere. Ein ausgesprochen netter Plauderer.«

»Und?«, fragte Fränkie nach. »Bist du da freundlich geblieben?« Tom Kratzer beförderte eine freche Strähne seiner gegelten schwarzen Haare wieder in die vorgesehene Ordnung. »Wäre ich mal cool geblieben, kann ich im Nachhinein nur sagen. Bin ich aber leider nicht.«

»Bist du da etwa ausgetickt? Verstehen könnte ich es ja.«

»Es ist mir scheißegal, ob du dafür Verständnis hast. Die Frage ist doch nur, ob es taktisch klug war. Um es kurz zu machen: Vehmann, das Ober-Crocodile, flog hochkant raus. Ein kleiner Schubser war auch mit im Spiel. Beim Rausfliegen hat er mir mit Konsequenzen gedroht. Tja, und jetzt haben wir den Salat. Aber wie gesagt, Klarheit haben wir nicht, ob diese Jungs zugeschlagen haben.«

»Was wusste dieser Typ denn überhaupt über unsere Aktivitäten?«, erkundigte sich Costa.

»Das habe ich mich auch gefragt. Ich hatte den Eindruck, er wusste ziemlich viel. Auf der anderen Seite spricht es sich natürlich auch sehr schnell rum, wer hier auf der Insel hochwertigen Stoff zu akzeptablen Preisen vertickt. Ich glaube«, und dabei fixierte Tom den Tschechen Mirko, »dass auch die Rocker vor allem auf dein vorzügliches Crystal Meth scharf sind. Schon merkwürdig, dass so ein zurückhaltender Mensch wie du so einen Riesen-Fanclub hat.« Mirko strahlte wieder und sagte immer noch nichts. Er war der Spezialist, der Kristalle mit einem Reinheitsgrad von über neunzig Prozent kochte. Hodmanek stammte aus dem tschechischen Dörfchen Asch, das als Eldorado der Meth-User galt. Die Fäden in der Hand hielten dort vietnamesische Gangs, die mit den kleinen Profiten von Zigaretten und Klamotten auf den Vietnamesen-Märkten nicht mehr zufrieden gewesen waren. Die Asiaten waren keine Freunde des freien, marktwirtschaftlichen Kräftespiels. Nachdem Hodmanek ihre rabiaten Methoden kennengelernt hatte, entschied er sich für eine Auszeit auf Mallorca. Aber seine Leidenschaft für die dampfende und brodelnde Meth-Chemie ließ ihn nicht los. Jetzt produzierte er auf einem Anwesen mitten im Tramuntana-Gebirge und hatte so ganz nebenbei den Drogenmarkt Mallorcas revolutioniert. Was offenbar gefährliche Begehrlichkeiten von Möchtegern-Profiteuren weckte.

Frank Husniak hatte, während Kratzer über seine beiden Begegnungen der unangenehmen Art referierte, den Blick über den gut bevölkerten Strand schweifen lassen. Plötzlich entdeckte er auf dem Felsweg von der Cala Mondragó eine Gestalt, die ihm sehr bekannt vorkam, und die ihm in den letzten Tagen lange nicht mehr erlebte warme Gefühle beschert hatte. Es war Talea, die, bekleidet mit Gabis hellbeigen Shorts und einem dunkelbraunen T-Shirt, in einer Entfernung von vielleicht dreißig Metern an der palavernden Gruppe vorbeistolzierte. Ja, sie stolzierte! Schlich nicht wie sonst mit geducktem Kopf durch die Gegend. Und sie war in Begleitung. Scheiß die Wand an, dachte Frank, wer ist der Kerl, mit dem sie da so intensiv spricht? Tatsächlich lief neben Talea ein etwa vierzigjähriger, braungebrannter Mann. Die beiden redeten pausenlos miteinander, hatten aber keinen Körperkontakt. Das wäre allerdings ein weiterer Peitschenhieb für Frank an diesem Nachmittag gewesen: Talea Hand in Hand mit einem Fremden! Was sollte er jetzt machen? Aufstehen und hingehen? Womöglich eine weitere Standpauke von Kratzer riskieren? Frank entschloss sich, nichts zu tun. Costa, der Talea am Abend ihrer Rettung aus dem Meer kurz gesehen hatte, bemerkte sie nicht. Er war ganz auf ihre Sechserrunde konzentriert; die anderen Männer kannten die junge Frau ohnehin nicht. Die haben sich nicht gerade erst kennengelernt, dachte Frank. Das war keiner dieser schmierigen Strand-Machos, der seine übliche Anmache abspulte. Na warte, nahm Frank sich vor, heute Abend will ich eine Erklärung von dir.

»Frank, ich habe dich was gefragt. Hast du dich innerlich schon von uns verabschiedet?«

»Sorry, ich war mal für einen Moment weggetreten. Was wolltest du wissen?«

»Ob du eine Idee hast, wie wir die Situation beruhigen können!« Es war wie immer: Unter Druck arbeitete Franks Hirn einfach am besten. »Wie viele Leute sind wir eigentlich?«, fragte er. Pitter kam seinem Chef mit der Antwort zuvor. »Ich schätze mal, so an die dreißig. Da ist dann aber auch der kleinste Kurier mitgezählt.«

»Das sind alles keine Karate-Kids«, sagte Tom mit besorgter Stimme, »wir sind einfach nicht auf brutale Auseinandersetzungen eingestellt. Wir organisieren, wir importieren den Koks, Mirko mit seinen beiden Gehilfen kocht das Meth, wir verteilen und kassieren. Ab und zu gibt's etwas Stress, damit kommen wir klar. Aber für diese Art von Krieg, den uns die Rocker-Arschlöcher aufzwingen werden, wenn wir nicht kuschen, sind wir nicht gewappnet, um angemessen hart zu antworten.«

»Damit hast du die Antwort auf die entscheidende Frage schon gegeben«, sagte Costa. »Die Situation trifft uns unvorbereitet. Was nun?«

Es gibt keine Denkverbote, dachte Frank und sagte laut: »Es gäbe natürlich die Möglichkeit, den Crocodiles zu signalisieren, dass wir verhandlungsbereit sind – nach dem Motto: Welche Bedingungen hättet ihr gerne erfüllt?« Jetzt brach massiver Widerstand aus, speziell von Luis´ Pachecas und Pitters Seite. »Wer sind wir eigentlich«, regte sich Pitter Zoller auf, »dass wir uns bei Gegenwind gleich in die Hose kacken?«

»Ich kenne auf Mallorca einen Haufen Leute«, fügte Pacheca hinzu, »die uns gegen gute Bezahlung schützen würden, auch mit der Kanone in der Hand. Die suchen wir dann aber selber aus, und lassen sie uns nicht von einem Ruhrpott-Rocker aufs Auge drücken.«

»Das ist Aufrüstung«, widersprach Frank, »und Aufrüstung ist erstmal kein Beitrag zu friedlichem Handel und Wandel. Da werden Schwerverletzte und Tote auf der Straße liegen. Vielleicht sogar einer von uns. So was könnte nur die allerletzte Möglichkeit sein. Die ultima ratio.«

»Ja super, du hast Abitur, Fränkie«, moserte Pitter, »du putzt die Pools auf Latein. Und wir machen zusammen die ultima Razzia.«

»Jetzt bleib mal ruhig«, sagte Kratzer, »ich habe vielleicht die Kompromisslinie: Ich versuche noch einmal, mit dem Vogelheimer zu reden und rauszukriegen, was denen so vorschwebt. Wir spielen auf Zeit. Parallel dazu fühlt Luis schon mal vor, wer uns im Falle eines Falles unterstützen könnte. Und wenn wir merken, dass die eigentlich nur den Laden übernehmen wollen, brechen wir den Kontakt ab und stellen uns auf eine härtere Gangart ein.« In Luis Pacheca kochte es. »Du möchtest also mit Leuten reden, die uns nach dem Leben trachten und sogar schon einen ersten Anschlag auf uns verübt haben?«

Pitter schlug sofort in dieselbe Kerbe: »Was soll das bringen, mit diesem Abschaum zu verhandeln? Dass wir dann dreimal im Jahr hinterm Bierkönig leckere Grill-und Fick-Partys mit lauter Mördern veranstalten können?«

Jetzt sagte auch der wortkarge Mirko Hodmanek etwas: »Genauso ging es damals bei mir zu Hause auch mit den Vietnamesen los. Wenn du anfängst zu kuschen, bist du am Ende vollkommen raus. Auf sowas habe ich keine Lust mehr.« In dieser Art ging es noch eine Weile weiter, die Argumente prallten in der Champagnerluft am S'Amarador hart aufeinander, ein gemeinsamer Plan war so weit weg wie Horst Lichter vom Meth-Kochen. Eine Abstimmung hätte wahrscheinlich ein Patt zwischen dem kooperationsbereiten Lager und der Hardliner-Fraktion ergeben. Aber das Mehrheitsprinzip war in den ungeschriebenen Gesetzen ihrer Zusammenarbeit nicht vorgesehen. Folglich vertagte sich die Runde. Bei einer letzten Flasche Bier versicherten sie einander, weiter miteinander zu reden und den Zusammenhalt der Gruppe nicht zu beschädigen.

Frank, der sich von den diversen Schocks der letzten neunzig Minuten sichtlich erholt hatte, blieb es vorbehalten, das unpassende Schlusswort zu sprechen. »Wir wollen doch, dass unsere

Kunden zufrieden sind und weiter ihren Spaß haben«, sagte er grinsend, aber dieser vermeintlich heitere Blick auf die Anbieter-Kunden-Beziehung konnte nicht darüber hinwegtäuschen: Die Konferenz am Strand war im Sande verlaufen. Und davon gab ´s reichlich am S'Amarador.

Kapitel 6
Rosa Wölkchen

»You're my angel, come and save me tonight.«
(Aerosmith: »Angel«)

Der Mai hatte es in sich; schon seit einer Woche zeigte der Himmel dieses unvergleichlich satte Mallorca-Blau, nur gelegentlich weckte ein scharfer Wind Erinnerungen an den kühlen und feuchten Winter. Die Regen-Sturzbäche im April waren Geschichte, und auf den wilden Wiesen der Insel wurden grün-rot-weiß-gelbe Farborgien gefeiert. Sabrina Schwiebering saß auf der Terrasse ihrer Galerie im Hafen von Cala Figuera und übertrug die Frühlingsstimmung mit Ölfarbe auf eine rechteckige Leinwand.

»Solche Bilder müssen doch gerade jetzt laufen wie geschnitten Brot«, sagte Frank, der mit Talea im Schlepptau die Mitbewohnerin besuchte. Sabrina lächelte ihr melancholisches Lächeln. »Das ist nicht nur eine Frage des Angebots, sondern auch der Nachfrage«, antwortete sie, »und die ist im Augenblick ziemlich mau.« Frank ging nicht weiter darauf ein. Er hatte schlichtweg keine Lust, das ewiggleiche Gespräch über die immerwährende schlechte Auftragslage zu führen. »Guck mal Talea«, meinte er stattdessen, »die Sabrina hat echt was drauf. Könntest du sowas malen?« Talea schüttelte nur den Kopf und nahm einen winzigen Schluck von ihrem Café solo. An ihrer Wortkargheit hatte sich nichts geändert. Aber sie genoss augenscheinlich das T-Shirt-Wetter und hatte ihre braunen Beine unter dem Terrassentisch ausgestreckt. Frank war vorher mit ihr nach Santanyí gefahren und hatte ihr ein Handy gekauft. Dafür war sie ihm dankbar, das sagten ihm ihre Augen; aber aus ihrem Mund kam nur ein schlichtes »Gracias, Frank«. Er mochte sie, und deshalb verzichtete er darauf, ihre introvertierten Dauerauftritte in seiner zynischen Art zu geißeln. Diese Zurückhaltung brachte er aber nur an harmonischen, stressfreien Tagen auf, und so ein Tag war heute. Frank sprühte vor Lebensfreude, trotz der schwelenden Konflikte und immer neuen Hiobsbotschaften. Die Sonne lachte, er genoss die Gegenwart der Frau, die er aus dem Wasser gezogen hatte; Frank nahm eine emotionale Auszeit. Tom Kratzers Forderung, die Wohngemeinschaft im besetzten Haus zu verlassen, hatte er erstmal verdrängt. Auch das aggressive Rocker-Pack war vorübergehend aus seiner Gedankenwelt verschwunden. Frank hatte heute keinerlei Lust, über Probleme nachzudenken. Er wollte überhaupt nicht nachdenken.

»Du hast doch bestimmt immer ein Fläschchen von meinem Lieblingsbier im Kühlschrank, Sabrina? Oder sollte ich mich da grundlegend täuschen?« Die Künstlerin, die mal wieder gewohnheitsmäßig auf einem mallorquinischen Mandelplätzchen herumkaute, legte den Pinsel ab und holte eine Flasche Estrella Damm. »Gutes Mädchen«, grinste Fränkie, »möchtest du mich heiraten?«

»Wenn du auf Sex verzichtest, können wir das gerne machen. So eine Liaison mit einem Rock-Giganten stelle ich mir auch ohne den Austausch von Körperflüssigkeiten sehr aufregend vor.« Sabrina war lesbisch ohne Einschränkung und ohne Ausnahme. Was sie aber nicht wie eine Monstranz vor sich hertrug, der Ausdruck »bekennende Lesbe« brachte sie sogar auf die höchste Palme der Insel. »Wenn ich's gerne mit Frauen mache, dann ist das keine besonders wertvolle Weltanschauung«, sagte sie. »Ich bin nun mal so, ich bleibe so, und mehr iss nich.« Und gerne fügte sie noch verschmitzt hinzu: »Aber ich spiele nicht Fußball und trinke kein Bier.«

Eine feste Freundin hatte sie zu ihrem Bedauern nicht. Wie viele Schwule und Lesben sehnte sie sich nach geordneter Bürgerlichkeit. Immer Minderheit zu sein, war auf Dauer verdammt anstrengend. Ihre große Liebe hatte Sabrina in Düsseldorf kennengelernt, als sie dort noch als Boutique-Verkäuferin jobbte. Aber die Beziehung artete in einen nervigen Rosenkrieg aus; deshalb war die Übersiedlung nach Mallorca auch mehr eine Flucht gewesen, verbunden mit der vagen Hoffnung auf einen Neubeginn. Sabrina wechselte ihre Partnerinnen im Halbjahrestakt; einen Versuch hatte sie auch mit Gabi Rogalla gewagt. Der endete aber schnell und tränenreich, denn Gabi, die einfach mal was ausprobieren wollte, hatte innerhalb weniger Tage gemerkt, dass Sex mit Frauen doch nicht ihr Ding war.

»Weißt du was, Sabrina«, sagte Frank mit charmantem Lächeln, »ich lade dich und Talea zu einem Mini-Brasil ein. Dazu kannst du nicht nein sagen.« Diese Offerte traf voll ins Zentrum von Sabrinas süßen Gelüsten. Der »Mini-Brasil« war ein Eisbecher in der naheliegenden »Bon Bar«, der kalorienmäßig eine komplette Mahlzeit abdeckte: mit Nuss- und Schoko-Eis, Sahne und einer großen Ladung kandierter Walnüsse – ein Traum in Weiß und zuckerigem Braun unterschiedlicher Schattierung. Dekoriert mit einem farbenfrohen Retro-Papierschirmchen, das wohl einem Peter-Alexander-Film aus den 1960ern entflattert war. Und so begab sich die ungleiche Dreiergruppe für ein Stündchen unter einen Sonnenschirm der Bon Bar und schleckte eine Ladung der sündhaften Köstlichkeit. Segelboote und Motorjachten glitten durch den Hafen, Fischer flickten ihre Netze – alles war romantisch, alles war gut, und Frank wünschte sich, obwohl er es besser wusste, dass dieser Zustand möglichst lange andauern möge. Als es Sabrina wieder zurück in ihre Galerie zog, schlug Frank seiner Begleiterin noch einen Spaziergang in der Nähe der besetzten Fels-Villa vor.

»Wär doch schön, Talea, wenn wir so eine hübsche Frühlingswiese nicht nur in Öl, sondern auch noch im Original zu Gesicht kriegten.« Talea lachte, und Frank hatte das Gefühl, dass sie spätestens in der Bon Bar etwas von ihrer spröden Scheu verloren hatte. Auf der Fahrt erzählte sie sogar von ihren Eltern, die in Ciudad del Este, der zweitgrößten Stadt Paraguays, eine Eisdiele betrieben hatten. »Ah, du bist Spezialistin«, sagte Frank, »da habe ich ja Glück gehabt, dass ich dir das leckere Eis aus der Bon Bar angeboten habe.«

»Das war gut, stimmt. Bei uns zu Hause habe ich am liebsten Paranuss-Eis gegessen. Mit dicken Stücken drin.«

»Paranüsse – kommen die aus Paraguay?«

»Nein, das hört sich dem Namen nach zwar so an, aber bei uns wachsen keine Paranuss-Bäume. Ich glaube, die Nüsse werden aus Brasilien und Bolivien importiert.« Du bist jetzt so locker drauf, dachte sich Frank, da werde ich wohl etwas mehr aus dir rauskriegen, Baby. Da war er wieder, der berechnende, misstrauische Frank Husniak. Dennoch war er weit davon entfernt, in Talea eine potentielle Bedrohung zu sehen, wie es ihm Tom suggeriert hatte. Ganz im Gegenteil stieg ein Gefühl in ihm hoch, das er schon lange nicht mehr gehabt hatte. Das in hartem Kontrast zu seinem Selbstbild des überlegenen Mackers stand. Und das er prompt nicht nur einfach als schönen Beginn einer Romanze interpretierte, sondern auch als Zeichen von Schwäche. Du willst dich doch wohl nicht in diese kleine Latina-Maus verlieben? Wer ist sie denn, dass sie eine solche Macht über dich ausüben kann? Andererseits: Wann hast du sowas zum letzten Mal erlebt? Mit echten Gefühlen und so.

Als sie mit dem roten Focus über die Feldwege schaukelten, konnte sich Frank plötzlich nichts Aufregenderes vorstellen, als dieses Braunauge zu berühren und vielleicht ganz wilde und zärtliche Dinge mit Talea zu machen. Sogar äußerlich passen wir prima zusammen, dachte er, sie ist eine Mestizin, und ich habe ja auch leicht indianische Züge. Wir könnten ein ideales Paar werden.

Eine Beziehung, die die ersten Monate überdauerte, hatte Frank seit Ewigkeiten nicht mehr erlebt. Er musste einfach immer das Sagen haben, und das ging nie lange gut. Obwohl er sich selten als plumper Herrscher aufspielte; Fränkie war intelligent genug, um seine Dominanz sehr subtil einzusetzen. Aber am Ende galt sein Wort. Ein aufgeklärter Despot sozusagen. Bei den meisten europäischen Frauen stieß diese Machtverteilung aber auf nachhaltigen Widerstand. Und deshalb gab es keine stabilen Partnerschaften in Franks Leben. Einmal war er sogar beinahe in den Knast gewandert, weil ihm eine dieser Schlampen eine Vergewaltigung anhängen wollte. Da war er ausnahmsweise mal etwas härter zur Sache gegangen. In dem nachfolgenden unappetitlichen Prozess stand am Ende ein Freispruch, aber nur, weil das Mädchen zu lange mit der Anzeige gezögert hatte, und die Beweislage deshalb dürftig war.

»Schau mal, da ist wirklich so eine bunte Wiese«, sagte Frank und fuhr rechts ran, »hab ich's doch gewusst.« Er fasste Talea an der Hand, und sie ließ es sich gefallen, er hob sie über den Zaun und hüpfte hinterher. Dann nahm er ihren Kopf in seine Hände und küsste sie lang und innig. Mein Gott, wie kitschig ist das denn, dachte er für ein paar Sekunden, Frank und Talea küssen sich auf einer duftenden Frühlingswiese, das passt doch in kein Drehbuch, in dem ich die Hauptrolle spiele. Jetzt fehlen nur noch die kleinen rosa Wölkchen, die plötzlich am Himmel tanzen. Aber die Ironie verflüchtigte sich schnell, und ihm passierte etwas, das er schon viel zu oft in der negativen, aggressiven Version erlebt hatte: Frank Husniak verlor die Kontrolle. Heute war es aber ein beglückender Tanz der Gefühle, ein rauschhaftes Erleben, bei dem die Einzelheiten in der Erinnerung magisch und schemenhaft blieben. Er fasste Talea an der Hand und lief mit ihr über die sattgrüne Wiese zu einem Schuppen, in dem der Bauer seine Gerätschaften aufbewahrte. Im Halbdunkel erkannten sie einen Stapel Baumwollsäcke, auf dem sie mehr stolpernd als zielgerichtet landeten. Er zog sie fast schon hastig aus und liebkoste ihren schmalen Körper mit den Händen, mit der Zunge und nach einer Weile auch mit seinem Schwanz, der für die überfällige Erektion nur ein paar Sekunden gebraucht hatte. Während sie mit heller Stimme stöhnte, stammelte er liebe und geile Worte in ihr Ohr. Er bestimmte aber nicht etwa allein die Gangart und den Rhythmus des Liebesspiels. Talea entpuppte sich als kundige Führerin zu den aufregenden Gipfeln körperlicher Lust. Frank staunte aber nicht darüber, er empfand es auch nicht als Kontrast zu ihrer sonst zurückhaltenden, fast devoten Art. Zu solch vergleichenden Betrachtungen war er überhaupt nicht mehr in der Lage. Und spätestens, als ihr Wimmern in laute, orgiastische Schreie umschlug, vergaß er alles um sich herum und brach schließlich mit einem gurgelnden Urlaut über ihr zusammen. Danach lagen sie noch eine Weile atemlos nebeneinander, und er streichelte ihr Gesicht, ihre Haare und ihre kleinen Brüste.

Dann fragte sie ihn: »Liebst du mich?« Und Frank, der eine solche Frage gewohnheitsmäßig mit einem dümmlichen Spruch beantwortet hätte, hauchte schlicht: »Ja«, und küsste sie noch einmal. Auf der Fahrt nach Hause redeten sie kaum, Talea hielt seine Hand, wenn er nicht gerade schalten musste, er streichelte ihre Oberschenkel, und der übliche Kater nach einer schnellen Nummer wollte sich partout nicht einstellen. Wie oft hatte er es erlebt, dass er sich hinterher am liebsten unsichtbar gemacht hätte. Allein, um diesem peinlichen Liebesgesäusel zu entgehen. Aber bei Talea war er nur auf der Genießerseite. Ich lass das jetzt mal einfach zu, dachte er, als er wieder denken konnte, das ist doch nur schön, vielleicht ergibt sich ja was draus, das nicht so schnell vorübergeht. Kein Zweifel, Frank war verliebt, das Lauernde, Distanzierte in ihm war an diesem sonnigen Nachmittag nur ganz kurz aufgeflackert. Als sie im Haus ankamen, war niemand da. Alle waren sie dabei, ein paar Euros für den Lebensunterhalt anzuschaffen.

»Wie wäre es mit einem Kaffee?«, fragte er, warf, als sie zustimmte, den Automaten an und entdeckte im Kühlschrank noch eine Pudding- Ensaimada. »Danach ist aber Schluss mit den Süßigkeiten. So ein geiler Rocksänger muss ständig auf seine Figur achten.« Talea lachte und biss in das in Schweineschmalz gebackene Hefeteil. Frank kehrte gedanklich in den nicht ganz so romantischen Teil der Realität zurück. »Ich bin ja sonst überhaupt nicht eifersüchtig«, sagte er grinsend, »aber du musst mir unbedingt noch sagen, wer der Mann war, mit dem ich dich am Strand gesehen habe.« Talea war überrascht, dass sie beobachtet worden war, betrachtete die Frage aber offensichtlich nicht als harte Landung nach dem schönen Erlebnis im Wiesen-Schuppen. »Ach, das war Brian. Das ist ein Engländer, den ich in Cala d'Or kennengelernt habe. Ein Arbeitskollege. Der hat auch als Kellner gearbeitet.«

»Ach, du hast gekellnert?«

»Ja, für ein paar Monate. Den Job hat mir meine Freundin Lucia vermittelt. Ich musste mich ja irgendwie über Wasser halten.«

»Tja, das geht in Cala d'Or bestens. Die suchen da immer Service-Kräfte, das ist ein ständiges Kommen und Gehen.« Frank kannte sich in der Kneipen-Szene von Cala d'Or aus. Gelegentlich machte er einen Ausflug in den Ort, der architektonisch noch einigermaßen erträglich war, eben keine Ansammlung öder Bettenburgen. »Wie hieß denn der Laden?« Taleas Antwort ließ bei ihm alle Lampen angehen, in diesem Fall aber keine rosafarbenen, sondern tiefrote. »Das war das ›Big Ben‹, so ein englischer Pub, mit Fußball-Übertragungen und ab und zu einer Live-Band.« Verflucht, das war doch Ricardos Schuppen! Ricardo, der die britischen Inselaffen bei ihren Mallorca-Abenteuern mit lustigen Schneeflocken und Kristall-Bröckchen so richtig auf Touren brachte.

Konnte das purer Zufall sein? Warum hatte sie ausgerechnet im Big Ben angeheuert? Einfach nur so, oder steckte da mehr dahinter? Frank ließ sich jedenfalls nichts anmerken, warf nur ein »Kenn ich, ist ganz nett« in den Raum und wechselte das Thema.

So nach und nach trudelten sie nun von ihren mehr oder minder schweren Tagewerken wieder ein: Mister-1000-Volt Jörg, Putzfee Gabi, Wolf, der selbstverständlich auch heute keinen Beitrag zum Bruttosozialprodukt geleistet hatte, und Frühlingswiesen-Sabrina. Die erklärte sich bereit, aus den vorhandenen Teigwaren und diversen Konserven ein schmackhaftes Nudelgericht zuzubereiten. Während sie zu sechst am großen Esstisch saßen und die Nudeln reinschaufelten, erzählte Jörg von seinem neuen Projekt, das mit Elektrotechnik nur insofern zu tun hatte, als er einen alten Ghetto-Blaster dafür einsetzte. »Ich sitz da vor der Kathedrale in Palma auf einer Sitzschale einen Meter über dem Boden«, erzählte er, »und es wirkt so, als würde ich schweben. Tu ich aber natürlich nicht.«

»Ich hab ´s gewusst«, sagte Frank, »du bist ein esoterisches Medium, du beherrscht die Kunst des yogischen Fliegens. Du kamst mir schon immer so flatterhaft vor. Aber du musst auch dran glauben, sonst fällst du auf die Schnauze.«

»Der Trick ist die Befestigung der Schale an einer Metall-Konstruktion, die mit einer als Teppich getarnten Metallplatte verbunden ist.« Franks Bemerkungen einfach zu ignorieren, war eine Strategie, die alle im Haus beherrschten. »Das Gestell kannst du aber wegen meiner wallenden Gewänder nicht sehen. Ich sitz da als Inder, und aus dem Ghetto-Blaster wabert Sitar-Musik von Ravi Shankar.«

»Und mit so einem fliegenden Guru bin ich liiert«, sagte Gabi. »Da hast du doch bestimmt auch das Kamasutra voll drauf.« Als alle laut glucksten, war Jörg drauf und dran, beleidigt die Tafel zu verlassen. Anspielungen auf ihr Sexualleben konnte er auf den Tod nicht ausstehen. Gabi hatte einmal vor aller Ohren abschätzig von »Blümchensex« gesprochen. Das hatte zu einem längeren schweigenden Stillstand ihrer Beziehung geführt. »Mach dich nur lustig«, sagte Jörg, »aber die Kohle nimmst du gerne mit.«

»Damit kann man Geld verdienen?«, nuschelte Wolf, der garantiert schon am frühen Abend was eingeworfen oder geschnupft hatte. »Und ob man das kann«, kam Jörgs schnelle Antwort. »Du glaubst gar nicht, wie geil die Touris das finden. Obwohl der Trick gar nicht mehr so frisch ist. Aber macht euch keine Hoffnung, ich werde keine Summen nennen. Damit euch der gelbe Neid nicht aus Mund und Nase schießt.« Und wenn der wortkarge Niedersachse das sagte, dann meinte er es auch so. Deshalb bohrte auch keiner weiter, nicht mal Frank. Der überraschte zur Schlafenszeit die Runde mit der Ankündigung, Talea und er hätten beschlossen, dass er und sie ab sofort gemeinsam in seinem Zimmer nächtigen würden.

»Ich wusste, dass du ein großes Herz hast«, kommentierte Gabi süffisant. Frank sagte nichts darauf, ganz gegen seine sonstige Gewohnheit. Er hatte gemerkt, dass Talea die Situation peinlich fand. Sie senkte ihren Kopf, vermied es, irgendjemanden anzuschauen, und kraulte Hund Palo, mit dem sie sich angefreundet hatte. Abgesprochen war die öffentliche Verkündung der neuen Nähe zwischen Frank und Talea selbstverständlich nicht. Aber Talea huschte kommentarlos hinter Frank her, als der sich in sein Schlafzimmer verzog. Seine Nächte auf der Luftmatratze in Sabrinas Zimmer waren Geschichte. Das Schicksal hatte die Beziehungskarten in der Wohngemeinschaft im Haus auf dem Felsen neu gemischt. Und Frank wollte sich lieber nicht ausmalen, wie Tom Kratzer auf die frisch ausgebrochene große Liebe reagieren würde.

Kapitel 7

Multifunktions-Höhle

»I'm sayin' a prayer for the desperate hearts tonight.«
(Aerosmith: »Amazing«)

»Tu mich ma dat Nutella!« Frank liebte es, seine Mitbewohner mit sattem Ruhrgebiets-Slang zu nerven. Aber Wolf tat ihm nicht den Gefallen, die Benutzung des Hochdeutschen einzufordern, sondern reichte ihm wortlos das Glas mit der braunen Frühstücks-Schmiere. Es war ein Tag, der dick und rot auf dem Kalender markiert werden musste: Denn alle sechs Hausbewohner saßen tatsächlich gemeinsam am Frühstückstisch. Das kam aus unterschiedlichen Gründen so gut wie nie vor, und sei es nur, weil Wolf oder Jörg, die Spezialisten auf diesem Gebiet, ihre muffigen Betthöhlen erst gegen Mittag zu verlassen geruhten. Die Gesellschaft, die nun an dem wuchtigen, auf antik gemachten dunkelbraunen Tisch saß, wirkte wie eine aus der Zeit gefallene kalifornische Landkommune. Frank, die indianische Langmähne, der Alt-Hippie Wolf, die Künstlerin Sabrina, seit einer Woche mit exzentrischen roten Strähnchen, der introvertierte Jörg und Gabi als blonder Engel an seiner Seite. Und dann hatten sie ja auch noch seit einem knappen Monat Talea aus Paraguay im Haus, immer wortkarg, in den letzten Tagen fast stumm. Südamerikanische Temperamentsausbrüche sparte sie sich für bestimmte Augenblicke mit Frank auf. Seit zwei Wochen waren die beiden nun ein Paar; die anderen akzeptierten die Liaison kommentarlos, sogar Gabi verzichtete mittlerweile auf anzügliche Sprüche.

Irgendwie passte es sogar zum schillernden Schein von Love and Peace, dass zwei aus der Gruppe mit Drogen handelten. Wolf als Mitläufer und kleiner Dealer, Frank als einer der Entscheider in der Gang um Tom Kratzer und Luis Pacheca. Was Jörg, Gabi und Sabrina aber nicht wussten, weil sie generell nichts Genaueres von den Drogen-Geschäften ihrer Hausgenossen wissen wollten. Frank und Wolf förderten diese Strategie der geschlossenen Augen durch ein Höchstmaß an Konspiration. Beim Chaoten Wolf, der immer wieder gerne zugedröhnt durch die Gegend lief, war die Geheimhaltung allerdings keine sichere Bank. Deswegen wurde er von den meisten Informationen abgeschnitten und hätte im Zweifelsfall nur wenig ausplaudern können. Noch immer war nicht eindeutig heraus, wer hinter dem Granatenanschlag am Ballermann steckte, es hatte aber ein weiteres Gespräch zwischen Kratzer und dem Rockerboss Vehmann gegeben.

»Ich konnte mich dem nicht entziehen«, sagte Tom, um dem Verdacht zu entgehen, er habe einen mit den anderen nicht abgestimmten Alleingang unternommen. »Der Typ hing bei mir im Alabama herum und sprach mich an. Da hab ich ein wenig mit ihm geplaudert.«

»Und? Was ist dabei rausgekommen?«, hatte Frank gefragt, als er vor einer guten Woche auf einen Sprung in der Diskothek vorbeigeschaut hatte. »Das ist ja so ein unsympathischer Schmutzbuckel«, hatte Kratzer geantwortet, »aber er ist geschickt und lässt sich nicht in die Karten schauen.«

»Hast du ihn denn mal ganz direkt gefragt, ob seine Crocodiles hinter dieser Schweinerei am Ballermann stecken?«

»Nee, ich hab ihm nur im Detail erzählt, was wir da auf der Straße sehen mussten. Er wusste natürlich Bescheid, stand ja auch in allen Zeitungen. Und als ich dann gesagt habe, dass die Polizei im Dunkeln tappt, weißt du, wie er da reagiert hat?«

»Nun mach's mal nicht so spannend.«

»Er meinte, sein Vertrauen in die spanische Polizei wäre sehr begrenzt. Die wären in den meisten Fällen einfach zu blöd, um effizient zu ermitteln. Effizient zu ermitteln, sagte er, wortwörtlich. So ein zynischer Wichser. Ich sag dir, diese Jungs waren es. Wie der mich dabei angegrinst hat – das kam einem Geständnis gleich.«

»Schönes Geständnis. Das kannst du dir irgendwohin schieben. Aber wie ging es dann weiter?«

»Er hat ganz freundlich sein Angebot erneuert, mit uns ›auf dem Gebiet der Sicherheit‹ zusammenzuarbeiten. Wieder so ein hochgestochener geschäftsmännischer Ausdruck. Und dann hat er die Geschichte mit dem Rausschmiss seiner Jungs noch mal aufgewärmt und sich wieder über unsere Umgangsformen beschwert.« Frank hatte die kalte Wut gepackt. Aber auch eine Prise Angst, denn er hatte plötzlich an die Angebote aus den Mafia-Filmen denken müssen, die man nicht ablehnen konnte.

»Ja, und du dann?«

»Ich habe auf Zeit gespielt. Hab ihm gesagt, dass ich, solange wir uns untereinander nicht einig sind, wie wir auf seine freundliche Offerte reagieren wollen, schlecht hingehen und einfach Fakten schaffen kann.«

»Geht's auch etwas genauer?«

»Ich habe ihm gesagt, wir bräuchten noch ein paar Tage, um das intern zu klären.«

»Da hat er doch bestimmt gleich Druck gemacht, oder?«

»Nicht direkt. Er meinte nur: ›Überlegt, aber überlegt nicht zu lange. Sonst müssen wir das irgendwann als Absage werten. Und das würde die Beziehungen dann doch belasten‹.«

»Ganz klar, diese Sau droht uns!«, hatte Frank geschäumt. »Also müssen wir jetzt Beschlüsse fassen. Da kommen wir nicht dran vorbei.« Tom hatte das genauso gesehen. Doch seitdem hatte Frank nichts mehr von Tom Kratzer gehört. Das machte ihn dauernervös, die ständige innere Unruhe ließ sich nur durch größere Mengen Bier betäuben. Wie gut, dass mich meine Liebe zu der kleinen Talea etwas ablenkt, dachte Frank am Frühstückstisch und leckte sich ein Stückchen Haselnusscreme aus dem Mundwinkel. Liebe! Er wunderte sich über sich selbst, weil seine Gedanken immer wieder um dieses Wort kreisten. Denn Liebe bedeutete für ihn, sich jemandem komplett auszuliefern. Deswegen lagen Liebe und Enttäuschung ja auch so eng beieinander. Denn wer sich arglos und ohne jeden Funken Misstrauen fallen ließ, der war auch anfällig für Verarschung. Und sich verarschen lassen, wollte Frank unter keinen Umständen. Zu oft schon hatten irgendwelche Flittchen Franks Verliebtheit ausgenutzt. Aber mit Talea, da fühlte sich Frank ganz sicher, das war doch wirklich mal richtige Liebe, verdammt und zugenäht! Kein Zweifel, er war hin und weg von dieser Frau, die er aus dem Meer gezogen hatte. Wie bescheuert, dass Tom Kratzer neulich im Alabama dieses Thema doch erneut angeschnitten hatte.

»Du solltest dir wirklich dringend überlegen, die Kleine in den Wind zu schießen«, hatte er mit einem Unterton gesagt, der Frank überhaupt nicht gefiel. »Ich kenn sie nicht, aber du weißt ja offensichtlich auch nichts über sie. Wir müssen im Augenblick jedes noch so kleine Risiko vermeiden. Die stammt aus Paraguay, da geht's mit den Drogenkartellen drunter und drüber. Wir wissen nicht, wer sie ist, welche Connections sie hat, und wem sie was erzählt.«

»Die weiß überhaupt nix, die hört nix von mir, sie ist absolut harmlos. Du siehst einfach nur Gespenster.«

»Sicher ist sicher. Mach Schluss mit der Frau. Und außerdem stört es mich gewaltig, dass du und Wolf immer noch nicht aus dem illegal besetzten Haus ausgezogen seid. Macht das jetzt so schnell wie möglich. Ich kann das nicht länger dulden.« Frank hatte sich gewaltig zusammenreißen müssen. Das klang ja fast wie ein Ultimatum. Aber er war klug genug gewesen, angesichts der ohnehin angespannten Situation zumindest verbal kleine Brötchen zu backen. »Ich guck mal, wie ich das geregelt kriege«, hatte er angeboten, und Tom, der das als Zeichen des Einlenkens wertete, hatte Ruhe gegeben.

»Und jetzt noch eine Frühstücks-Überraschung für euren Vitamin-C-Haushalt«, kündigte Sabrina an und holte aus der Küche eine große Schüssel mit kleingeschnittenen Orangen. »Das sind die letzten Navel Late, zuckersüß, und, das Allerschärfste, für nur einen Euro pro Kilo. Lasst es euch schmecken.« Da brandete spontaner Beifall im Wohnzimmer auf, dem sich sogar Talea anschloss. Nur Palo, der sich gerade zu einem Morgenschlummer zusammengerollt hatte, schreckte wenig begeistert auf und fing an zu bellen.

»Schnauze!«, brüllte Frank und holte sich einen vorwurfsvollen Blick von Gabi ab, die sich schon immer für eine Hundeversteherin gehalten hatte. Frank und Talea tauschten zärtliche Blicke aus. Mehr intimen Kontakt ließ Frank vor den Augen der anderen nicht zu, Rumturteln oder Schmusen war nicht drin, nicht aus Scham, sondern aus Angst vor möglichem Spott oder schrägen Blicken der Hausgenossen. Taleas Vergangenheit war immer noch ein großes Puzzle, bei dem die meisten Teile fehlten. Ein Erlebnis vom Vortag hatte eine Spur Misstrauen gesät, die aber von den großen Gefühlen bald wieder verwischt worden war. Beide liebten es, ein, zwei Stunden durch die Felder oder am Meer entlang spazieren zu gehen. Gestern hatten sie lange in den Klippen am Cap des Moro gesessen. Talea lehnte den Kopf an seine Schulter, sie sprachen über Belanglosigkeiten, dann aber begann sie, über ihre Zeit in Cala d'Or zu erzählen.

»Ich habe dir neulich nicht alles gesagt«, fing sie an. »Als Kellnerin im Big Ben hat es mir gut gefallen, aber das änderte sich rasch, als ich mich in den Chef verliebt habe. Der hieß Ricardo und war auf den ersten Blick ein attraktiver und sehr lieber Mann.« Ricardo! Da hast du dir aber ein sauberes Früchtchen angelacht, dachte Frank, behielt das aber vorsichtshalber für sich. Ricardo, der ein zuverlässiger, wenn auch ständig motzender Abnehmer von Kokain und neuerdings auch Crystal Meth war. Der außerdem noch im Nutten-Business mitmischte. Und der – rein menschlich – eine absolute Ratte war. Immer wiederkehrende unberechtigte Beschwerden über die Qualität des Stoffs, nervige

Preis-Feilschereien in Serie, und irgendwann hatte er sogar noch versucht, Costas Frau anzubaggern, und zwar auf der alleruntersten Anmach-Ebene. Frank und Costa hatten das als den Tropfen gewertet, der geeignet war, sämtliche Fässer zum Überlaufen zu bringen. Aber Tom Kratzer war nun mal der Boss, und der hatte mit einem lakonischen Hinweis auf Ricardos Umsatzzahlen den Antrag vom Tisch gefegt, dieses Super-Arschloch von der Kunden-Liste zu streichen.

»Jungs, was seid ihr bloß für Softball-Spieler«, hatte Tom sie angemacht. »Ich weiß doch selber, was für ein windiger Vogel dieser Herr aus Cala d'Or ist. Aber wir verdienen einen schönen Batzen Kohle, weil er uns so fleißig beim Verticken der Ware an den Endverbraucher hilft. Und deswegen heißt die Devise: Ohren auf Durchzug stellen, Distanz, soweit als möglich, und einfach weitermachen.« Dagegen war jeglicher Widerspruch so sinnlos wie Ostereier an Halloween. Und diesem großartigen, unantastbaren Geschäftsfreund Ricardo widmete Talea nun eine Liebes-Serenade – zumindest im ersten Teil ihrer Ausführungen. »Wir hatten einen wundervollen Monat zusammen«, säuselte sie, »und ich glaubte, dass er mich aus tiefstem Herzen liebt. Er hat mir sogar versprochen, mich zu seiner Partnerin zu machen. Ich war einfach nur glücklich.« Talea standen die Tränen in den Augen. »Und dann, den Tag werde ich nie vergessen, hat er mir ganz ernsthaft den Vorschlag gemacht, dass ich für ihn anschaffen sollte. Um eine geschäftliche Talsohle zu überbrücken. Stell dir das vor, so ein Verbrecher!« Frank nahm sie in den Arm. »Da bin ich Hals über Kopf abgehauen, hab mich ein paar Tage in einer Höhle hier in der Nähe versteckt. Und weil ich nicht mehr ein noch aus wusste, habe ich dann das ganze Röhrchen Hoggar-Night-Schlaftabletten genommen und bin ins Wasser gesprungen.«

»Das ist ja furchtbar«, sagte Frank und streichelte ihr Gesicht, auf dem ein paar Tränen glänzten. »Ich hoffe, ich treffe dieses Schwein nicht irgendwann mal. Denn dann könnte ich für nix mehr garantieren.«

»Die Höhle ist hier übrigens ganz in der Nähe. Ich könnte sie dir zeigen. Ich habe jetzt auch keine Angst mehr vor der Erinnerung.« Sie liefen ein paar hundert Meter weiter nördlich über die felsige Küste, Frank hielt Taleas Hand, wenn es zu unwegsam wurde.

»Da ist es«, sagte sie und zeigte auf den Eingang einer Höhle, die das Meer sechs, sieben Meter tief in den Felsen gefressen hatte. Frank war es plötzlich ganz heiß geworden. Mein Gott, das konnte doch nicht wahr sein! Ausgerechnet in diese Höhle hatte sie sich geflüchtet! Frank kannte jeden Winkel des Verstecks. Ganz hinten rechts befand sich nämlich, gut getarnt durch ein paar Felsbrocken, ein Depot der besonderen Art. Durch perfekte Plastik-Verpackung gegen üble Herbst- und Winterwellen und sonstige Feuchtigkeit geschützt, lagerten dort immer einige Kilo Kokain und Meth. Im Marktwert von ein paar hunderttausend Euro. Frank ging nicht häufiger als einmal pro Woche dorthin. Deshalb war Talea auch nicht von ihm entdeckt worden. Und Spuren hinterlassen hatte sie auch nicht. Hätte Frank irgendwann Zeichen von Leben in der Höhle entdeckt, Dosen, Flaschen, Zigarettenkippen oder Ähnliches, hätte er das Drogendepot sofort aufgelöst.

»Wie hast du denn da überlebt?«, fragte Frank, nachdem er sich wieder gefangen hatte. »Ich hab im Eroski-Supermarkt in Cala d'Or noch schnell Toastbrot und ein paar Konserven gekauft und die Sachen zusammen mit einer Decke in meinen Rucksack gepackt. Daran habe ich noch gedacht, ansonsten war da nur noch Panik und Verzweiflung. Ich wollte einfach weg, irgendwohin.« Tja, dachte Frank, irgendwohin. Nur »irgendwohin«, mit Schlaftabletten? Vollkommen ziellos? Das soll ich dir alles glauben, kleine Talea? Gibt es nicht doch noch eine Geschichte hinter deiner Geschichte? Verschweigst du mir irgendwas?

Vor allem, dass Ricardo da mit drinhing, gab ihm zu denken. Ein Typ, der aussah wie ein asketischer ZEIT-Literaturkritiker, der aber über eine Rezension des Strafgesetzbuches nicht hinausgekommen war. Und seine Autobiografie hätte den Titel »Mein Leben als Widerling« getragen. Wie wahrscheinlich war es, dass

Ricardo Talea immer noch benutzte oder bedrohte? Oder beides? War sie ein U-Boot auf unsichtbarer Feindfahrt gegen das kleine Drogen-Imperium von Tom Kratzer? Drei Fakten stützten das bedrohliche Szenario: Ricardo kannte Talea; die wiederum wusste von der Existenz der Felsenhöhle und deshalb möglicherweise vom Drogenversteck; und Talea hielt sich im unmittelbaren Umfeld von Frank und Wolf auf.

»Jetzt ist aber Schluss mit der unausgegorenen Kacke!« Frank hatte diesen Satz zu seiner eigenen Verwunderung laut gesagt. Talea guckte ihn irritiert an. »Womit ist Schluss?«, fragte sie.

»Ähm, mit den bösen Erinnerungen, meine ich«, redete Frank sich heraus, »Komm, wir gehen wieder nach Hause und lassen es uns gut gehen.« Taleas zweifelnder Gesichtsausdruck verschwand, und Frank wischte die Verschwörungstheorien weg. Der reine Verfolgungswahn, dachte er, wir drehen alle am Rad, die Lage ist angespannt, hinter jeder Ecke sehen wir einen, der uns umnieten will. Ich kann mich bald in eine Reihe mit Gabi stellen, die leidet auch an Paranoia. Talea ist absolut unschuldig in eine Beziehung mit einem finsteren Typen geraten, das hat sie aus der Bahn geworfen. Schließlich wollte sie tatsächlich aus dem Leben scheiden, das haben wir doch alle live mitgekriegt. Die springt doch nicht ins Wasser und kalkuliert ein, von mir gerettet zu werden, damit sie mich anschließend ausspionieren kann. Das reinste Absurdistan. Und wenn sie wirklich Dreck am Stecken hätte, warum führt sie mir dann ausgerechnet diese heiße Höhle vor? Nein, nein, alles ist gut, Frank liebt Talea aus Paraguay, eine scheue Frau, die vom Schicksal vermöbelt wurde. Und ich, Frank Husniak, bin vom Himmel ausgeguckt worden, um durch meine Liebe ihre Wunden zu heilen. Jetzt müssten eigentlich die bombastischen Streicher zum Einsatz kommen, dachte er, mach es nicht zu kitschig, Junge! Aber auch ohne Kitsch und rosa Nebel: kein Grund für Argwohn, an keiner Stelle, einfach nirgendwo.

Am Ende hatten sie sich vor der Höhle mit dem Drogen-Depot lange geküsst, und Frank konnte gerade noch eben den Wunsch unterdrücken, auf der Stelle mit Talea zu schlafen.

Jetzt, einen Tag später, lag das gut besuchte Frühstück im besetzten Haus in den letzten Zügen. Es wurde auch höchste Zeit, denn Gabi musste putzen gehen, Frank hatte zwei Pools zu reinigen, Sabrinas endgültiger Durchbruch in der internationalen Kunstszene stand praktisch vor der Tür, und Jörg hielt seinen zerschlissenen Fakir-Koffer in der Hand. »Mein Kumpel Andi holt mich gleich ab, ich mach heute mal wieder die schwebende Statue in Palma. Andi verkauft Kunstpostkarten.«

»Wo schwebst du denn, mein Freund vom Nagelbrett?«, fragte Frank nach. »Immer an derselben Stelle vor der Kathedrale. Die Touris fotografieren sich die Seele aus dem Leib, und die Euros klimpern.«

»Geld muss rascheln, nicht klimpern.« »Das unterscheidet uns wohl, meins klimpert leider noch.« Frank und Jörg waren in den letzten Wochen näher zusammengerückt. Gemeinsam mit Wolf hatten sie einen dreitägigen, als ›Männertour‹ deklarierten Ausflug aufs Festland gemacht, in die Gegend von Barcelona. Talea hatte das überhaupt nicht gefallen, es flossen sogar Tränchen, aber Frank überzeugte sie, dass auch Männer ab und an gemeinsame Unternehmungen zur Festigung ihrer Freundschaft unternehmen mussten. Taleas Handy klingelte, ein einfallsloses Keyboard-Geklimpere vom Computer-Fließband. Talea sprang auf, rief: »Diga«, und verließ zum Telefonieren das Haus. »Warum macht sie das immer?«, fragte Gabi. »Hat sie was zu verbergen?«

»Das ist eine Macke von ihr«, verteidigte Frank seine Freundin, »sie will eben ungestört telefonieren. Sollen wir mal über deine Macken reden?«

»Sei nicht so aggressiv, Schatzilein, tu mal lieber dreckige Pools saubermachen.« Das war schon immer Gabis Lieblingssport gewesen: Frank mit seinen eigenen Waffen zu schlagen. Der Punkt ging diesmal an Gabi, und Frank beherzigte ausnahmsweise den wegweisenden Ratschlag des Kabarettisten Dieter Nuhr: »Einfach mal Fresse halten«, und machte sich auf zu einem Ferienhaus an der Cala Llombards.

Kapitel 8
Fakir vor Kathedrale

»God I love the sweet taste of India, lingers on the tip of my tongue.«
(Aerosmith: »Taste of India«)

»Rüdiger!«, rief Jacko Wrobel. »Da, ein Hund!«

Als Antwort kam ein dreimaliges herzhaftes Bellen. Rüdiger, der achtjährige Irish Setter von Jacko und Lissy Pattmann, hatte bis zu Jackos Weckruf schläfrig auf seiner Decke hinter dem Rücksitz des schwarzen PT Cruisers gelegen. Der laute Hinweis auf einen Artgenossen am Wegesrand machte ihn jedes Mal schlagartig putzmunter. Das funktionierte sogar, wenn weit und breit gar kein Hund zu sehen war. Jacko hatte immer einen Heidenspaß an der Nummer. Wahrscheinlich auch deshalb, weil Rüdiger ansonsten nur ganz wenigen Kommandos Folge leistete, und noch dazu widerwillig. Hundeerziehung ist eben, konsequent und geduldig betrieben, eine sehr zeitaufwendige Sache. Und die Zeit von Jacko und Lissy war knapp bemessen. Lissys Tierarztpraxis in Santanyí ging richtig gut, und Jacko verbrachte beruflich mindestens eine Woche pro Monat in Deutschland. Zusätzliche Aufträge für Werbespots oder Hörbücher erledigte er in Tom Kratzers KraTom-Studio in Portopetro. Freizeit war kostbar, gemeinsame Freizeit erst recht. Aber heute hatten sie es tatsächlich hingekriegt, einen kompletten Tag für einen Ausflug nach Palma freizuschaufeln.

»Ich sage grün«, lachte Jacko und drehte Creedence Clearwater Revival leiser. John Fogerty, das Fossil aus den Siebzigern, röhrte sein »Sweet Hitchhiker« aus den Boxen. RockFM hieß

Jackos liebster spanischer Musiksender, »La casa del Rock«, viel Rock-Musik, wenig Gequatsche, keine Arbeitsbeschaffungsmaßnahme für geltungssüchtige Moderatoren. »Ja, dann muss ich ja wohl rot sagen«, antwortete Lissy lakonisch. Gemeint war die einzige Ampel auf den vierzig Kilometern von Cala Figuera bis an die Stadtgrenze von Palma, in der Nähe des Fahrradgeschäftes auf der Umgehungsstraße von Campos. Die Grün-Rot-Wette von Campos war eines von vielen Ritualen, die sich im Laufe ihrer zwanzigjährigen Ehe festgesetzt hatten. Dieses Mal gewann Lissy, die Ampel zeigte Rot und wollte, wie sonst nur die Ampeln in Köln, gefühlte zehn Minuten nicht ergrünen. Zu gewinnen, gab es traditionell nichts, aber Jacko machte trotzdem ein Angebot, allerdings ein vergiftetes. »Okay, zur Belohnung darfst du dir heute in Palma ein paar Schuhe kaufen.«

»Nein, wie großzügig, mein Schatz, ich bin vor Freude ganz aus dem Häuschen. Danke, danke, danke.« Lissy war keine Emanze, aber ihre finanzielle Unabhängigkeit war ihr wichtig. Am Geld-Tropf eines Mannes zu hängen, wäre für sie absolut unerträglich gewesen. »Aber du hast schon recht, wer das Schuhparadies Palma besucht, sollte nicht ohne Schuhe wieder nach Hause fahren.«

»Bete du nur den Mani-Schuh an«, sagte Jacko, »aber dann werden sich unsere Wege für ein Stündchen trennen.« Mit seiner Frau Klamotten und Schuhe kaufen zu gehen, war für Jacko ähnlich schlimm wie nörgelnde Hörermails zu beantworten, musste also tunlichst vermieden werden. Folglich setzte er sich bei einer von Lissys Shopping-Attacken immer auf die kuschelige Plaza Santa Eulàlia im Schatten der gleichnamigen, beinahe achthundert Jahre alten Kirche. Die Plaza war, obwohl im Zentrum Palmas gelegen, ein Ort der Beschaulichkeit mit ausreichendem Sicherheitsabstand zu den touristischen Trampelpfaden.

Das schwarze »Gangster-Auto«, wie Lissy es immer nannte, passierte den großen Eroski-Supermarkt am Ortsausgang von Campos. »Wann musst du eigentlich wieder moderieren, nächste oder übernächste Woche?«, fragte Lissy und streichelte fast beiläufig Jackos Oberschenkel. »Das sage ich dir erst einen Tag vor der Abreise«, antwortete ihr Ehemann, »die Planungen mit deinem spanischen Hausfreund mache ich dir so schwer wie irgend möglich.« Seit einer schwärmerischen Bemerkung Lissys über den Chef der Peugeot-Werkstatt von Santanyí zog sie Jacko mit dem schwarz gelockten Jorge auf. »Tu dich ruhig mit diesem Macho zusammen«, drohte er ihr immer, »dann gibt ´s wenigstens ne Tracht Prügel, wenn du dich daneben benimmst.« Lissy nahm es gelassen. Beide wussten, dass sie sich aufeinander verlassen konnten; Seitensprung war als sportliche Disziplin in ihrer Ehe schon lange kein Thema mehr. Und mit Jorge und seiner Frau Carina waren sie seit ein paar Jahren dick befreundet.

Engere Beziehungen mit Mallorquinern galten bei vielen Deutschen auf der Insel als unmöglich, weil die Einheimischen angeblich lieber unter sich bleiben wollten. »Probiert es doch einfach mal aus«, riet Jacko seinen Landsleuten, »mit etwas gutem Willen und unter Einsatz der spanischen Sprache ist das weiß Gott kein Ding der Unmöglichkeit.« Heute erinnerte Jacko sein mittelschwerer Brummschädel an die reale Existenz der deutsch-mallorquinischen Freundschaft. Denn Carina und Jorge hatten sie am Vorabend mit Escaldums bewirtet, Hühnchen in sahniger Mandelsoße, begleitet von größeren Mengen süffigen Weißweins.

»Na gut, ich will mal nicht so sein«, sagte Jacko und kratzte sich seine juckende Glatze, »nächste Woche ist wieder Morning-Show angesagt. NRH 90,8 – ein Leben in Harmonie. Manchmal könnt ich kotzen.«

»Dann lass es doch endlich mal sein«, sagte Lissy, die die Klagelieder ihres Mannes über das krampfhaft gutgelaunte Verblödungs-Radio schon auswendig hersagen konnte. »63 war die Ansage, also in zwei Jahren. Wirst du dich dran halten? Am Geld sollte es nicht scheitern, das kriegen wir hin. Du hast ja auch noch andere Jobs.« Jacko kam aus der linksliberalen, politisierten Moderatoren-Ecke und hatte nach drei Jahrzehnten öffentlich-rechtlichen Radios die Flucht ergriffen, als Umfragen über Frühlingsgefühle oder zum Thema: »Kriegt ihr Haustier Weihnachtsgeschenke?« immer mehr überhand nahmen, und Politik und Informationen auf kurz getrimmt und den Gesetzen des Boulevards unterworfen wurden. Leider aber lief Jackos Wechsel unter der Überschrift: »Wenn schon flachwichsen, dann richtig.« Und so ertrank er seit sieben Jahren bei »Nordradio Harmonie« in einer Flut aus Jingles, Trailern und grenzdebilen Hörer-Aktionen.

»Gerade läuft bei uns wieder so ein wahnwitziges Ding«, erzählte er seiner Frau. »Wir fordern die Hörer pausenlos auf, ihre Häuser altrosa anzustreichen, in der Logo-Farbe unseres Senders. Nordradio Harmonie bezahlt die Farbe und die Handwerker, und jeder, der es machen lässt, kriegt eine Woche Playa del Inglés geschenkt.« »Ist denn wieder Umfrage-Zeit?«, fragte Lissy.

»R-r-r-richtig! Die Leute werden gefragt, welches Radioprogramm sie bevorzugen, und alle sollen sagen: Wir hören dieses geile Nordradio mit seinen abgedrehten Aktionen.«

»Ich warte nur noch drauf, dass du mit der Ansage: ›90,8-Moderatoren säubern euer Katzenklo‹ meistbietend versteigert wirst. Unter der Schirmherrschaft von Helge Schneider.«

»Das würde der nie machen. Der ist viel zu intelligent, Helge würde sich für sowas nie hergeben.«

»Aber bevor du weiter ablenkst: Steht der Plan noch, mit 63 aufzuhören?«

»Kein Thema, der steht wie ne Eins. Was ich jetzt mache, ist reiner Broterwerb mit hohem Fuck-Faktor. In zwei Jahren ist definitiv Feierabend. Aber lass uns lieber das Thema wechseln, bevor bei mir die Pusteln sprießen.«

Lissy ließ es gut sein und verzichtete heute auch darauf, das Trinkverhalten ihres Mannes zu thematisieren. Denn für sie bestand ein unmittelbarer Zusammenhang zwischen Jackos Arbeit, die er zum Kotzen fand, und seiner oft hemmungslosen Sauferei. Aber heute war ein harmonischer, sonniger Tag, die Probleme hatten Urlaub. Das Drehbuch für den Palma-Tag war fast immer gleich: in der Bar Bosch ein spätes Frühstück mit kleinen Schinken-Käse-Bocadillos, danach immer gerne ein Abstecher ins kleine Kunstmuseum der Stiftung Juan March in der Fußgängerzone. Ein Stadtpalais aus dem 17. Jahrhundert, unter anderem mit Werken der klassischen Moderne von Dalí und Miró. Shopping hier und Shopping da, für Jacko das erste heimliche Bier, und zum Abschluss am späten Mittag Tapas in der Markthalle »Mercat de l´Olivar«.

»Jetzt gib doch mal Gas, mein Freund!«, fluchte Jacko, obwohl er wusste, dass der angesprochene einheimische Verkehrsteilnehmer ihn erstens nicht hören konnte, ihn zweitens nicht verstanden hätte und drittens und am allerwichtigsten, weder willens noch in der Lage war, der dringenden Bitte des Deutsch-Holländers nachzukommen. Denn der ältere Mann vor Jacko steuerte einen der gefürchteten betagten Renaults R4, die immer wieder mit Tempo 60 die Landstraßen Mallorcas blockierten. Aber es musste noch nicht einmal ein vierzig Jahre altes französisches Auto sein: Es reichte auch eine bestimmte Gruppe mallorquinischer Autofahrer, die die Fahrt offensichtlich so lange wie möglich im Tempo einer Weinbergschnecke auf Valium genießen wollte.

»Du kennst doch bestimmt die Eselkarren-Theorie«, sagte Jacko, und seine Frau antwortete geduldig: »Ja, die kenne ich, aber erklär sie mir ruhig noch mal.« Ja, die Eselkarren-Theorie. Die besagte nämlich, dass viele Mallorquiner den Übergang von der bäuerlichen Gesellschaft zur hoch-motorisierten BMW-Gegenwart mental noch nicht bewältigt hatten. Und deshalb aus Protest oder schlicht wegen geistiger Unbeweglichkeit auch auf schnurgeraden Straßen den ungestümen Bewegungsdrang des guten alten Eselkarrens simulierten. »Zwischen Campos und Llucmajor habe ich nur zwei Chancen, den Trottel zu überholen«, knurrte Jacko.

»Jetzt mach doch mal halblang und entspann dich. In gut fünf Minuten sind wir auf der Autobahn. Etwas mehr Geduld könnte dir nicht schaden.«

»Iss ja gut, du hast ja wieder mal so was von recht.« Lissy schnitt nun das derzeitige Top-Thema aus der Rubrik »Leute von heute« an. »Ich finde es ja richtig super, dass unser Fränkie sich unsterblich verliebt hat. Ich hab die beiden neulich auf dem Marktplatz in Santanyí getroffen. Wirklich ein außergewöhnliches Paar. Ich glaub, das hat er so richtig gebraucht.«

»Ich hoffe nur, dass er bei ihr nicht ständig den Ruhrpott-Rambo gibt. Sie wirkt doch sehr sensibel und zerbrechlich.« Jacko bog vom Kreisverkehr vor den Toren Llucmajors auf die Autobahn Richtung Palma ab. »So ist es. Die Frau hat vor ein paar Wochen versucht, sich umzubringen. Das spricht ja nun wirklich nicht für seelische Stabilität. An dem Punkt habe ich Bedenken. Frank ist nun mal eine emotionale Dampframme.«

»Irgendwie glaube ich ja immer noch an die Lernfähigkeit des Menschen«, sagte Jacko. »Vielleicht ist es wirklich sowas wie die Liebe seines Lebens, und er verzichtet auf seine Ruppigkeiten. Sonst ist da bald wieder Feierabend.« Auf der linken Seite rauschte von weitem die Skyline von S´Arenal und der Playa de Palma vorbei. »Rauschte« im Wortsinn, denn Jacko bretterte mit hundertdreißig über die Autobahn. »Nimm den Fuß vom Gas, Schatzilein, hundert reicht doch vollkommen. Oder hast du zu viel Geld?«, fragte Lissy. »Einen einzigen Starenkasten gibt es hier, und an dem sind wir schon vorbei. Außerdem ist der Blitzer nach alter Landessitte schon ewig kaputt.« Jacko kaute immer noch auf den Widrigkeiten seines Moderatoren-Jobs herum. »Bevor ich mit dem Thema aufhöre: Kennst du schon Mood-Management? Das bedeutet, die gute Laune beim Hörer immer aufrechtzuerhalten. Ganz konkret: nach einem Ebola-Beitrag auf das tolle Wetter in der norddeutschen Tiefebene hinweisen. Und schon lächeln die Zuschauer wieder.«

»Jetzt lass es doch mal einfach gut sein für heute. So langsam kriege ich ganz schlechte Mood.« Stimmungs-Gewitterwolken zogen auf. Auf Lissys Stirn war die gefürchtete Querfalte zu sehen, wie Jacko durch einen schnellen Blick zur Seite feststellte. Godverdomme, dachte er, nu hebben we stront aan de knikker.

Verdammt, jetzt haben wir die Kacke am Dampfen. Manchmal fiel er gedanklich noch ins niederländische Idiom seiner Kindheit in einem Dorf bei Venlo zurück. »Okay«, sagte er deshalb, »heute nichts Berufliches mehr, keine Beschwerden, kein Gejammere, genießen wir einfach den Tag.« Er konnte fast schon körperlich spüren, wie Lissy sich daraufhin entspannte. Sie lächelte und stellte dann »Morning has broken« lauter, das ein gewisser Yusuf Islam, der früher mal Cat Stevens hieß, im Radio zum Besten gab. Es war jetzt halb zwölf, und Jacko verspürte große Lust, einen Abstecher in die Kathedrale »La Seu« zu machen, die jetzt in ihr Blickfeld geriet. Denn um diese Zeit strahlte die Sonne durch das große Rosettenfenster hinter dem Hauptaltar und überzog die Säulen und das Kirchengestühl mit allen Farben des Regenbogens. Es gab ein Foto, auf dem Lissy und Jacko in einem Meer von roten, grünen, gelben und blauen Farbtönen in einer der Kirchenbänke saßen. Mit entrücktem Blick, als wäre der Heilige Geist just in jenem Augenblick in sie gefahren und hätte sie von allen profanen, irdischen Dingen erlöst.

Jackos Antrag auf einen Kathedralengang wurde von Lissy jedoch sanft, wenn auch bestimmt abgelehnt: »Hast du Lust auf Schlangen am Eingang? Willst du Eintritt bezahlen? Ich habe da heute keinen Bock drauf. Außerdem hatten wir das schon so oft.« Jacko widersprach nicht, er wollte keine weitere Meinungsverschiedenheit heraufbeschwören, und steuerte den Wagen in das Parkhaus am »Parc de la Mar«, dessen Einfahrt direkt vom Paseo Maritimo abging. Ein letzter Blick zur Kathedrale, dann tauchten sie ab in die Tiefgarage. Ein sehr großes, sehr verwinkeltes Parkhaus. Jacko fuhr weit nach vorne, in den Teil, der der Altstadt am nächsten lag. Als sie schon fast an der Ausgangstür waren, merkten sie, dass sie beide ihre Sonnenbrillen im Auto liegengelassen hatten.

»Ja, der absolute Gleichklang der Seelen«, lächelte Jacko. »Wir tanzen sogar bei der Schusseligkeit den Pas de deux.« Draußen im gleißenden Licht empfing sie der übliche Juni-Trubel. Mit dem alten Zollhaus im Rücken, linker Hand der hässliche Info-Pavillon der Stadtverwaltung, schlenderten sie an der Sonnenuhr vorbei.

»Pass auf«, rief Lissy, »er will pinkeln!« Rüdiger hob gerade das Bein an der Marmorkante der als Bodenrelief sehr geschmackvoll gestalteten Sonnenuhr und schickte sich an, das Kunstwerk zu schänden. Jacko konnte diesen Plan durch heftiges, ruckartiges Ziehen an der Leine gerade noch im letzten Augenblick durchkreuzen. Mit dem Hund in der Stadt herumzulaufen, war nicht das allerreinste Vergnügen. Rüdigers Interesse an Schuhgeschäften hielt sich in Grenzen, in die Markthalle und in die Cafés und Bistros durfte er ohnehin nicht; aber die allerschmuddeligsten Ecken der Hauptstadt waren für den Hund ein Fest der Sinne. Und der Höhepunkt eines jeden Palma-Besuches nahte, wenn sich Rüdiger blitzschnell und unvermittelt duckte, um einen schönen Haufen aufs Straßenpflaster zu setzen. Für diesen Fall trug Jacko Plastiktüten und Küchenrollen-Papier am Körper. Im Hintergrund sprudelten und rauschten die Fontänen im künstlichen See im Parc de la Mar. Auf dem Weg zum Passeig del Born passierten Lissy und Jacko die Straßenhändler auf dem Platz vor der Kathedrale und dem Almudaina-Palast. An deren Angebot hatte sich seit Jahren nichts geändert: Aquarelle und Drucke aller Qualitätsstufen mit den immer gleichen Palma- und Mallorca-Motiven, afrikanische Holzschnitzereien, Armbänder und Glitzer-Tattoos. Zwei nicht unbegabte Karikaturisten lockten die Touristen auf ihre Hocker, und eine lebende Ludwig-van-Beethoven-Statue ließ sich für Fotos bezahlen. Als Bonus gab's ein Klavierkonzert des Meisters aus dem Ghetto-Blaster. »Ich freu mich schon auf's zweite Frühstück«, sagte Jacko, »der Café con leche bei Bosch ist immer noch große Klasse.«

»Ja, da könnte ich drin baden«, meinte Lissy, »aber die Tapas sind mittlerweile suboptimal. So ein bisschen ist der Lack ab.«

»Wir könnten uns auch mal wieder einen netten Abend in der Altstadt machen und dann im Hotel Born schlafen.« Lissy lächelte zufrieden, denn immer wenn ihr Mann Freizeit-Pläne schmiedete, war er gut drauf und grübelte nicht über seinen deprimierenden Job.

»Ja«, sagte sie, »das sollten wir uns noch für dieses Jahr vornehmen. Die Zeit rast, und irgendwann sitzen wir nur noch sabbernd im Garten.« Das Hotel Born in einer schmalen Gasse neben der C&A-Filiale gegenüber dem Café Bosch war schlicht und hatte nur zwei Sterne. Die Zeit war dort irgendwann in den Sechzigern stehengeblieben, der ganze Bau hatte schon gewaltig Patina angesetzt. Aber Jacko fand das Hotel charmant und liebte vor allem den malerischen Innenhof, die angestaubte Pracht des Foyers und die geschwungene Marmortreppe in den ersten Stock.

»Guck mal, da vorne isser ja!« Jacko zeigte in Richtung des Mini-Sanssouci-Gärtchens mit Springbrunnen vor ihnen. »Unser Jörg aus Cala Figuera. Weltweit das letzte Universal-Genie. Hausbesetzer, Bass-Gitarrist, Elektriker, Zocker und schwebender Inder, alles in einer Person, das soll ihm erstmal einer nachmachen.« Sie waren noch etwa zwanzig Meter von Jörg entfernt, der mit pseudo-indischen Gewändern auf seiner Metallkonstruktion saß und scheinbar schwebte. Auch er hatte seinen Fans Musik anzubieten, aus den Boxen drangen Fetzen lieblicher – Jacko hätte gesagt: jaulender – Sitar-Musik und vermischten sich mit dem Stimmengewirr der Touristen, Künstler und Händler. Der Radio-Moderator und die Tierärztin winkten ihrem Bekannten, dem Sieger über die Gesetze der Schwerkraft, heftig zu. Sie waren nur noch zehn Meter von Jörg entfernt, als plötzlich ein peitschender Knall den orientalischen Zauber zerstörte.

Danach spielte die Schwerkraft wieder die ihr in der Weltordnung zugewiesene Rolle: Der falsche Fakir schwankte, er rutschte seitlich von seinem Sitz, sein Kopf sackte ihm auf die Brust, dann stürzte Jörg zu Boden. Teile seines hellbraunen Gewandes hatten sich in einer Stange seiner geschraubten und geschweißten

Schwebe-Anlage verheddert; sein rechtes Bein ragte deshalb scheinbar akrobatisch in die Höhe, während der Rest des Körpers auf den Steinplatten ruhte. Jacko brauchte ein paar Sekunden, bis er den Zusammenhang zwischen dem knallenden Geräusch und Jörgs fallendem Körper hergestellt hatte. Dann dachte er aber keinesfalls an eine Fehlzündung oder andere harmlose Möglichkeiten. Ihm war sofort klar, dass er soeben einen Schuss gehört hatte. In diesem Moment begann in seinem Kopf der Film von vor fünfundzwanzig Jahren abzulaufen. Damals, als junger Radioreporter, hatte er vom Dachgeschoss eines Bürogebäudes den Schusswechsel zwischen zwei Geiselnehmern und der Polizei vor der gegenüberliegenden Bank miterleben müssen. Einer der Gangster war dabei auf der Strecke geblieben. Der Sound der knallenden Pistolen hatte sich auf ewig in sein Gedächtnis eingegraben. Die Erinnerungsfetzen tobten aber nur wenige Augenblicke in seinem Kopf.

»Scheiße!«, schrie er nun. »Scheiße! Scheiße!!« Er ließ die Hundeleine fallen, der Setter blieb stehen, er realisierte seine unverhoffte Freiheit noch nicht. Lissy hatte nur mit entsetztem Gesichtsausdruck »Nein!« gerufen, sich die Hand vor den Mund geschlagen und war regungslos stehengeblieben, unfähig, sich zu rühren. Jacko hastete mit langen Schritten zu der Stelle, wo Jörg sich jetzt stöhnend am Boden wand. Er prallte fast mit einem großen Afrikaner zusammen, der dabei war, Hals über Kopf vom Tatort zu flüchten. Einige Touristen und Passanten, die in der Nähe gestanden hatten, taten es ihm gleich, so dass Jacko die letzten Meter im Slalom überwinden musste. Jacko war noch immer so gebannt vom Anblick der unnatürlich verrenkten Gliedmaßen Jörgs, dass er den Mann mit der verspiegelten Sonnenbrille und dem Tuch vor dem Mund erst wahrnahm, als er am Tatort angelangt war. Das Schwein war's, dachte er. Die wenigen Gedanken, zu denen er in diesem Moment in der Lage war, tanzten wild umher. Hoffentlich überlebt Jörg das, hoffentlich stirbt er nicht, warum hat der Typ das getan? Wann kommt endlich ein

Krankenwagen? Ich schnapp mir diesen Verbrecher. Aber vielleicht schießt er dann auch auf mich?

Jacko hätte hinterher schwören können, dass der Attentäter sich im Zeitlupentempo Richtung Straße entfernte. Tatsächlich war es aber wohl so, dass der Mann ruhigen Schrittes, wenn auch nicht besonders langsam, zu einem roten Audi A 8 ging, der schon länger, wie Zeugen später bestätigten, am Straßenrand gestanden hatte.

Lauf ihm hinterher, sagte Jackos innere Stimme, greif ihn dir, halt ihn fest, bis die Polizei kommt! Aber er war zu feige. Oder einfach nur vernünftig und vorsichtig. Sein Gewissen aber strafte ihn hinterher mit Vorwürfen. Jacko beugte sich zu Jörg hinunter und sah, dass dessen Gesicht voller Blut war. Oder was von seinem Gesicht noch übrig war. Seine Nase und seine Wangen waren zerfetzt, nur noch ein rötlich-schleimiger Brei. Jacko war entsetzt. Für einen skurrilen Augenblick redete er sich ein, dass da ein vollkommen fremder Mensch sterbend am Boden läge. Jörg stöhnte jetzt nicht mehr, er regte sich auch nicht mehr, ein Schwall Blut kam aus seinem Mund. Seine Augen waren auf einen Schlag leblos, starr und ohne jeden Ausdruck. Und während das erste Polizei-Auto jaulend und blau blinkend in die blutige Szenerie einbrach, erkannte Jacko, dass sein Saufkumpel Jörg nicht mehr unter den Lebenden weilte. Jacko richtete sich auf, stand da, hilflos mit hängenden Schultern, und fing hemmungslos an zu schluchzen. Lissy kam mit dem irritierten Hund zu ihm, sie weinte auch, beide fielen sich in die Arme und hielten einander fest, wollten sich nicht voneinander lösen, murmelten Zusammenhangloses und Unverständliches, vereint in dem hilflosen Versuch, mit einer endlosen Umklammerung einen Schutzwall gegen das Böse zu errichten.

Kapitel 9

WG in Auflösung

»Same old, same old every day.
If things don't change you're just gonna rot.«
(Aerosmith: »Get a grip«)

Sie saßen am Esstisch und waren in der Sprachlosigkeit angekommen. Alle Tränen waren geweint, Gabi Rogalla wandelte wie ein Geist mit bleichem Gesicht und schwarz geränderten Augen durch das besetzte Haus, und sogar Frank, der Ironiker, fühlte nichts als lähmende Leere, aus der sich keiner seiner witzigen oder vermeintlich witzigen Sprüche lösen mochte.

Jörg war tot, und keiner der verbliebenen vier Hausbewohner hatte diese bittere Tatsache schon endgültig begriffen. Einer von Sabrinas sonst stets als genial bejubelten Salate mit Meeresfrüchten stand auf dem Tisch, aber selbst ihr fehlte in ihrer Hilflosigkeit der Glaube, das kulinarische Kunstwerk könnte die Tristesse verscheuchen. Sie schob sich lustlos eine der knackigen Garnelen in den Mund, und schon wieder irrlichterten zum hundertsten Mal die gleichen Fragen durch ihren Kopf: Warum? Wer kommt auf die Idee, einen harmlosen, friedlichen Mann auf offener Straße zu erschießen? Und aus welchem Grund? Er hat doch niemandem was getan.

Das war das Mantra der letzten drei Tage. Jeder von ihnen hatte immer wieder erfolglos darüber nachgedacht, ob Jörg Feinde gehabt hatte, die zu so einer blutigen Vernichtungsaktion fähig waren. Gegen einen unauffälligen Gelegenheits-Elektriker, der in seiner Freizeit die Bassgitarre in einer Cover-Band zupfte.

Jörgs Zocker-Leidenschaft hatte in ihren Gesprächen auch eine Rolle gespielt. Ja, in dieser Sache hatte es mal ein Ermittlungsverfahren der Bremer Staatsanwaltschaft gegen Jörg gegeben, von dem Gabi ihnen nun erzählte. Zusammen mit einem Freund sollte Jörg in einem illegalen Spielclub in Bremerhaven die anderen Gäste mit gezinkten Black-Jack-Karten abgezogen haben. Das war aber schon fünfzehn Jahre her, und die Ermittlungen waren eingestellt worden. Ein aktueller Schatten in Jörgs Biografie waren seine Spielschulden. Keiner von den anderen hätte das für möglich gehalten, denn Jörg galt als Zocker, dem das Glück beim Spiel immer freundlich zuwinkte. Doch das entsprach seit einem knappen Jahr nicht mehr ganz der Wahrheit. Gabi sprach über zwei Kredite von irgendwelchen englischen Kumpels in Magaluf; da ging es insgesamt um zehntausend Euro und um Gläubiger, die allmählich ungeduldig geworden waren. Aber das konnte ja wohl kein Grund gewesen sein, den Schuldner hinzurichten und damit endgültig auf das Geld zu verzichten.

»Wo ist Talea eigentlich?«, fragte Sabrina, weniger aus echtem Interesse, sondern weil sie das Schweigen nicht mehr ertragen konnte. Frank, der den Mund voll hatte, kaute noch zu Ende. »Die ist bei ihrer Freundin in Cala d'Or«, sagte er dann geistesabwesend. Frank Husniak war gerade gedanklich bei seiner Vernehmung im Polizeihauptquartier in Palma. Ein paar Minuten nach der Erschießung Jörgs hatte ihn Jacko in Cala Figuera angerufen. Frank alarmierte Wolf, sie warfen sich ins Auto, sammelten Sabrina in ihrer Galerie und die geschockte Gabi in einer frisch geputzten Ferienwohnung in Cala Santanyí ein und brausten nach Palma. Nach der tränenreichen Begegnung mit Lissy und Jacko meldeten sie sich bei der Polizei, die noch immer Spuren vor der Kathedrale sicherte. Der Anblick von Jörgs Leiche blieb ihnen erspart, sein Körper war bereits in die Pathologie abtransportiert worden, nachdem Jacko ihn identifiziert hatte. In ihm wurde später ein 9-mm-Projektil entdeckt, das aus einer Glock 17 abgefeuert worden war, aus einer Entfernung von etwa dreißig Zentimetern mitten ins Gesicht. Die Glock 17 war die meistverkaufte Pistole der Welt, Jörgs Mörder stand in einer schaurigen Reihe mit dem norwegischen Massenkiller Anders Breivik und mit Robert Steinhäuser, dem Amokläufer vom Erfurter Gutenberg-Gymnasium; selbst die IS-Terrorbanden brüsteten sich in ihren Propaganda-Videos mit ihren Glock-Pistolen. Dass mit einer Glock 17 geschossen worden war, brachte die Ermittlungen also angesichts der weiten Verbreitung der Waffe nicht vorwärts.

Das Gleiche galt für die Aussagen der Zeugen, die den Täter wahrgenommen hatten. Alle sprachen von einem schwarzhaarigen Mann mittleren Alters mit einer Spiegel-Sonnenbrille, der sich zur weiteren Tarnung ein Tuch vor das Gesicht gezogen hatte. Keine weiteren Details. Die Beschreibung passte auf eine mindestens sechsstellige Zahl von Spaniern. Besondere Kennzeichen? Fehlanzeige. Kein schleppender Gang, kein fehlendes Ohr, kein riesiges Muttermal. Einer der Karikaturisten, der vor der Kathedrale sein Geld mit Touristenporträts verdiente, hatte sich allerdings das Kennzeichen des roten Audi A 8 gemerkt, mit dem der Täter geflüchtet war. Aber auch diese Erkenntnis führte erst einmal in eine Sackgasse: Denn selbstverständlich war das Auto gestohlen und wurde am nächsten Tag in einem Flughafen-Parkhaus gefunden, und ebenso selbstverständlich fanden sich im Auto nur die Fingerabdrücke des rechtmäßigen Besitzers.

Frank fühlte sich noch immer unwohl, wenn er an seine Zeugenaussage in der Höhle des Löwen dachte. Blödsinnigerweise hatte er ständig auf den Augenblick gelauert, in dem der Vernehmer sagen würde: »Jetzt, wo Sie schon mal da sind, Herr Husniak, hätten wir auch noch ein paar andere Fragen.«

Lauter Hirngespinste. Die Befragung war vollkommen harmlos abgelaufen. Gott sei Dank hatte Frank seine grüne Ausländerkarte dabei, die seit einigen Jahren das unhandliche DIN-A-4-Ausländerzertifikat für in Spanien ansässige EU-Bürger ersetzte. Auf der Plastikkarte stand Franks Identitätsnummer, abgekürzt

N.I.E. für Número de Identidad de Extranjero, und die Adresse in Portopetro, unter der er offiziell gemeldet war. Dort wohnte zwar jetzt nur noch ein Kumpel aus alten Zeiten, aber der war eingeweiht und duldete den Namen Husniak an der Haustürklingel. Die anderen Hausbesetzer hielten es ähnlich wie er, Sabrina war beispielsweise unter ihrer Galerie-Adresse in Cala Figuera registriert. In Geheimdienstkreisen hätte es geheißen: Die Legenden sind wasserdicht. Und trotzdem gelang es keinem von ihnen, innerlich cool zu bleiben, als sie nacheinander von einem dämlich grinsenden Comisario befragt wurden. Wie lange kannten Sie das Opfer? Was war er für ein Typ? Hat er sich vor der Tat merkwürdig verhalten? Gab es Menschen, die einen Grund hatten, ihn zu hassen?

Wenn du nicht aufhörst, ständig mit der Zunge an den Zähnen entlangzufahren, hau ich dir eine rein, hatte Frank gedacht. Aber seine Stärke war vorgetäuscht: Franks Hände schwitzten, und Angst kroch in ihm hoch. Alles Routine, hatte er sich eingeredet, es geht hier weder um Hausbesetzungen noch um geheime Drogengeschäfte. Aber er stand jetzt drin im spanischen Polizei-Computer, egal in welchem Zusammenhang. Die Reaktion von Tom Kratzer konnte er sich ausmalen. Und tatsächlich goss der Mord an Jörg Schabe Wasser auf die Mühlen seines vorsichtigen und sich allenthalben verfolgt fühlenden Bosses. Kratzer hatte Frank zu sich befohlen.

»Die wichtigen Dinge bespreche ich am liebsten im Wald oder am Strand, jedenfalls außerhalb geschlossener Räume«, bellte er Frank gleich beim Betreten seines hypermodernen Tonstudios an. Von außen wirkte die umgebaute Finca am Rande von Portopetro fast baufällig. Aber drinnen stand Technik vom Allerfeinsten. Der von Wiesen und Feigenbäumen umgebene Bau wäre als Ausdruck britischen Understatements prima durchgegangen. Zuerst war ihre Begegnung noch fast gemütlich verlaufen. Eine Sekretärin servierte Kaffee und Mandelplätzchen. Irgendwie kommt mir die Frau bekannt vor, rätselte Frank, bevor er nach ein paar Minuten auf den

Trichter kam. Es handelte sich um die großbusige Russin, die beim Herrenabend am Ballermann noch ganz andere Dienstleistungen erbracht hatte. Himmel, dieser Kratzer schreckt aber auch vor nichts zurück, dachte Frank und wollte sich gerade ausmalen, wie Toms Frau wohl auf gewisse Informationen reagieren würde. Er kam aber nicht mehr dazu, sich weiter in der Schadenfreude zu baden, die die Vorstellung eines gewaltigen Ehekrachs im Hause Kratzer bei ihm ausgelöst hatte. Denn der Boss, der es wohl ernst meinte mit den Gesprächen unter freiem Himmel, ordnete einen Spaziergang auf dem Feldweg an, der in großem Bogen von der Finca Richtung Hafen führte.

»Ich habe dich gewarnt, Frank«, erregte sich Tom. Er hatte sein gepflegtes Aussehen in den letzten Tagen sichtbar vernachlässigt, lief mit Bartstoppeln und strähnigen Haaren durch die Gegend. »Das mit deinem Kumpel aus der Wohngemeinschaft ist alles sehr schlimm und äußerst tragisch. Aber mich interessiert in allererster Linie, wie schnell du dich jetzt aus dem Staub machst.« Wütend stieß er mit der Schuhspitze gegen einen herumliegenden Stein, der in hohem Bogen über die Natursteinmauer flog und den Bauch eines unschuldig grasenden Schafes traf. Das Tier flüchtete unter lautem Määh! mit einem aufgeregten Hopser zu seinen Artgenossen ein paar Meter weiter im Zentrum der Wiese. »Ich verlange von dir, dass du deinen Koffer packst und sofort diese Hütte räumst!« Frank versuchte, etwas zu sagen, kam aber gegen Toms sprudelnden Ausbruch nicht an. »Es kann sich nur noch um Tage oder gar Stunden handeln, dann stehen die Bullen bei euch vor der Tür. Du weißt ganz genau, was das bedeuten kann. Die ermitteln in einem Mordfall, da nehmen sie ein paar andere Erkenntnisse gerne mit. Und dann gute Nacht, Marie! Hast du das jetzt endlich verstanden?«

»Tom, lass mich doch auch mal was sagen.« Frank rang um die richtigen Formulierungen, wusste aber ganz genau, dass ihm schlaue Einwände oder irgendwelche Trickserein nicht länger weiterhelfen würden. Aber er versuchte es: »Wie soll ich einem der anderen denn vermitteln, dass ich jetzt abhaue. Wolf, der uns unterstützt, wird das vielleicht begreifen, aber sonst niemand. Gib mir doch noch ein paar Tage. Besonders Gabi ist total durch den Wind, die müssen wir erstmal wieder aufbauen.«

»Nein! Nein, nein, und nochmals nein! Gabi aufbauen! Wenn ich das höre, krieg ich zu viel. Das Blondchen aufbauen und alles andere kaputtmachen? Ist es das, was dir vorschwebt?« Frank sagte jetzt nichts mehr, schlurfte nur noch mit düsterem Gesicht neben Tom durch die Mallorca-Postkartenlandschaft. Der Musik-Produzent guckte auf seine schweineteure Baume & Mercier-Uhr und wechselte urplötzlich das Thema. »Jetzt vergesse ich wegen der ganzen Scheiße schon wichtige Termine«, schnaufte er. »Gleich steht Jingo Marksteiner hier auf der Matte. Der weiß, worauf es ankommt im Business. Der nächste Hit ist schon in der Pipeline. Und Jingo werde ich verdammt nochmal nicht warten lassen.«

Frank folgte Tom widerwillig zurück zur Finca. Als der Produzent allerdings seine Schritte beschleunigte, blieb Frank ein paar Meter zurück. Er ärgerte sich. Nicht nur, weil Tom mit ihm umsprang wie ein Plantagenbesitzer mit seinem Bananen-Neger, sondern auch, weil sie inhaltlich eigentlich gar nicht so weit voneinander entfernt waren. Okay, ich zieh aus, nahm er sich vor, es ist besser so. Aber erst in ein paar Wochen. Es ist doch auch mein Prinzip, ein unauffälliges Leben zu führen. Warum sonst mache ich denn die Pools dieser Touristen-Ärsche sauber? Hätte ich doch gar nicht nötig bei der Menge Asche, die in meinen Depots lagert. Aber ich kann doch meine Freunde nicht einfach im Stich lassen, wenn es eng wird. Für Frank war das ein revolutionärer Ansatz. Denn Wörter wie »Freund«, »Freundschaft« oder gar »Liebe« standen bei ihm bekanntlich auf der Roten Liste der vom Aussterben bedrohten Begriffe. Die Begegnung mit Talea hatte allerdings einige der bislang fest angezogenen emotionalen Stellschrauben gelockert. Und nach der Ermordung Jörg Schabes wuchs das Gefühl, dass die Verbindung zu den verbliebenen Mitbewohnern Sabrina, Gabi und Wolf doch mehr als eine Zweckgemeinschaft war. Okay, Sabrina, die angefettete Lesbe, war in ihrer Mischung aus Spießigkeit und Exzentrik anstrengend; Wolf, der skurrile Freak, musste andauernd in den Arsch getreten werden; und Gabi hätte eine Kur in der Klapse vielleicht ganz gut getan. Aber wenn Frank in sich hineinhorchte, und das passierte derzeit außergewöhnlich oft, dann spürte er eine starke Verbundenheit mit diesen Menschen. Er wehrte sich auch nicht dagegen. Früher hätte er reflexhaft seine Flapsigkeit und seine kühle Großschnäuzigkeit rausgekehrt. Das kam jetzt nicht mehr so häufig vor. Jörgs Tod hatte den oberflächlichen Spaß aus dem Haus auf den Klippen verscheucht. Besonders Gabi hatte sich dramatisch verändert. Sie war zwar nie der Partykracher gewesen, eher eine Mitläuferin auf dem Spielfeld der gut gelaunten Kommunikation. Jetzt wirkte sie aber so unterirdisch depressiv, dass alle sich fragten, ob sie nicht schnellstmöglich die berühmte »professionelle Hilfe« brauchte.

Heute Abend, bei dem untauglichen Versuch, mit Meeresfrüchten die Stimmung aufzuhellen, saß Gabi wieder mit fahlem Gesicht am Tisch, sagte keinen Ton, stierte vor sich hin, und unvermittelt rollten ihr die Tränen über die Wangen.

»Nun iss doch wenigstens einen kleinen Happen«, sagte Frank und legte ihr sanft die Hand auf den Unterarm, »schmeckt doch wirklich lecker, Sabrinas Salat.« Gabi schüttelte den Kopf und zog den Arm weg. Dann zuckte sie plötzlich zusammen, und ihre Augen weiteten sich. »Hört ihr die Geräusche draußen? Was ist das?« Die anderen gaben sich kaum noch Mühe, genauer hinzuhören. Denn Gabi hatte sich mehr denn je angewöhnt, hinter jedem Busch einen Angreifer zu sehen und bei jedem knackenden Zweig eine existentielle Bedrohung zu wittern. Palo spitzte allerdings zeitgleich mit Gabis besorgter Frage die Ohren. Doch keiner am Tisch beachtete ihn.

»Ist halt etwas windig heute«, sagte Wolf, der sich angesichts von Blut und Tod in sein persönliches Schneckenhaus zurückgezogen hatte, »da klappert es schon mal hier und da.« Gabi nahm einen Schluck Wein, immerhin, verdursten würde sie nicht. Beleidigt war sie auch nicht, denn sie hatte sich damit abgefunden, dass ihre Warnungen und Schreckhaftigkeiten von niemandem ernst genommen wurden. Ihr haltet mich für überdreht, dachte sie, irgendwann werdet ihr das bereuen.

Der Verlust von Jörg hatte ihr den Boden unter den Füßen weggerissen – was sie nie für möglich gehalten hätte. Denn für sie war ihre Partnerschaft nie eine gleichberechtigte gewesen. Er braucht mich viel mehr als ich ihn, hatte sie immer geglaubt. Und daraus den kühnen Schluss gezogen, ein Verlust oder ein Ende der Beziehung wäre keine Katastrophe für sie. Eine Fehleinschätzung. Die Frage, wer der Schwache und Schutzbedürftige in dieser Beziehung gewesen war, musste neu beantwortet werden. Jörg, der sich für unwürdig gehalten hatte, eine solche Traumfrau als Freundin zu haben? Oder Gabi, für die die bedingungslose Hingabe ihres Freundes ein nicht eingestandener fester Ankerplatz gewesen war? Gabis Angst hatte sich seit dem Mord von konkreten Vorfällen gelöst. Schon zweimal war sie aus dem Nichts heraus von Panik-Attacken überfallen worden, für die es keinen benennbaren Grund gab. Erst vorgestern Nacht war sie mit klopfendem Herzen und übermächtigen Angstgefühlen aufgewacht. Sie war zu Sabrina geflüchtet und weinend in ihr Bett gekrochen. Die nahm sie in den Arm, streichelte sie, murmelte leise tröstende Worte, bis sie in den erlösenden Schlaf geglitten war. Sabrina war nun auch diejenige, die versuchte, die unerträgliche Stille und Verzweiflung aufzubrechen.

»Wir können nicht so weitermachen«, sagte sie und entkorkte eine weitere Flasche Rosado. Der Alkohol war derzeit ein hilfreicher, aber mit dem Blick auf den nächsten Morgen fataler Begleiter. »Wir sind alle fertig, Gabi natürlich am meisten. Das verstehe ich, und alles andere wäre auch sehr merkwürdig.« Alle ließen sich die Gläser bereitwillig füllen, nur Frank holte sich ein Damme-Bier aus dem Kühlschrank. »Wir sollten uns aber jetzt aufraffen und nach vorne gucken. Habe ich die Signale richtig verstanden, dass keiner Jörgs Tod zum Anlass nehmen will, um sich aus dem Staub zu machen?« Frank fühlte sich ertappt. »Welche Signale?«, fragte er. »Was stellst du für Fragen? Warum sollte hier irgendeiner abhauen?«

»Na ja, vielleicht hat ja jemand Angst, dass uns die Bullen auf den Pelz rücken.« Verdammt, dachte Frank, Mädel, die bist näher an der Wahrheit dran, als du denkst. Wolf, den Frank über Tom Kratzers ultimative Aufforderung informiert hatte, fühlte sich ebenfalls aufs Stirnband getreten. »Ich bin auch dafür, dass wir versuchen, aus dem Tief rauszukommen. Aber deshalb will doch keiner von uns hier ernsthaft Schluss machen, oder? Das wäre doch gerade gegenüber Gabi ein echter Hammer. Warum erzählst du so einen Bullshit, Sabrina?«

Wohl war ihm nicht in seiner Haut. Denn es würde der Tag kommen, an dem er und Frank den Abflug machen mussten. Aber das hatte noch ein paar Wochen Zeit, darin war er sich mit Frank einig. Franks Widerspruchsgeist war gleichfalls erwacht. Er wollte gerade noch einmal verbal nachtreten, als plötzlich lautes Gepolter zu hören war. Die Tür flog auf, und innerhalb weniger Sekunden standen fünf maskierte Männer im Raum. Sabrina schrie gellend auf und ließ die Weinflasche fallen. Während sich auf dem Boden kleine rosa Seen bildeten, in denen Glasscherben schwammen, starrten alle Hausbewohner geschockt auf die martialischen Eindringlinge. Das waren keine sanftmütigen Trauerbegleiter. Diese Herren verströmten den penetranten Gestank der Gewalt. Die unglückliche Gabi, die gemeinsam mit dem Hund den Auftritt des Schlägertrupps »vorausgehört« hatte, war vor lauter Angst unfähig zu schreien. Sie wollte aufspringen, verhedderte sich dabei aber mit einem Hacken an der Trittleiste des Stuhls und kippte mit dem Sitzmöbel seitlich auf den Boden. Frank, wer sonst, war als einziger bereit, Widerstand zu leisten. Als er die Baseballschläger in den Händen des Überfallkommandos sah, packte ihn der Mut der Verzweiflung. Er griff sich einen

Stuhl und ging auf den mutmaßlichen Anführer der Truppe los. Aber es waren zu viele Angreifer. Frank merkte es daran, dass er plötzlich einen furchtbaren Schmerz in der Nierengegend empfand. Einer von den fünf Vermummten hatte ihn gezielt mit dem Baseballschläger außer Gefecht gesetzt. Vier kräftige Hände packten ihn, zogen ihn durch den Ausgang nach draußen und warfen ihn in einen dornigen Busch am Rande des schmalen Pfades zum Feldweg.

Wolf, Realist oder Feigling, hatte versucht, die Flucht zu ergreifen. Durch für seine Verhältnisse wendiges Hakenschlagen war es ihm gelungen, den Holzkeulen auszuweichen und aus dem Haus zu flüchten, wo er mit langen Schritten seinen zwei Verfolgern entkam. Die beiden Frauen wurden zwar nicht zuvorkommend, aber weniger brutal behandelt. Gabi rissen sie vom Boden hoch und zerrten sie ins Freie; Sabrina, die Richtung Küche davongelaufen war, ereilte das gleiche Schicksal. Als alle Bewohner draußen waren, bearbeiteten die Angreifer die Glasvitrine, in denen der Vorbesitzer die besseren Gläser gesammelt hatte. Als die scheußlichen Geräusche zerberstenden Glases erstarben, verließ die Schläger-Truppe das Anwesen. Der Wortführer hinterließ nach der Aktion, die nur zwei Minuten gedauert hatte und bislang wortlos über die Bühne gegangen war, noch eine eindeutige Botschaft. »Desapareceis, cabrónes!«, schrie er im Weglaufen. »O volveremos!« Auf Deutsch: Haut ab, ihr Arschlöcher! Oder wir kommen wieder! Wenige Augenblicke später war das Aufheulen eines Motors zu hören, danach das Geräusch eines davonfahrenden Autos, das sich schnell entfernte.

Frank, der sich unter Schmerzen aus dem Dornengestrüpp befreit hatte, hinkte als erster zurück ins Haus. Er hatte sich im Fallen den Knöchel verstaucht, die Arme und Beine waren mit blutigen Striemen überzogen. In der Küche knirschten die Glasscherben unter seinen Sandalen; er musste aufpassen, sich nicht auch noch ein paar Splitter in die Fußsohlen zu treten. Frank ließ sich auf einen Stuhl fallen. Gabi und Sabrina kamen scheu herein und schauten sich zitternd das Zerstörungswerk an. Nachdem Wolf sich als Letzter zu ihnen gesellt hatte, hielt Frank eine Art Abschiedsrede.

»Ich weiß nicht, wie es euch geht«, sagte er, »aber ich habe jetzt ultimativ die Schnauze voll. Wir haben hier mit großen Hoffnungen etwas sehr Schönes angefangen. Das war alles eine grandiose Idee, und ich bin mit Begeisterung dabei gewesen. Auch wenn es manchmal nicht so wirkte.« Frank traute seinen Augen nicht, aber Gabi lächelte. Das kann nicht sein, dachte er, vielleicht hat sie einen Krampf im Gesicht. Irritiert sprach er weiter: »Aber was hier in den letzten Tagen läuft, ist nicht mehr zu ertragen. Es gibt offensichtlich miese Typen, die uns fertigmachen wollen. Ich habe keinen Bock darauf, Schichten für Nachtwachen einzuteilen oder gar den Helden zu spielen. Wir müssen uns, glaube ich, damit abfinden, dass unsere WG gescheitert ist.«

Die drei anderen nickten oder deuteten zumindest ein Nicken an. Frank hatte die Enttäuschung, den Frust und die Angst auf den Punkt gebracht. Dass er in einer Ecke seines Herzens auch froh war, dass ihm fünf Baseballschläger-Spackos eine schwierige Entscheidung abgenommen hatten, erwähnte er natürlich nicht. Keiner sagte mehr etwas, alle standen auf und begannen, ihre Habseligkeiten zusammenzupacken. Als die Taschen und Rucksäcke in Franks Focus verstaut waren, ging er noch ein paar Schritte nach links und guckte zur Felsenbucht hinunter. Nur eine knappe Minute stand er dort allein, mit gebeugtem Rücken, und dachte über die bewegten letzten Wochen nach. Jetzt bin ich mal gerade alles andere als besonders stark, dachte er, und wenn einer genau hingeschaut hätte, wäre ihm ein feuchtes Glitzern in Franks Augen aufgefallen. Aber dann gab er sich plötzlich einen Ruck, ging in die Senkrechte, presste die Lippen aufeinander und marschierte fast militärisch zackig zum Auto zurück.

Mit dem verstörten Palo auf der Rückbank machten sie sich auf zum nahe gelegenen Haus von Lissy und Jacko in der Calle Clapers, wo sie für die erste Nacht Unterschlupf fanden. Die per

Handy alarmierte Talea trudelte eine Stunde später mit dem Fahrrad ein, das sie bei ihrem Einzug hinter dem Haus gefunden hatten. Frank und Wolf begannen alsbald, sich ihren eigenen Reim auf die Vertreibungsaktion zu machen. Es gab da verschiedene Möglichkeiten, von denen Gabi, Sabrina und erst recht Talea keine Ahnung hatten. Aber egal, wer ihnen aus welchem Grund die Schlägertruppe vorbeigeschickt hatte, der oder die Auftraggeber hatten ihr Ziel erreicht: Die Geschichte der Wohngemeinschaft in dem wild-idyllisch gelegenen Haus über der Steilküste am Cap des Moro war nach viel zu kurzer Zeit und viel zu vielen tragischen Ereignissen zu Ende.

Kapitel 10

Alles kann, nichts muss

»My girl, she breathes hellfire, and my girl, she feeds my desire.«
(Aerosmith: »My girl«)

Lutz Krebber fühlte sich geschmeichelt. Ein Gefühl, das bei einem Journalisten nicht zwingend die kritisch-investigative Berichterstattung befördert. Zumal wenn die Hochstimmung allein durch die Bereitschaft zweier Gesprächspartner ausgelöst wird, ein Interview zu gewähren. Aber immerhin: Wer kriegt schon eine Audienz bei einem Rockerboss und dessen Rechtsbeistand? Und genau das war Lutz Krebber von der »Insel-Depesche« bereits nach drei Telefonaten gelungen. Jetzt räkelte er sich in einem fetten schwarzen Ledersessel im Büro von Jörg Vehmann, dem Chef der Crocodiles, die seit Mitte 2013 auf Mallorca residierten. Krebber nippte an einem Glas Gin Tonic. Das war unter professionellen Gesichtspunkten sein Fehler Nummer zwei: niemals Alkohol beim Interview oder bei der Recherche vor Ort. Der Gesprächspartner gewinnt den Eindruck von Schwäche oder Beeinflussbarkeit, die wachen Sinne des Journalisten werden getrübt. Andererseits, wo es keine wachen Sinne oder Bissigkeit gibt, kann der Schnaps auch nichts kaputtmachen. Krebber fragte so, wie er immer fragte; Jörg Vehmann und sein Rechtsanwalt Dieter Mösch gerieten an keiner Stelle in Verlegenheit oder Rechtfertigungszwang.

»Rocker gelten mittlerweile als Teil der organisierten Kriminalität«, formulierte Krebber gerade messerscharf. »Wie gehen Sie mit diesem Vorwurf um?«

»Ich kann hier nur für die Crocodiles sprechen«, sagte Anwalt Mösch, um die vierzig, grauer Business-Anzug, dezente dunkelblaue Krawatte. »Die Gruppierung meines Mandanten ist ein Motorrad-Club, der sich auf den wunderschönen Straßen der Insel sehr wohl fühlt. Sollte Ihnen auch nur eine einzige Verfehlung eines Mitglieds der Crocodiles bekannt sein, würden wir dazu natürlich Stellung nehmen.« Jetzt lief Krebber zu Höchstform auf. Keck brachte er den nächsten rhetorischen Aufschlag ins gegnerische Feld. »Stimmt es, dass Sie, Herr Vehmann, wegen Menschenhandels und schwerer Körperverletzung vorbestraft sind?« Wäre er in diesem Augenblick aufmerksamer gewesen und hätte nicht das künstlerisch wertvolle Aktgemälde an der Wand hinter dem Schreibtisch betrachtet, wäre Krebber das kurze, gefährliche Funkeln in Vehmanns Augen aufgefallen. Aber der Journalist musste keine Angst um seine körperliche Unversehrtheit haben. Denn der muskelbepackte Zwei-Meter-Brocken in seiner martialischen Rocker-Kluft verfolgte nur eine einzige Absicht: Es wollte, wie immer bei Presse-Kontakten, die Harmlosigkeit seiner geradezu schmusigen Crocodiles dokumentieren.

»Ach, Herr Krebber«, antwortete der Rocker-Boss deshalb leutselig, »machen Sie etwa keine Fehler? Das ist zwanzig Jahre her, außerdem war es ein unfairer Prozess mit merkwürdigen Zeugenaussagen. Alles in allem würde ich daher von einer Jugendsünde sprechen, die ich gesühnt habe, und die ich ehrlich bereue. Ich bin schon sehr lange sehr sauber, glauben Sie mir.« Und Dieter Mösch fügte noch mit dem Ausdruck der Empörung hinzu: »Sie wollen sich doch wohl jetzt nicht in den Kampagnen-Journalismus bestimmter Presse-Organe einreihen, oder? Da wird penetrant Stimmung gemacht gegen Menschen, die schlicht die bürgerliche Spießigkeit ablehnen und ein unkonventionelles Leben führen. Rocker sind kein Kaffeekränzchen, ganz bestimmt nicht, aber es gibt nur ganz wenige schwarze Schafe, die Straftaten begehen. Mein Mandant hat es immer so gehandhabt, dass Fehlverhalten mit Rausschmiss aus dem Club geahndet wurde.«

Und so weiter, und so weiter – die mühsam entwickelte Strategie der Old-School-Rocker, die bei ihren Geschäften so wenig wie möglich lästige öffentliche Begleitmusik wollten. Absurder Höhepunkt dieser Art von Öffentlichkeitsarbeit war im Mai 2010 der sogenannte Rockerfrieden von Hannover gewesen, bei dem die Präsidenten der Hells Angels und Bandidos in einer Art Staatsakt vor laufenden Kameras scheinbar das Kriegsbeil begruben.

Lutz Krebber rannte mit seiner vordergründig kritischen Befragung gegen eine Mauer, und am Ende traute er sich nicht einmal mehr, die Gerüchte anzusprechen, die in Palma umhergeisterten. Danach sollten hinter dem Handgranaten-Anschlag auf das Auto des Ton-Produzenten Tom Kratzer Täter aus dem Rocker-Milieu stecken.

»Nun aber mal was anderes«, startete Krebber einen letzten Versuch. »Wir befinden uns hier in einem Swinger-Club. So ein Etablissement verstößt gegen kein Gesetz, aber glauben Sie wirklich, dass Sie damit Ihre Seriosität unter Beweis stellen?« Jörg Vehmann lachte laut auf und dachte: Du kleines geiles Würstchen, willst du mir durch die Blume mitteilen, dass du hier mal so richtig schön abspritzen möchtest? Aus seinem Mund kamen allerdings vollkommen andere Worte. »Da haben Sie vollkommen recht. Das ist, auch nach spanischem Recht, ein absolut legaler Geschäftsbetrieb. Hier in der ›Casa O‹ wird sinnliche Erotik auf einem hohen Niveau gelebt, Herr Krebber. Darauf legen wir Wert. Und nochmal: Der Rocker liebt das wilde Leben, kommen Sie mir nicht mit Moral und so.« Und der Anwalt fügte noch hinzu: »Wenn Sie möchten, können wir Sie gerne mal rumführen. Es kommen ja gleich die ersten Gäste. Hier laufen prickelnde Sachen, aber nichts, was auch nur annähernd kriminell wäre.«

»Nein danke«, murmelte Krebber, und sein Gesicht überzog sich dabei mit einem kaum sichtbaren rosa Schimmer. »Ich muss noch in die Redaktion. Aber eine Bitte hätte ich noch: Können Sie einen Ihrer Mitarbeiter bitten, ein Foto von uns dreien zu machen?« Die Bitte wurde ihm erfüllt. Vehmann zitierte Lisa ins Büro, »eine bewährte Service-Kraft«, leichtgeschürzt und nervös grinsend. Sie machte einen Schnappschuss des Interview-Trios, selbstverständlich mit dem Aktbild im Hintergrund. Jörg Vehmann wies stolz mit dem Zeigefinger auf das scheußlich-grüne Krokodil auf seiner Kutte, das sein gefräßiges Maul ganz weit aufsperrte. Lutz Krebber hatte sein »Exklusiv-Interview« für die Insel-Depesche, versah es später mit der peppigen Überschrift: »Die Crocodiles – wildes Leben auf Mallorca«, ging stolz wie Oskar in sein Lieblingsbistro »13%« in der Llonja in Palma und verzehrte zufrieden mit sich und der Welt ein Seeteufel-Carpaccio.

Sechzig Kilometer weiter östlich, im Swinger-Club Casa O auf dem platten Land in der Nähe des Dorfes Son Macià, war das Parallel-Universum der Swingerinnen und Swinger an diesem Freitagabend bereits ins Schwingen geraten. Das von hohen, mit Stacheldraht verzierten Mauern umgebene Anwesen verfügte über einen großen Außenbereich. Ein Pool mit Bar und Grill war bevölkert von Menschen beiderlei Geschlechts, die entgegen landläufigen Vorurteilen nicht nackt herumliefen. Mit mehr oder weniger sexy Badeklamotten und Dessous bekleidet, aßen und tranken sie, unterhielten sich und knüpften Kontakte. Wie eine anarchische Lusthölle wirkte die Szenerie nicht, auch die sexuelle Rudel-Befriedigung im Swinger-Club hatte ihre festen Regeln. Die Hüllen durften erst auf den Spielwiesen und in den Nischen der oberen Etage fallen. Aber selbst dort war das hemmungslose Austoben der Gelüste nur mit Einschränkungen gestattet. Eine abwehrende Geste mit dem Arm, und schon musste eine im Gang befindliche Annäherung abgebrochen werden. Des Menschen Wille war auch in der Casa O sein Himmelreich. Oder anders ausgedrückt: Alles kann, nichts muss – die in Latex geschnitzte Swinger-Devise. Da hatte sich schon so mancher, speziell männliche Gast gewundert, was er alles nicht durfte. Nicht regelkonform, aber für die ehrenhaften Betreiber gewinnbringend, war die Zutrittsmöglichkeit von sogenannten Solo-Herren. Diesen

Männern wurde die Gelegenheit gegeben, Waffengleichheit mit den anwesenden Pärchen herzustellen. Denn die einzelnen Herren konnten sich in einem separaten Kontaktraum eine professionelle weibliche Begleitung aussuchen, die gegen einen kleinen Obolus bereit war, den Mann einen ganzen Abend lang aus seiner Isolation zu befreien. Die perfekte Mischung aus Puff und Pärchenclub.

Im größten Zimmer in der oberen Etage, das komplett mit Matratzen ausgelegt und von roten LEDs schummerig beleuchtet war, ging es jetzt schon richtig zur Sache. In der Mitte befingerte und beleckte sich eine Gruppe von sechs Menschen, deren Körperteile nicht so genau zuzuordnen waren; an den Rändern lagerten vier Pärchen, die entweder lustvoll zuschauten oder miteinander beschäftigt waren. Lautes Gestöhne und leises Wimmern waren zu hören; Hände, Lippen, Muschis und Schwänze führten einen Tanz der Geilheit auf. Mittendrin die begabte Fotografin Lisa, deren Ekstase-Schreie für geübte Ohren nicht ganz überzeugend rüberkamen. Aber wer unterschied in diesem Moment schon so genau zwischen echt und vorgetäuscht? Auch die Swinger-Welt wollte betrogen sein.

Parallel zu den feuchten Spielen und brünftigen Schreien wurden in der Casa O aber auch ernste Konflikte gelöst. In einem kleinen Flachbau am Rande des Grundstücks waren zwei kräftige Männer dabei, an einer jungen Latina Überzeugungsarbeit zu leisten, indem sie die weinende Frau an den Haaren zu Boden zogen und ihr mehrfach mit der flachen Hand ins Gesicht schlugen.

»Du dumme, kleine Fotze!«, schrie der eine Typ mit einem Pferdeschwanz. »Entweder du hältst dich an unsere Befehle, oder wir ziehen noch ganz andere Seiten mit dir auf.« Der zweite Schläger drehte der Frau die Arme auf den Rücken und rammte ihr eine Faust in die Seite. »Wir haben dich erwischt!«, grölte er. »Dein letzter Kunde war einer von uns. Ein Testficker. Damit hast du wohl nicht gerechnet, was?«

»Lasst mich los«, flehte die Sex-Arbeiterin, »ich tu, was ihr wollt.«

»Das ist auch deine einzige Chance«, sagte der mit dem Pferdeschwanz, der klare Anweisungen hatte, keine Spuren zu hinterlassen, um den Gebrauchswert der Frau nicht zu mindern. »Du warst extrem unfreundlich, du wolltest nicht küssen, du wolltest unseren Kumpel nicht an deinen Arsch lassen. Du hast dich am Ende geweigert, dich von drei Männern gleichzeitig bearbeiten zu lassen.« Er hatte sich in Rage geredet, schaumiger Speichel blubberte in seinem rechten Mundwinkel. Er griff sich eine Dose San Miguel und goss sich einen großen Schluck in den Rocker-Schlund. Der andere zog die Frau an ihrem schwarzen Schopf hoch. »Das war jetzt eine Warnung, die du hoffentlich begriffen hast. Und nun an die Arbeit. Immer schön lächeln und machen, was die Onkels wollen.« Er öffnete die Tür und trat ihr zum Abschied noch einmal in den Hintern. Leise aufschluchzend machte sich die Señorita auf den Weg in den Kontakt-Salon.

Ein paar Meter weiter, in Jörg Vehmanns Büro, hatte sich mittlerweile ein anderer Delinquent eingefunden. Ein dicklicher Dreißigjähriger mit schütterem schwarzem Haar, bei dem es nicht um so läppische Dinge wie Kuss- oder Arschverweigerung ging.

»Dennis, Bruder, ich muss mit dir reden«, fing Vehmann an und verwies seinen Rechtsbeistand Mösch mit einer Kopfbewegung des Raumes. Dennis setzte sich auf den ihm zugewiesenen Stuhl und sagte erstmal nichts. »Du hattest einen Auftrag«, sagte Vehmann mit drohendem Unterton, »und diesen Auftrag hast du nicht so erfüllt, wie wir das von dir erwartet haben. Das wird Konsequenzen nach sich ziehen.« Dennis hatte sich die Kutte mit dem angriffslustigen Krokodil und dem polizeifeindlichen Aufnäher A.C.A.B., All Cops Are Bastards, ausgezogen. Aber nicht weil ihm zu warm war. Die Schweißperlen auf seiner Stirn und die nassen Achseln seines karierten Westernhemdes hatten einen anderen Grund: Dennis machte sich vor Angst fast in die Hose.

Er hatte Schiss vor dem mächtigen Präsidenten der Crocodiles, deren Member er seit zwei Jahren war. »Dein Job war es, den Cayenne von diesem Lackaffen Tom Kratzer in Schutt und Asche zu legen. Sonst nichts. Keiner hat dir gesagt, dass du so ganz nebenbei noch einen Mord begehen sollst.«

»Aber ... ich ... wollte das doch ... gar nicht«, stammelte Dennis. So allmählich kam der Vogelheimer richtig auf Touren. »Ihr geht da mit zwei Mann hin, beobachtet die Szene, und dann schmeißt ihr eine Handgranate in einen besetzten Wagen? Und ihr wolltet das eigentlich gar nicht? Willst du mich verarschen, Bruder?« Dennis wollte einfach nicht aufhören, sich zu rechtfertigen, und bewies damit, dass er seinen Präsidenten nicht richtig einschätzte. »Der Fahrer parkt da, geht raus, und fängt mit irgendeiner Touristen-Tussi an zu schäkern. Dann wurden wir durch ein Bullen-Auto abgelenkt, gehen schnell hin und ...«

»Halt die Fresse! Du machst es nur noch schlimmer. Merk dir für ewig: Wir wollen keine Toten! Nicht auf der Straße, nicht im Auto, und nicht in der Kneipe an der Ecke. Wir wollen Geschäfte machen. Da kriegt schon mal einer einen fetten Denkzettel verpasst, aber das isses dann auch. So ein Schlachtfest wie an der Playa de Palma wird es nie wieder geben!«

Nun hatte sogar Dennis begriffen, dass Widerspruch zwecklos war. Er holte ein zerknülltes Papiertaschentuch aus der Lederhose, wischte sich den Schweiß von der Stirn und wartete auf das Urteil des Standgerichts. Denn nichts anderes veranstaltete der Vogelheimer gerade mit ihm.

»Ich sag dir, was jetzt passieren wird.« Jörg Vehmann schritt zur Verkündung des Richterspruchs. »Du und dein Kumpel Mark, ihr werdet auf dem schnellsten Weg nach Deutschland verschwinden. Dort habt ihr ein ganzes Jahr lang Zeit, darüber nachzudenken, wie bestimmte Aufgaben zu erledigen sind.« Dennis nickte ergeben. »In diesem Jahr könnt ihr machen, was ihr wollt«, fuhr Vehmann fort, »nur zieht euch besser nichts an, was euch als Member der Crocodiles ausweisen könnte. Kriegen wir etwas Gegenteiliges raus, ist die Hölle los, das schwöre ich dir.«

»Ist okay, ist akzeptiert«, sagte Dennis zerknirscht. »Haben wir denn die Chance auf eine Rückkehr?«

»Das werden wir nach dem einen Jahr prüfen«, erklärte der Präsident. »Und jetzt tschüs und raus. Genug geredet. Kauf dir ein Ticket in die Heimat.« Das Leben war also auch auf dem platten mallorquinischen Land ungerecht. Während die einen im Swinger Club Casa O wild durch die Gegend vögelten, mussten die Betreiber und deren Personal disziplinarische Probleme mittels eindringlicher Belehrung und Inselverweis klären.

Jörg Vehmann holte den Anwalt wieder in sein mittlerweile halbdunkles Büro zurück und genehmigte sich den zweiten Gin-Tonic des Tages. »Was für zwei armselige Figuren so kurz hintereinander«, grinste er, »da wird mir ja ganz schlecht.«

»Dieser sogenannte Journalist kann einem fast schon leid tun«, sagte Dieter Mösch. »Aber gut für uns. Der Artikel wird oberflächlich kritisch sein, aber am Ende des Tages doch eine gelungene PR-Maßnahme. Und vor allem: Wir kriegen ihn vor der Veröffentlichung nochmal zu sehen. Da kann also nix anbrennen.«

»Wann kommen die anderen?«, fragte der Präsident. »Das Gelabere geht ja schließlich noch weiter. Schlimmer Tag.«

»Die müssten eigentlich schon da sein. Vielleicht gab 's ja einen Stau in Felanitx.« Bei dieser vollkommen unrealistischen Mutmaßung lächelte Mösch ironisch. In der nahegelegenen 17000-Einwohner-Gemeinde Felanitx gab es schlimmstenfalls beim sonntäglichen Wochenmarkt die Karikatur eines Staus, oder am 28. August; dann feierte die Stadt das Fest des Schutzpatrons Sant Agustí, mit einem morgendlichen Fruchtbarkeitstanz und am Abend mit dem »Correfoc«, einem gespenstischen Lichter- und Feuerwerks-Umzug. Von solchen kulturellen Spezialitäten hatten die beiden Geschäftspartner aber keinen blassen Schimmer. Ihre Welt erschöpfte sich in Bikes, Bier, Busen und

Bargeld. Hauptsache, es gab von all diesen schönen Dingen immer reichlich.

Draußen auf dem Feldweg knatterte es laut, für die Ohren von Vehmann und Mösch, der wie seine Rocker-Klientel den Anzug gerne mal mit der Leder-Kombi tauschte, war es himmlische Musik. Pete Soschau und Muddy Kegelow rauschten mit ihren Harleys aufs Gelände. Pete mit seiner FLSTS Softail, Baujahr 1999, und Muddy mit einer zehn Jahre alten Night Train unter dem Hintern. Beides penibel gepflegte Maschinen, wie es sich für den Vice-President und den für die Club-Disziplin zuständigen Sergeant gehörte.

Der Vogelheimer lotste die beiden in sein Büro. Sie hatten sich vorgenommen, die weitere Strategie der Crocodiles zu besprechen. Der Mordanschlag am Ballermann galt im Führungszirkel der Rocker-Bande als Sündenfall, der nicht wieder vorkommen durfte.

»Ich habe gerade die beiden unglückseligen Figuren zurück nach Deutschland geschickt«, eröffnete Jörg Vehmann seinen Kumpels. »Da haben sie erstmal ein Jahr Denkpause.« Alle nickten. Pete fragte nach: »Noch wichtiger ist, dass nichts herauskommt. Wer wusste denn alles von unserer Aktion gegen Kratzer?«

»So viele, wie du Finger an einer Hand hast«, sagte Vehmann. »Die beiden Figuren und wir drei Süßen. Und jetzt weiß es auch unser kompetenter Rechtsbeistand Mösch. Da gibt's unter normalen Umständen also keine noch so schmale Ritze, aus der was rauströpfeln könnte.« Der Boss war jetzt schon beim dritten Mischgetränk angekommen und nahm sich vor, dass es das letzte für heute gewesen sein sollte. Die beiden Ankömmlinge tranken Bier, nur der feine Herr Advokat fiel aus dem Rahmen und genehmigte sich einen Weißwein von Miquel Oliver.

»Wir können jetzt sowieso nichts mehr machen«, analysierte Mösch. »Es gibt keine Spuren, soweit ich weiß, und auch keine Zeugen, die unsere Jungs identifizieren könnten. Wir warten also einfach so lange ab, bis Ruhe im Puff ist.« Mösch selbst lachte am lautesten über seine witzige Formulierung. »Dein Wort in das Ohr der ruhmreichen spanischen Polizei«, sagte der braungebrannte Muddy Kegelow und zupfte manisch an seinem Vollbart. »Die sind zwar an der Basis oft ziemlich unterbelichtet. Aber wenn deren Spezialkräfte richtig loslegen, musst du dich warm anziehen.«

»Jetzt aber Schluss mit den Leichenreden«, verlangte Vehmann unbewusst zynisch. »Was viel wichtiger ist: Wie machen wir in der Sache Kratzer weiter? Der Typ meint vermutlich, er könnte uns hinhalten, bis unser Angebot vom Winde verweht ist, ohne irgendwelche Konsequenzen.«

»Da triffst du genau den richtigen Punkt«, sagte Pete Soschau. »Was für Konsequenzen denn?«

Das war tatsächlich das Dilemma: Vehmann und alle, die bei den Crocodiles etwas zu sagen hatten, wollten auf keinen Fall Kriegs-Zustände, wie sie unter den verfeindeten Rockergruppen im Ruhrgebiet herrschten. Deswegen hatten sie auch den Schwerpunkt ihrer Aktionen nach Mallorca verlagert, mit ein paar Kneipen und dem gut laufenden Swinger-Club. Erst ein paar Tage zuvor hatte Vehmann seinen Rocker-Brüdern von dem abgetrennten Arm erzählt, den Angler am Rheinufer in Duisburg gefunden hatten. Der gehörte einem abtrünnigen Angel, der zu den Bandidos hatte wechseln wollen.

»Ich könnte kotzen«, hatte der Präsident gesagt, »und dann mischen bei denen auch noch Türken und Libanesen mit, die nicht mal einen Führerschein haben und mit dem Bike nach zehn Metern auf die Fresse fliegen würden. Dieses üble Pack hat nix anderes in der Birne, als auf die ganz dreckige Art Geld zu verdienen und überall Stunk zu machen. Von Rocker-Ehre haben die noch nie was gehört.«

Es klopfte an der Tür, und zwar unverschämt laut. Keine Sekunde später stand der Anklopfer bereits mitten im Raum und hätte sich einen fürchterlichen Anpfiff vom Präsidenten abgeholt, wenn er nicht sofort gesagt hätte: »Sorry, Boss, fürs Reinplatzen, aber es ist wichtig. Eins von den neuen Latina-Mädchen ist abgehauen.« Der Übermittler der schlechten Botschaft war der Rocker mit dem Pferdeschwanz, der eben noch versucht hatte, eine Angestellte des Clubs auf den rechten Weg zu bringen. Vermutlich die junge Frau, die jetzt das Weite gesucht hatte.

Vehmann verzieh seinem Rocker-Bruder die Unhöflichkeit, denn der drohende Verlust von wertvollem Humankapital musste schnellstmöglich verhindert werden. »Zu Fuß?«, fragte der Chef und bekam ein Nicken zur Antwort. »Wie lang ist das her?«

»Na, höchstens eine halbe Stunde. Wir haben gerade erst gemerkt, dass sie nicht mehr da ist.«

»Dann kann sie ja noch nicht weit sein. Schwingt euch auf die Bikes und fahrt mit drei Trupps Richtung Felanitx, Manacor und Son Macià. Diese Schlampe holen wir uns zurück, und dann wird sie es nie wieder wagen, Ausflüge zu machen.« Heute war auch wirklich ein nerviger Tag. Noch nicht einmal eine wichtige Strategiekonferenz konnte ungestört über die Bühne gehen. »Also«, fing der Vogelheimer nochmal an, »die Frage, womit Kratzer und seine Truppe zu rechnen haben, wenn sie uns einen Korb geben, ist berechtigt, Pete.« Schon wieder kämpfte der Präsident mit seinem sauflustigen inneren Schweinehund, hatte schon die Hand an der Gin-Flasche, zog sie dann aber zurück. »Eins steht fest: Sie haben jetzt Angst. Und das wird nach meiner Einschätzung reichen, um sie zum Kuschen zu bringen.«

»Glaub ich auch«, sagte Muddy Kegelow, der Disziplin-Beauftragte, und nervte die anderen einmal mehr mit seiner ewigen Bartzupferei. »Die verkaufen friedlich ihre Drogen und hatten bis jetzt nix am Hut mit Revierkämpfen und gewalttätigen Auseinandersetzungen. Ich wette, denen geht nach dieser Handgranaten-Nummer der Arsch auf Grundeis.«

»Es wäre ja auch zu schade, wenn wir da nicht den Fuß in die Tür kriegen würden«, sagte Mösch. »Die haben diesen Tschechen, der ihnen das super Meth kocht. Dieses Zeug hat Zukunft, die jungen Leute reißen sich drum. Jede Woche erscheint in irgendeiner Illustrierten oder im Netz eine neue Reportage und macht die Jungs und Mädels neugierig.«

»Und außerdem«, fügte Vehmann hinzu, »sind wir gerade in der wunderbaren Situation, dass die Angels hier auf der Insel vollkommen am Boden liegen. Der Alt-Meister Hanebuth hat die spanischen Bullen total unterschätzt. Labert da was in die Kameras von Kurz-Urlaub im Knast, und danach machen sie ihn so richtig lang. Ich sag nur: Hochsicherheitstrakt in Cádiz. Viel Spaß mit den Ratten und Kakerlaken!«

»Manchmal kann man sich seine Mitbewohner eben nicht aussuchen!«, lachte Pete Soschau heiser. »Das wird uns nicht passieren. Aber was unternehmen wir denn jetzt ganz konkret?«

»Nix, mein Lieber. Wir lassen uns ein paar Mädels kommen und vergessen den ganzen Ärger«, griente Vehmann, winkte dann aber ab. »Nee, war nur Spaß. Wir warten erstmal eine Woche, und wenn dann keine Reaktion kommt, machen wir ihnen so richtig die Hölle heiß. Dann gibt's auch gepflegt was auf's Maul. Ihr werdet sehen, spätestens danach sind wir miteinander im Geschäft. Als effiziente Sicherheitstruppe der Tom Kratzer GmbH & Co KG, mit angemessener prozentualer Beteiligung. Prost!« Er knackte ein Döschen Bier, eine leichte Dosis Alkohol war zur Abrundung des harten Arbeitstages noch erlaubt. Alle lehnten sich gelöst zurück und beschlossen dann einstimmig, das ursprünglich nicht so ernst gemeinte Angebot des Präsidenten zur körperlichen Entspannung anzunehmen.

Kapitel 11

Einmal Touri sein

»Kiss your past goodbye, you've gotta let it fly.«
(Aerosmith: »Kiss your past goodbye«)

Die Sonne war aus dem Meer gestiegen und schickte ihre ersten Strahlen auf die Calle Clapers. Eine ländliche Oase der Ruhe und des Friedens. So musste sich ein Morgen im Paradies anfühlen. Jacko schaltete manchmal als Kontrastprogramm dazu die Stau-Ansagen von WDR2 ein. Während auf den deutschen Straßen das stinkende Chaos tobte, tschilpten die Vögel auf der Insel ihr mallorquinisches Morgenlied, und der Nachbarhund machte »Wuff«. Immer nur ein einziges Mal, und zwar dann, wenn sein Herrchen das Haus verließ, um zur Arbeit zu fahren. Rüdiger, der Irish Setter, erwiderte das Bellen seines Kollegen von nebenan. Gleichfalls nur einmal, es war ein eingespieltes morgendliches Ritual. Anscheinend wollten selbst die Hunde die Idylle so wenig wie möglich stören. Alle fünf Minuten fuhr ein Auto vorbei. Nur die Tauben – seit wann gab 's eigentlich Heerscharen von Tauben auf der Insel? – nervten mit ihrem ewigen »Guu-ru-gu«.

Frank dachte immer an Luftgewehre, wenn er die Ratten der Luft gurren hörte. In seiner Kindheit in Gelsenkirchen hatten sie mit Luftgewehren und -pistolen auf die Vögel geschossen. Heute Morgen war aber keine Zeit für aggressive Phantasien. Denn Frank lag mit Talea im Bett eines der Gästezimmer und beschmuste seine halbschläfrige Freundin. Die murmelte Unverständliches und kroch in Franks Arme. So müsste es immer sein, dachte er und erinnerte sich schmerzvoll an die Monate und Jahre ohne Gefährtin. Er ließ sich ganz auf seine neue Freundin ein. Ein letzter Rest von Unsicherheit und Misstrauen machte sich allein noch in den Augenblicken breit, in denen Talea wie aus dem Nichts auf Distanz zu ihm ging. Dann wurde sie bei jeder Berührung starr, wirkte fast geistesabwesend und wiegelte alle Fragen nach den Gründen mit nichtssagenden Bemerkungen ab. Wahrscheinlich macht sie sich Sorgen, wie es in ihrem Leben weitergehen soll, beruhigte sich Frank in solchen Momenten immer. Sie kann ja nicht den ganzen Tag euphorisch, verliebt und ausgeglichen sein, nur ein paar Wochen, nachdem sie sich das Leben nehmen wollte.

Talea schlug die Augen auf, lächelte Frank an, streichelte seine langen Haare und küsste ihn aufs Ohr. Eine seiner Lieblingsberührungen, das hatte sie schnell gelernt. »Ich habe eine Idee, Conchita«, sagte Frank, der in den Namen, den er ihr gegeben hatte, ganz vernarrt war. Vielleicht waren ihm in den Italo-Western seiner Jugend zu viele Saloon-Besitzerinnen erschienen, die alle so geheißen hatten. Talea nahm die Anrede gleichmütig hin. »Ich muss heute nicht arbeiten. Wie wäre es, wenn wir an den Es Trenc fahren?«, schlug Frank vor.

»Was ist das?«, fragte sie und sah ihm zu, wie er aus dem Bett und in die Jeans hüpfte.

»Ein wunderschöner Strand, wie in der Karibik, die kennst du ja. Eine halbe Stunde von hier.« Paraguay lag so nah an der Karibik wie Gelsenkirchen an der Nordsee. Geografie war eben nicht Franks Stärke. Talea verzichtete darauf, ihn zu korrigieren, und freute sich einfach auf einen Tag mit Wasser, Strand und Sonne. Frühstück gab's bei Lissy und Jacko wie immer in der warmen Jahreszeit auf der Terrasse am Pool. Die beiden waren einfach rührend, hatten den beiden Asylsuchenden wie selbstverständlich ein Zimmer angeboten, ohne Bedingungen, ohne Druck. Und auch die kurzzeitige Masseninvasion aller WG-Mitglieder unmittelbar nach dem Überfall auf ihr Haus hatten die Tierärztin und ihr Mann klaglos ertragen. Alle Flüchtlinge hatten jetzt wieder ein Dach über dem Kopf: Sabrina schlief in der Galerie, Wolf nächtigte bei seinem Kumpel in Portopetro, die bedauernswerte Gabi hatte bei einer Freundin in Cala Figuera in einem Riesenhaus Unterschlupf gefunden. Die Sonne schien, und der Himmel präsentierte das pure Mallorca-Tiefblau. Aber die Ereignisse der letzten Wochen überschatteten jede Minute. Auch wenn die Rühreier mit Kräutern noch so würzig und saftig und der selbst gepresste Orangensaft noch so köstlich schmeckten. Frank sah immer wieder den gleichen bedrohlichen Film vor sich ablaufen: die ertrinkende Talea, den Anschlag auf Tom Kratzers Auto und seinen Fahrer, den Mord an Jörg Schabe vor der Kathedrale, die Schlägertruppe im besetzten Haus. Wie hing das alles miteinander zusammen? Gab es den einen roten Faden im Knäuel von Gewalt und Tod?

Wegen der WG-Vertreibung hatte Frank gleich am nächsten Tag wutentbrannt bei Tom Kratzer auf der Matte gestanden. Der verwies den Verdacht, er hätte eine Gruppe sportlicher junger Männer zur Klärung der Verhältnisse an das Cap des Moro geschickt, mit arroganter Überheblichkeit in die Welt der Märchen und Fabeln.

»Vom Ergebnis her finde ich die Aktion in Ordnung«, dozierte er unerträglich cool, »aber für wie bescheuert und kriminell hältst du mich eigentlich? Komm erst mal wieder zu dir und denk dann drüber nach, ob ich unsere vertrauliche Beziehung tatsächlich in so schändlicher Weise aufs Spiel setzen würde.« Was für ein entsetzliches Labermaul! Beruhigt war Frank jedenfalls nicht nach Kratzers selbstherrlichem Auftritt. Aber eine Truppe mit Baseballschlägern gegen einen zuverlässigen Geschäftspartner? Sehr wahrscheinlich hatte Tom ihnen die Schläger ja doch nicht ins Haus geschickt.

Das schlimmste Entsetzen hatte bei Frank aber die Erschießung Jörgs ausgelöst. Und außerdem eine große Ratlosigkeit. Denn das war unter keinen Umständen ein Mord im sogenannten Drogen-Milieu gewesen, wie es die deutsche Boulevard-Zeitung vorschnell formulierte. Weil Jörg, der Roulette und Bass spielende Elektriker, mit Drogen jeglicher Art so viel zu tun hatte wie der Bulle von Tölz mit der Samenbank. Ab und zu hatte er mal aus Solidarität etwas Gras mitgeraucht, aber eher, um den anderen einen Gefallen zu tun. Und mit dem Handel verbotener Substanzen war er bislang nicht aufgefallen. Vielleicht eine Verwechslung? Das weiße Gesicht, der Turban und die Tücher am Körper – darunter hätten auch Jörg Pilawa oder der Papst verborgen sein können. Der Papst lief ja ständig so rum. Franks anarchischer Humor war auch in widrigen Lebensumständen nicht ganz tot zu kriegen. Insgeheim hegte Frank immer wieder einen schlimmen Verdacht, wer Jörg auf dem Gewissen haben könnte. Es hatte eventuell mit diesem Dreier-Trip aufs spanische Festland zu tun, bei dem … Taleas Stimme holte ihn in eine banalere Realität zurück.

»Ich habe keinen Bikini, Frank«, sagte sie, »sollen wir vorher noch einen kaufen fahren?«

»Musst du nicht, wir baden da komplett nackt.«

»Ich will aber nicht nackt am Strand liegen.«

»Doch, es gibt da einen FKK-Abschnitt am Trenc, da leg ich mich immer hin. Nackt wie Gott mich schuf.« Lissy, die gerade dabei war, Rüdigers rostbraunes Fell zu bürsten, ging dazwischen: »Lass mal, Fränkie, wenn sie doch nicht will. Keiner muss sich hüllenlos im Sand panieren. Ich hab bestimmt vier Bikinis. Einer davon wird dir sicher gefallen, Talea.« Frank sagte nichts mehr zu dem Thema, schwor sich aber, die Selbstlosigkeit der Tierärztin und ihres Mannes nicht mehr allzu lange in Anspruch zu nehmen. Er war dankbar für ihre Unterstützung, wollte aber niemandem dankbar sein müssen. Vor allen Dingen wollte er nicht betüddelt werden. Und das tat Lissy leider viel zu oft. Eine Mama daheim in Deutschland reichte Frank aber vollkommen. »Hier hab ich zwei zur Auswahl, die müssten dir passen.« Lissy hatte dem Hund eine Bürst-Pause gegönnt und war schnell nach oben zu ihrem Kleiderschrank gelaufen. Talea entschied sich für ein schlichtes pinkfarbenes Modell und verstaute es in Franks dunkelgrüner Sporttasche, die schon bessere Tage gesehen hatte und in Farbe und Design den olympischen Sportsgeist der 1970er versprühte. Die Anschaffung einer neuen Tasche hielt Frank für sinnlos, denn er hatte keinerlei Beziehung zum Sport, weder passiv auf dem Sofa noch aktiv auf Rasen, Aschen- oder Hallenboden. Und wann packte er schon mal Badeklamotten für eine kleine Strandpartie zusammen? Alle Jubeljahre einmal mach ich das, sagte er sich, da muss die olle Tasche reichen. Frank und Talea fuhren mit dem roten Focus zum fünf Kilometer langen Es Trenc, dem mallorquinischen Vorzeigestrand mit Cuba-Libre-Feeling. Auf dem Weg über Santanyí, Llombards und Ses Salines wurde ihnen sehr schnell klar, dass sie nicht die einzigen waren, die dorthin wollten.

»Scheiße, das wird voll«, sagte Frank und drehte die Rockmusik im Radio leiser, »wir sind aber auch spät dran. Ist ja schon gleich halb zwölf.« Talea hatte das Fenster geöffnet und ihre Beine auf der Ablage über dem Handschuhfach deponiert. Sie war entspannt und guter Laune. Sie bogen von der Hauptstraße Richtung Colònia de San Jordi rechts ab und rumpelten über den Feldweg entlang der Salinen. »Hier haben sie früher immer Tüten mit Meersalz hingestellt, da konntest du ein Pfund für dreihundert Peseten kaufen. Das war so viel wie heute zwei Euro. Und jetzt verticken sie in einem Geschäft in Santanyí und in einem Internet-Shop 150 Gramm Fleur de Sal vom Es Trenc mit Oliven- oder Hibiskus-Aroma für 8,95! Okay, kein einfaches Meersalz, es geht um das edle Fleur de Sal. Aber es ist und bleibt Salz für die Schickis. Herr im Himmel!« Diese konsumkritische Rede war eher ein Selbstgespräch, denn Talea verstand so gut wie nichts von dem, was er sagte. Die beiden unterhielten sich nach wie vor auf Englisch, gemischt mit ein paar Brocken Deutsch, die Talea inzwischen gelernt hatte. Aber den Salz-Vortrag hatte Frank komplett in seiner Muttersprache gehalten, da gab's keine Chance auf deutsch-paraguayische Völkerverständigung. Sie hatten den Parkplatz erreicht, eine holprige Sand- und Steinwüste, für deren Benutzung sechs Euro fällig waren.

»Weltmeister im Abzocken!«, fluchte Frank, aber weil er die Tarife schon kannte, war seine Wut eher Routine. Ende der 1980er durfte noch überall geparkt werden, rechts und links der Wege, mitten zwischen den Bäumen vor den Dünen. Das erzählten jedenfalls die alten Mallorca-Freaks wie Lissy und Jacko. »Ja damals«, sagte Frank halblaut zu sich selbst, »damals war sowieso noch alles besser.« Parken abseits der Sandwege ging jetzt gar nicht mehr, dafür sorgten Zäune und Stacheldraht. Der Parkplatz war schon zu zwei Dritteln gefüllt. In der Luft lag der modrige Geruch stehenden Salzwassers. »Guck mal, Talea. Da steht, was du alles nicht darfst.« Ein Warnschild vor ihnen zeigte unter anderem eine durchgestrichene Ananas. »Wenn du Obst am Strand verkaufst, musst du dreihundert Euro Strafe bezahlen. Und für Massagen, die die Gemeinde Campos nicht erlaubt hat, werden hundertfünfzig Euro fällig.«

»Okay«, sagte sie, »dann massiere ich dich eben nicht.« Und plötzlich lag Humor in der Luft! Wie schön, dachte Frank und nahm seine Freundin in den Arm. Sie liefen fünf Minuten rechts den Strand entlang, um die etwas weniger bevölkerten Abschnitte zu erreichen. »Ah, da sind sie ja wieder.« Frank zeigte auf eine Gruppe junger Mädchen, die im Sand vor Kameras posierten. »Das sind Models, die für Bademoden-Kataloge fotografiert werden. Sehr, sehr hübsch, die Schnecken.« Dann grinste er breit und zog Talea ganz nah zu sich heran, um ihr ins Ohr zu flüstern: »Aber du bist heute die Allerschönste am Trenc.« Talea strahlte. Wahrscheinlich hatte sie in ihrem Leben noch nicht so wahnsinnig viele Komplimente gehört. Und wenn Frank gut drauf war, verteilte er eine Menge davon. Um sie aufzubauen, um ihr Selbstbewusstsein zu stärken, um sie vor den Phasen der Niedergeschlagenheit zu bewahren. Ja, so will ich dich haben, dachte er, du sollst noch viel mehr lachen und unbeschwert sein. Trotz des ganzen Elends, das uns umzingelt und uns die Luft zum Atmen nimmt. Manchmal stand Frank ratlos vor sich selbst. Ich kann so freundlich und sensibel sein, wunderte er sich und war ganz von sich gerührt. Doch dann legt irgendeiner den Hebel um, und ich werde kalt und aggressiv. Franks Selbst-Analyse war gar nicht einmal schlecht, hätte gleich darauf nur nicht wieder der Selbstbetrug eingesetzt. Auf die Idee, dass nur er und niemand anders – schon gar nicht irgendwelche bösen anonymen Mächte – die Hand am Hebel der Aggression hatten, kam Frank leider nie.

Sie hatten die Stelle in der Nähe der Strandbar erreicht, wo Frank traditionell seinen Luxuskörper lagerte. Die Bar war ein erneuter Beweis dafür, dass früher alles schöner gewesen war. Lange hieß sie »Último Paraiso«, war geschmückt mit der kitschigen Silhouette eines Pärchens vor der untergehenden Sonne und galt als Party-Zentrum des Trenc. Hier sollten sogar schon echte Promis wie Mick Jagger Wein, Sangria und Cava bis zum frühen Morgen vernichtet haben. Das ging solange gut, bis die Stadt Campos die Konzessions-Gebühren beinahe versiebenfachte: von ursprünglich 25 000 Euro pro Jahr auf 170 000 Euro. Zusätzlich wurde auch noch der Nacht-Ausschank verboten. Der legendäre Alt-Pächter gab daraufhin auf und versuchte seitdem sein Glück mit einem gleichnamigen Lokal an der Stichstraße zum Trenc in Ses Covetes, einen Kilometer von der alten Strandbude entfernt. So richtig glücklich wurde er dort aber erst, als der Blick aufs Meer freigerammt wurde. Der war mehr als ein Jahrzehnt lang wegen eines echten Schandflecks blockiert: einer hässlichen Ansammlung von Apartmenthäusern im Rohbau, deren Vollendung wegen nicht erteilter Baugenehmigungen gestoppt worden war. Aber dann kam die Abrissbirne, und kurz nachdem sie ganze Arbeit geleistet hatte, begann das neue Último Paraiso zu brummen.

Manchmal gibt's eben doch ein Happyend, dachte Frank, während er die Handtücher auf dem Sand ausbreitete. Hinter ihnen, unmittelbar vor den Dünen, stand ein Relikt aus vergangenen Zeiten: einer der kleinen Bunker, die der Diktator Franco in den 1940er-Jahren aus Angst vor einer Invasion der Alliierten an die Balearen-Strände gesetzt hatte. Der martialische Betonbrocken war jetzt allerdings weiß getüncht und trug in grauen Lettern die mallorquinische Aufschrift: »Un aquí troba la llum més clara« – hier findet man das strahlendste Licht. Talea blickte fragend in Richtung der Liegen und schilfbedeckten Sonnenschirme.

»Nee, nee, das unterstütze ich nicht mit meinem hart verdienten Geld«, grummelte Frank. »Die wollen uns für zwei Liegen und den Schirm achtzehn Euro abknöpfen. Da beiße ich mir lieber achtzehn Mal in den Arsch.« Taleas irritierter Gesichtsausdruck bestätigte ihm, dass sie seine artistische Ankündigung nicht begriffen hatte. »Macht nix«, sagte Frank, »leg dich einfach aufs Handtuch. Erst auf den Bauch, und dann auf den Rücken. Denn jetzt folgt die perfekte Sonnenmilch-Massage. Ich mach's für umsonst, und das ist ja wohl nicht verboten.« Es wurde ein wunderschöner Tag mit viel Sonne und Planscherei im türkisfarbenen Wasser, zwischendurch einem Café con leche an der Bar und immer wieder: Leute gucken. Sie lagen direkt neben dem Strandabschnitt, an dem sich früher nur Nackte gesonnt hatten. Jetzt liefen sie dort buntgemischt herum, in Bermudas, Badehosen und Bikinis, aber eben auch hüllenlos. Frank hatte einen Heidenspaß, als er Taleas verschämte Blicke angesichts der vielen nackten Fleischberge und Riesenbusen sah. »Soll ich dir die Augen zuhalten?«, fragte er, aber Talea sagte nur: »Manche Menschen sollten sich nur zu Hause ausziehen, abends, wenn sie schlafen gehen.« Viele der älteren Sonnenanbeter kamen aus der Schweiz, was sich an den quasi-heiseren »Ch-ch-chr«-Lauten festmachen ließ, die sie in schneller Folge ausstießen. »Es ist unfassbar, wie viele nackte Schweizer ich in meinem Leben schon gesehen habe«, wunderte sich Frank, »aber eines schwöre ich dir auf Ehre und Gewissen: Ich habe dabei noch nie einen Sperma-Stau gekriegt. Die Schweizer Bevölkerung muss total überaltert und faltig sein.«

»Was ist ein Sperma-Stau?«, fragte Talea.

»Erzähl ich dir später«, sagte Frank. »Komm, lass uns einpacken und von hier verschwinden. Wir müssen unbedingt noch ein paar Tapas bei Manolo essen.« Es war halb fünf, und auf dem Rückweg führte Frank seine Freundin in die Tapas-Bar in Ses Salines, die schon Generationen von Urlaubern als Imbiss-Stopp nach einem Strandtag besucht hatten. Manolo war auch berühmt für seine Fische in Salzkruste, aber nach dem Sonnenbaden gab es meistens erstmal Pulpo, Sardinen, spanischen Kartoffelsalat und die ganz große Spezialität – die sogenannten Pique-Pique-Bällchen. So jedenfalls die Speisekarten-Übersetzung für die pikanten Mini-Hackfleischkugeln. »Und jetzt habe ich noch eine ganz besondere Überraschung«, kündigte Frank an, »ich möchte dir unbedingt die Cala S'Almunia zeigen. Salmonellenbucht haben wir die immer genannt.« Talea kicherte eine Spur zu laut, und Frank dachte sich seinen Teil. Denn zu den Tapas hatten sie aus kleinen Tonschalen Manolos frischen weißen Hauswein getrunken. Ein Viertelliter davon mochte wohl in Taleas Blutbahn kreisen, offensichtlich genug für einen Schwips. »Ándale, ándale!«, rief sie, erhob sich, stieß an den Stuhl und wäre beinahe ins Stolpern geraten. Frauen vertragen einfach nix, dachte Frank, wie furchtbar! Ein Viertel Wein und dazu noch was gegessen, das müsste sie doch locker wegstecken, 55 Kilo hin, 55 Kilo her. Aber andererseits war es auch sehr lustig, Talea mit einem prickelnden kleinen Rausch zu erleben. Frank nahm sich vor, ihre beschwingte Losgelöstheit schamlos auszunutzen. »Sei vorsichtig«, sagte er, als sie in der Cala S'Almunia angekommen waren, »da geht 's jetzt achtzig Stufen runter. Nimm am besten immer nur eine.« Die Cala war eine Doppelbucht, auf der einen Seite ein zwanzig Meter breiter Sandstrand mit vielen kleinen Felsbrocken im flachen Wasser, eingerahmt von schroffen Felsformationen; und dreihundert Meter nördlich, nach einem kurzen steilen Abstieg, ein sehr kleines Strandstück, nicht größer als zehn Badehandtücher. Der breite Strom der Touristen floss an der Cala S'Almunia vorbei, weil jeder Versuch, Hinweisschilder aufzustellen, von den Einheimischen mit der Entfernung derselben beantwortet wurde.

Talea schaute ganz verzückt auf die von der Natur erschaffenen wilden Fels-Skulpturen und das dunkelblaue Meer. Sie stiegen hinunter, und wieder einmal bemerkte Frank, dass Talea trotz all ihrer Scheu, Ernsthaftigkeit und Melancholie auch einen feinen Humor besaß. Denn alle paar Stufen tat sie so, als würde sie ins Trudeln geraten, und der große S'Almunia-Treppensturz stünde bevor.

»Hey, Conchita, was ist los?«, pflaumte Frank sie scheinbar erbost an. »Brauchst du ein Navi?« Da kicherte sie und stieg die restlichen Treppenstufen fehlerfrei hinab. »Ich zeig dir ein schönes kuscheliges Plätzchen«, kündigte Frank an, nahm sie bei der Hand und führte sie zur anderen Seite der Bucht. Doch kaum bogen sie um einen Felsvorsprung, da stieß Talea, die jetzt voranging, einen spitzen Schrei aus und begann mit den Beinen zu zappeln.

»Was …?«, fragte Frank, als er auch schon den Grund für ihre hysterische Reaktion sah. Eine Schlange! Ein ungefähr achtzig Zentimeter langes Reptil, graubraun mit dunklen Flecken, das sich zu allem Überfluss auch noch aufgerichtet hatte und mit seinem Vorderkörper hin- und herpendelte. Eine Kobra!, schoss es Frank durch den Kopf, und instinktiv fing er wie Talea an herumzuhopsen. Niemand hätte sich wundern dürfen, wenn es nach diesem doppelten Regentanz augenblicklich zu tröpfeln angefangen hätte. Doch Franks spontaner Schreck dauerte nur zwei, drei Sekunden, dann zog er Talea mit einem Ruck zurück, und im gleichen Augenblick entschloss sich auch die Schlange, von ihrer Kampfpose auf Flucht umzustellen. Ein blitzschnelles Schlängeln noch, dann war sie in einer Felsspalte verschwunden. Talea klammerte sich an ihn. »Ist die giftig?«, fragte sie ängstlich.

»Nein, ist sie nicht«, antwortete Frank, »nicht alle tanzenden Schlangen sind gefährlich. Das war eine absolut harmlose Kapuzennatter.« Eine barmherzige Lüge, denn Frank hatte schon mal eine Kapuzennatter gesehen und dann nachgelesen, dass das

Reptil sehr wohl über Giftzähne verfügte. Die befanden sich aber ganz hinten im Rachen und wurden bei der Jagd gegen Geckos oder Eidechsen eingesetzt, die die Schlange ganz weit ins Maul zog. Bei einem Biss in ein Menschenbein wäre kein Gift zum Einsatz gekommen. Talea beruhigte sich allmählich wieder; in ihrer Heimat hatte sie sicherlich auch schon Bekanntschaft mit allerlei Kriechtieren gemacht.

»Komm«, sagte Frank, »nur noch um den Felsen da vorne herum, dann können wir uns ausruhen. Da ist auch kein Gestrüpp mehr, keine Schlange weit und breit.« Talea war ganz aus dem Häuschen, als sie um die Ecke bogen und die felsige Couch fünfzehn Meter über dem Meer sahen. Die launenhaften salzigen Wellen hatten tatsächlich in jahrtausendelanger Arbeit so etwas wie ein Sitzmöbel in den Fels modelliert. Frank breitete die Handtücher aus. »Für den empfindlichen Paraguay-Po«, lachte er und lud Talea mit einer übertrieben höflichen Handbewegung zum Platznehmen ein. Und so saßen sie schweigend und Händchen haltend für eine ganze Weile nebeneinander und genossen den Bilderbuch-Tag. Ein streichelnder Wind wehte, der Wellengang war gleich null, nur hier und da wirbelte ein flüchtiges Schaumkrönchen übers Wasser. Sogar die Feuerquallen hatten sich entschlossen, das perfekte Gesamtkunstwerk Cala S'Almunia nicht mit ihrer Gegenwart zu stören. Am Horizont schipperte ein Kreuzfahrtschiff vorbei.

»Möchte ich auch mal machen«, sagte Frank, »ich und mein Smoking beim Kapitänsdinner.« Aber an seinen ironisch verzogenen Mundwinkeln ließ sich unschwer ablesen, dass ein Besuch in dieser fremden Welt nicht wirklich auf der Liste seiner geheimen Wünsche stand. Talea hatte die Augen geschlossen, schien ein wenig zu dösen, ein Zustand, der nach Franks Willen aber nur vorübergehend sein sollte. Schon bewegten sich seine Fingerspitzen von ihren Knien sehr, sehr langsam und sanft massierend über die Innenseiten ihrer Schenkel in eine erst nur weiche, dann auch feuchte, glitschige Zone. Talea hatte den Halbschlaf abgeschüttelt und erwiderte seine tastende Annäherung mit Erkundungen auf Franks Landkarte sensibler Körperregionen. Sie küssten sich, ihre Zungen fochten einen zärtlichen Kampf aus, und es dauerte nicht lange, bis die harte Steinbank stumme Zeugin zweier ineinander verschlungener, stöhnender Menschen wurde. Danach empfand Frank ein Gefühl inniger Verbundenheit, wie er es vorher noch nie gespürt hatte. Er hielt sie in den Armen, sie legte den Kopf in seinen Schoß.

»Ich liebe dich sehr, Talea«, flüsterte er, da gab es nicht die Spur eines inneren Vorbehalts; die Angst vor der großen Enttäuschung hatte sich verflüchtigt. Als Talea seine Liebeserklärung aber nicht erwiderte, und plötzlich wieder ein unsicheres Flackern in ihren Augen zu sehen war, fragte er: »Was ist los? Bedrückt dich irgendwas? Du kannst mir alles erzählen, ich bin bei dir, und ich bleibe bei dir.« Talea setzte sich aufrecht hin, schluckte, atmete einmal tief durch und sagte dann: »Ja, ich möchte dir was erzählen.« O Gott, dachte Frank, was kommt jetzt? »Ich habe dir ja gesagt, dass mein Chef in Cala d'Or mich auf den Strich schicken wollte.«

»Ja, Ricardo, dieses Riesen-Arschloch. Seitdem muss mich zusammenreißen, dass ich nicht in seinen Laden fahre und ihm die Fresse poliere.«

»Ja, er ist schlimm«, sagte Talea, »er hat mich fertig gemacht, mich ins Meer getrieben. Aber da ist noch was.« Jetzt spuck ´s doch endlich aus! Frank war froh, dass er die ruppige Aufforderung nicht laut ausgesprochen hatte. So wie seine Freundin jetzt drauf war, hätte er damit alles kaputt gemacht. »Ich ... ich ... muss dir unbedingt sagen ...« Jetzt hatte sie Tränen in den Augen und verbarg ihren Kopf an seiner Schulter. »Ich habe tatsächlich mal als Prostituierte gearbeitet.«

»Nein«, flüsterte er fast tonlos, zog ihren Kopf nach oben und sah ihr entgeistert in die Augen. »Das hast du jetzt nicht gesagt.« Seine Stimme wurde lauter. »Sag, dass das nicht stimmt. Dass du nur einen dummen Scherz machen wolltest.«

»Nein«, schluchzte sie. »Es ist wahr. Ich will nur, dass du alles von mir weißt.«

»Na super!«, ätzte er. »Toll, dass du so offen zu mir bist. Jetzt weiß ich Bescheid. Sehr, sehr schön. Der Vogel, den ich mir eingefangen habe, ist eine Bordsteinschwalbe.« Mit dem Ausdruck konnte Talea nun überhaupt nichts anfangen. Trotzdem weinte sie herzzerreißend. Denn es war eingetreten, was sie befürchtet hatte. Frank reagierte wie ein betrogener Ehemann. Doch nach einigen Augenblicken gelang es ihm, die Handbremse anzuziehen und den in ihm aufkeimenden Wutanfall unter Kontrolle zu bekommen. Jetzt spiel dich mal nicht auf wie der große Moralapostel, beschwor er sich selbst. Frag doch lieber mal, wie sie ans bezahlte Vögeln geraten ist. Ob sie das alles freiwillig gemacht hat. Für sein aufbrausendes Gemüt war er auf einen Schlag erstaunlicherweise friedlich wie ein neugeborenes Lamm. Die Rolle des strengen Beichtvaters konnte er aber trotzdem nicht ablegen.

»Wie lange hast du das gemacht? Und warum?«, fragte er, immer noch unfähig, sie einfach in den Arm zu nehmen und zu trösten. Talea begann, ihm ihre Geschichte zu erzählen, und die war alles andere als lustig und handelte weniger von ungezügelten Sex-Freuden als von Not, Gewalt und Unterdrückung. »Ich hab dir doch von dem Eissalon meiner Eltern in Ciudad del Este erzählt. Den hat mein Vater aufgebaut, als die Stadt noch Puerto Presidente Stroessner hieß. Nach dem brutalen Diktator Stroessner. Der regierte Paraguay bis Ende der 1980er.«

»Ganz ehrlich, Talea, mich interessiert die Geschichte Paraguays einen Scheißdreck. Erzähl mir von dir!« Da war er wieder, Frank Husniak, der Weltmeister in Sensibilität und Einfühlungsvermögen. Aber dieses Mal reagierte Talea auf ungewohnte Weise. Sie heulte laut, fast zornig auf und sagte mit einer Bestimmtheit, die er noch nie an ihr wahrgenommen hatte: »Frank, das ist sehr wichtig für mich. Du musst dir die Zeit nehmen, mir zuzuhören.« Wie bei vielen autoritären Persönlichkeiten genügte diese Brise kräftigen Gegenwindes, um ihn gefügig zu machen.

Frank nickte wortlos und hörte zu, den Blick starr aufs Meer gerichtet. Talea war in der zweitgrößten Stadt Paraguays, direkt an der Grenze zu Argentinien und Brasilien aufgewachsen; Brasilien ist über die »Brücke der Freundschaft« fußläufig zu erreichen. Ganz in der Nähe erzeugt das gigantische Wasserkraftwerk am Itaipú-Staudamm 90 Prozent des Stroms für Brasilien und ein Fünftel des paraguayischen Strombedarfs. Ihre eigentliche Bedeutung hat die noch junge Stadt – gegründet 1957 – aber als Handelsmetropole.

»Ciudad del Este ist eine einzige riesige Shopping-Mall«, sagte Talea, »und auf den Straßen sind auch noch überall Verkaufsstände. Du kriegst dort wirklich alles: Handys, Fernseher, Elektronik, Parfüm, Klamotten, vieles echt, vieles nachgemacht und gefälscht.« Was Talea nicht erwähnte: In Ciudad del Este wurde auch illegal gehandelt, mit Waffen, mit Drogen und mit Mädchen. Die organisierte Kriminalität wucherte an jeder Ecke, internationale Banden nutzten die Stadt als Umschlagplatz und Geldwaschmaschine. Es gab auch immer wieder Gerüchte, dass Exil-Libanesen ihre Profite für die Unterstützung der Hisbollah einsetzten, dass angeblich sogar Anschläge in der Stadt geplant wurden.

»In den Neunzigern ging es uns richtig gut. Jeden Tag kamen Tausende von Brasilianern über die Brücke, weil es sich in Ciudad billig einkaufen ließ. Und wenn sie mal Pause beim Shoppen machten, kauften sie sich ein Eis in unserem Eissalon.« Um die Jahrtausendwende, als Talea siebzehn Jahre war, ging es bergab mit der Familie. »Mein Vater war ein begnadeter Eismacher. Er hatte immer tolle Ideen für neue Geschmacksrichtungen, aber auch zwei Probleme: Er trank mehr als ihm gut tat. Und er verspielte unser Geld in den Casinos. Die findest du in Ciudad del Este alle paar hundert Meter.« Der soziale Abstieg begann, als die Kredite für eine Erweiterung des Ladenlokals nicht mehr bedient werden konnten. »Ab da gab es andauernd üblen Streit mit meiner Mutter. Als er eines Abends versucht hat, ihr eine Rumflasche über den Kopf zu schlagen, hat Mama ihren Koffer gepackt und ist mit mir zu Verwandten am Stadtrand gezogen. Wir lebten plötzlich in einer Bretterhütte. Es war vorbei mit dem Hauch von Luxus, den wir uns immer leisten konnten. Keine hübschen Kleider und Schuhe mehr für mich, keine Restaurant-Besuche.« Frank hatte sich zu ihr umgedreht und sah in Taleas Augen, dass sie den Zusammenbruch ihres Kinderparadieses noch einmal durchlitt. »In Paraguay schielen alle nur auf ihren persönlichen Vorteil; aber die Familien halten zusammen. Darauf konnten wir uns verlassen. Auf die Dauer wurde es jedoch finanziell knapp, denn mein Onkel hatte nur Gelegenheits-Jobs, die uns alle über Wasser halten mussten. Wir waren ja insgesamt sieben Personen, Onkel, Tante, drei Kinder und dann noch meine Mutter und ich. Das konnte nicht gut gehen.«

Talea kramte ein Papiertaschentuch aus Franks Sporttasche und schnäuzte sich die Nase. »Und dann kam Tante Clara auf die Idee mit dem Job in Spanien. Ein Bekannter von ihr vermittelte Mädchen nach Europa. Das war auf den ersten Blick ein total netter Typ, der uns was von Servicetätigkeiten in Cafés erzählte. Das hatte ich ja schon als kleines Kind in unserem Eissalon gemacht. Und für paraguayische Verhältnisse sollte da angeblich richtig gut bezahlt werden. Alles seriös, alles sauber.« Frank musste sich schon wieder dazu zwingen, seine Gedanken nicht auszusprechen. Und die waren: Wie blöd musste man eigentlich sein, um ein solches Angebot für ein junges, gut aussehendes Mädchen anzunehmen? Serviererin in einem gemütlichen kleinen Café in Spanien, mit tollen Verdienstmöglichkeiten. Um Himmels Willen! Da mussten doch sämtliche Warnlampen angehen. Waren sie aber nicht. Denn im Gegensatz zu Frank Husniak hatte eine verarmte paraguayische Familie in Ciudad del Este weder den Durchblick noch das erforderliche Misstrauen, um einen freundlichen, gut gekleideten jungen Mann mit einer verlockenden Geld-Idee aus der Bretterbude zu schmeißen. Die Vision monatlicher Überweisungen aus dem wohlhabenden Spanien hatten ungute Gefühle gar nicht erst aufkommen lassen. Und einen Vertrag gab es ja auch noch; ein zweiseitiges Papier, in dem der Lohn zwar nicht exakt beziffert war, sehr wohl aber eine Vermittlungsprovision in Höhe von zehn Millionen Guaraní, was in etwa 2000 Euro entsprach.

»Die Gebühr und die Reisekosten wären in drei, vier Monaten wieder reingeholt, sagte der Vermittler«, berichtete Talea, »und außerdem gäbe es die Möglichkeit, das Geld in kleinen Raten abzustottern. Alles kein Problem.«

»Und das habt ihr geglaubt?«, fragte Frank.

»Ja, haben wir«, sagte Talea, und erneut standen Tränen in ihren Augen. »Vor allem meine Tante wollte es unbedingt glauben. Hauptsächlich wohl deshalb, weil auch sie eine Prämie bar auf die Hand bekam. Sie hat sich hinterher irgendwann verplappert. Nur was ich von diesen Plänen hielt, wollte keiner wissen. Der Gedanke, einfach aus meiner gewohnten Umgebung gerissen zu werden, mit knapp achtzehn Jahren, machte mir wahnsinnige Angst. Ich habe mich dann aber überzeugen lassen. Weil ich meiner Familie helfen wollte.«

Die Stille in der Cala S'Almunia wurde durch das Tuckern einer kleinen Motoryacht mit dem Union Jack am Heck gestört, die um den Felsen glitt und offensichtlich in der Bucht ankern wollte, um eine Kaffeepause oder – wie die Nationalität der Besatzung nahelegte – wohl eher eine Bierpause zu machen. Die vier Briten an Bord winkten ausgelassen zur Felsbank hoch. Aber Talea und Frank waren nicht in der Stimmung zurückzuwinken.

»Und wo haben sie dich dann hingebracht?«, fragte Frank.

»Der Ort hieß Salt. Das ist in der Nähe von Barcelona. Der Flug machte einen Zwischenstopp in São Paulo, was mich schon gewundert hat, aber das haben sie natürlich getan, weil sie eine unverdächtige Flugroute wollten. Die Einwanderungsbehörden sind ja auch nicht blöd, es gibt in Spanien viele Prostituierte aus Paraguay, die mit falschen Versprechungen ins Land gelockt worden sind.«

»Und wie haben sie dir beigebracht, dass du im Café nicht mit weißem Schürzchen den Kuchen rumtragen sollst?«

»Ziemlich schnell und brutal. Zunächst wurde ich aber als angebliche Touristin mit schicken Klamotten ausstaffiert und kriegte noch 500 Euro obendrauf. Wenn du Pech hast, musst du nämlich bei der Einreise nachweisen, dass du Geld dabei hast.«

Frank merkte, wie schwer es Talea fiel, den Beginn ihrer erzwungenen Karriere als Prostituierte zu schildern. Er ergriff ihre Hand und hielt sie fest. Sein Mitleid siegte über Unverständnis und moralische Empörung.

»Am Flughafen erwarteten mich zwei schmierige Typen. Meine Aufpasser für die nächsten Monate. Ich wurde in ein Apartment geschafft. Dort saß schon der Geschäftsführer des Unternehmens. Und der hat mir klar gemacht, worum es nun gehen sollte: Körper gegen Geld, in einem Sauna-Club. Ich wusste erst gar nicht, was das ist: ein Sauna-Club. Aber das habe ich dann schnell begriffen.« Frank hatte solche Geschichten schon oft in den Zeitungen gelesen. Aber hier ging es um die Frau, die er liebte. Und die war Opfer von Zwangsprostitutions-Gangstern geworden. Widerliche Schweine! Es tobten aber noch andere Gedanken in Franks Kopf, die er erfolglos zu verscheuchen versuchte. Da bin ich also mit einer Frau zusammen, die zahllose Männer mit ihren Schwänzen bearbeitet haben. Gut Aussehende und Hässliche, Dicke, Dünne, Schlaue und Strohdumme. Und am Ende dieser Reihe stehe ich, Frank Husniak, und mache mit ihr körperliche Liebe. Ist keine so wahnsinnig geile Vorstellung. Außerdem kann sie noch wunderbare Vergleiche anstellen und Noten verteilen für die künstlerische Gestaltung des Sexualaktes. Gefällt mir auch nicht so richtig. Frank wischte die verstörenden Überlegungen beiseite und fragte ganz pragmatisch: »Hattest du denn keine Chance, von dort abzuhauen?«

»Ich war achtzehn, ich war verwirrt und voller Angst. Ich hockte in einem fremden Land. Und sie haben mich bedroht und eingesperrt. Frank, glaube mir, da war überhaupt nicht an Flucht zu denken.« Die schlimmste Erniedrigung musste sie gleich am Anfang erleben. Talea hatte keinerlei sexuelle Erfahrung, was ihre »Arbeitgeber« schnell herausbekamen. Das trieb den Preis nach oben. Denn in gewissen Kreisen wird Sex mit Jungfrauen als der allergrößte Kick erlebt; dafür legen manche Freier schon mal einen Tausender auf den Tisch. Taleas Einstandsgeschenk für die Luden im katalonischen Örtchen Salt. Damit konnte sie ihre Schulden in Höhe von angeblich mittlerweile siebentausend Euro für Vermittlung und Reisekosten etwas abbauen. Und hatte noch das unverschämte Glück, auf einen Freier zu treffen, der die Entjungferung nicht brutal, sondern einfühlsam anlegte.

»Wie lange hast du denn da angeschafft? Jahrelang?«

»Ja, es waren insgesamt knappe drei Jahre. Nach dieser Zeit durfte ich hinter der Bar arbeiten. An die Prostitution habe mich notgedrungen gewöhnt, und bald hat es mir so gut wie nichts mehr ausgemacht, die Männer anzubaggern und mit ihnen aufs Zimmer zu gehen. Manche waren ja auch ganz nett.«

Frank riss sich zusammen, obwohl er hätte explodieren können. Manche waren ja auch ganz nett. Unfassbar! Dann geh doch wieder in den Puff, hätte er am liebsten geschrien, und mach es mit den ach so Netten! Aber er verkniff sich einen vulkanischen Ausbruch und zwang sich, Talea in den Arm zu nehmen. Ich brauche Zeit, das alles zu sortieren und zu verdauen. Ich will jetzt nicht alles kaputt machen. Vielleicht siegen ja am Ende meine positiven Gefühle.

Sie verließen die Felsbank, kletterten die achtzig Stufen zum parkenden Auto hoch und fuhren zurück zur Calle Clapers. Unterwegs wechselten sie kein einziges Wort. Talea streichelte seinen Oberschenkel, Frank nahm es hin, reagierte aber nicht; er war unfähig, Zärtlichkeiten auszutauschen. Die Romanze zwischen Talea und Frank war angezählt.

Kapitel 12
Aceite de Oliva virgen extra

»Sleeping with the dogs, and you wake up with the fleas.«
(Aerosmith: »Don't get mad, get even«)

Mirko Hodmanek gehörte zu den Menschen, die nichts dem Zufall überließen. Die sechs Semester Chemie an der Universität für Chemie und Technologie in Prag hatten sein Denken geprägt. In der Wissenschaft wurden Nachlässigkeiten und Schlampereien sofort bestraft; die komplizierten Formeln und Gleichungen verlangten exaktes Arbeiten, alle Eventualitäten mussten penibel vorab bedacht werden. Mirko hatte dieses Arbeitsprinzip auf den Alltag übertragen. Er konnte einfach nicht fünf gerade sein lassen. Deshalb empfand es Hodmanek immer noch als eine Art Niederlage, dass er sein Studium nicht bis zum Examen durchgezogen hatte. Dabei hatte er es noch nicht einmal wirklich abgebrochen; er war einfach nur aus der chemischen Theorie in die hochprofitable Praxis übergewechselt.

In seinem Heimatort Asch nahe der deutschen Grenze traf er einen alten Schulkumpel, der bei der stümperhaften Produktion von Crystal Meth ein Auge verloren hatte. Jiři war einer der zahlreichen Anleitungen aus dem Internet gefolgt, die eine kinderleichte Produktion der Droge versprachen. Beim rhythmischen Schütteln einer Flasche mit brisanten Chemikalien hatte es leider eine Explosion gegeben. Den Unfall seines Kameraden wertete Mirko als Herausforderung, die perfekte Methode des Kristallkochens zu suchen. Nach einem halben Jahr mit immer neuen frustrierenden Experimenten fand er den Königsweg. Er löste sich vom Grundstoff Pseudoephedrin, der in Erkältungsmitteln enthalten ist. Schlichtere Gemüter oder Junkies mit Forscherdrang besorgten sich die Substanz aus Apotheken und fielen aus allen Wolken, wenn der Apotheker sie bei dem Versuch, zwanzig Fläschchen Wick MediNait zu erstehen, an die Bullen verpfiff. Hodmanek stellte das Verfahren auf die Grundstoffe Methylamin, Essigsäure und Phenylessigsäure um. Manchmal lachte er sich darüber scheckig, dass er den Tipp für die Rezeptur ausgerechnet von einer amerikanischen TV-Serie abgekupfert hatte. Zumal »Breaking Bad« wissenschaftlich unseriös war, denn der tragische Held Walter White stellte blaue, angeblich besonders hochwertige Kristallbrocken her. Die Geschichte vom blauen Super-Meth war aber ein chemisches Lügenmärchen, im Film wurde simple Lebensmittelfarbe zugesetzt, um die Story plakativer zu gestalten. Was jedoch nichts mit der Reinheit des Stoffs zu tun hatte. Immerhin: Die Verbindung der drei von den amerikanischen Drehbuchschreibern eingeführten Chemikalien funktionierte und brachte perfekte Ergebnisse. Am Ende des chemischen Prozesses durfte aber nur eine bestimmte Art von Molekülen stehen, die den Konsumenten tatsächlich den gewünschten euphorischen Energieschub brachten. Bei »falschen« Molekülen gab es keinen Kick. Auch dieses Problem, das im Fernsehen weggelassen wurde, kriegte der Tscheche in den Griff. Das Methylamin bezog er von einer Chemiefabrik in der Volksrepublik China. Gefälschte Papiere, verwinkelte Bezahlungswege, gekaufte Schiff-Spediteure und LKW-Unternehmer, eine gut getarnte Produktionsstätte, und nur ein Jahr später war Mirko Hodmanek der unsichtbare, ungekrönte Kristallkönig von Asch. Mit Hilfe seiner Freude über den hochwertigen Stoff und das viele Geld gelang Hodmanek das Kunststück, die moralische Dimension seines Schaffens komplett auszublenden. Mit der Welt der Meth-Junkies hatte er ohnehin nichts zu tun. Die körperlichen und seelischen Wracks, ihre mit eitrigen Geschwüren bedeckten, eingefallenen Gesichter, die Münder mit den Zahnlücken und

-stümpfen bekam er nicht zu Gesicht. Denn er war ja nur der Produzent, der sich nicht in der Szene bewegte, sondern ein bürgerliches Leben führte. Dabei musste er sich noch nicht einmal Mühe geben, seine Verantwortung wegzudrücken; er spürte sie einfach nicht. Was ihm dagegen immer mehr zu schaffen machte, waren die ruppigen Umgangsformen beim Handel mit den Kristallen. Vietnamesische Banden, die einander blutig bekämpften, tschechische Schlägertrupps und deutsche Gangster, die ebenfalls ihren Anteil am profitablen Markt haben wollten. Ständig gab es Schlägereien und Messerstechereien. Als ihn eine deutsche Gang zur Zusammenarbeit nötigen wollte und sogar Drohungen gegen seine Frau eingingen, reichte es ihm. Mirko Hodmanek brach seine Zelte in Tschechien ab und wanderte nach Mallorca aus. Eine Entscheidung, die er keine Sekunde lang bereut hatte; denn aus der Ferne konnte er beobachten, wie die Strukturen rund um die neue Modedroge auf dem Festland ständig wuchsen und fast schon industrielle Ausmaße erreichten. Im November 2014 beschlagnahmte die Polizei in Deutschland und Tschechien 2,9 Tonnen Chlor-Ephedrin. Damit hätten Kristalle im Wert von 184 Millionen Euro für den Straßenverkauf hergestellt werden können. In diesem riesigen Netzwerk hätte sich der einsame Wolf Hodmanek sowieso nicht mehr wohlgefühlt.

Von Crystal Meth konnte er aber auch auf der Sonneninsel Mallorca nicht die Finger lassen. Nach einer längeren Pause stieg er wieder in das Geschäft ein und nutzte dabei die immer noch existierende Logistik bei der Beschaffung der Rohstoffe. Letztes Glied in der Lieferkette war jetzt ein dänischer Frachter, der vor der mallorquinischen Küste ankerte, und von dem Flüssigkeitsbehälter auf Motorboote umgeladen wurden: Die Meth-Produktion konnte beginnen.

Das Labor befand sich am Rande des friedlichen Bergdorfes Orient im Tramuntana-Gebirge, nur 25 Kilometer von Palma entfernt, hinter Bunyola über zahlreiche Serpentinen zu erreichen. Weil in Orient mit seinen offiziell 26 Einwohnern alles so intim und überschaubar war, mussten Hodmaneks illegale Aktivitäten mit einer glaubwürdigen Tarnung versehen werden; einfach dort zu wohnen und nach außen hin sichtbar nichts zu tun, wäre für den perfektionistischen Ansatz des Tschechen zu auffällig gewesen. Also schuf sich Mirko Hodmanek ein zweites, offizielles Standbein: die Produktion von hochwertigem Olivenöl. Ihm gehörten 300 Olivenbäume auf gut zwei Hektar Land, die er zur Freude eines einheimischen geschäftstüchtigen Bauern für einen Schweinepreis erworben hatte. Aus den Arbequina-Oliven presste die Mühle in Soller jährlich 1 500 Liter Öl, dessen Geschmack in einem hübschen Prospekt mit »grüne Banane, blanchierte Mandeln, mürber grüner Apfel und aromatisches frisch geschnittenes Gras« beschrieben wurde. Mirko war seiner deutschen Frau Eva für diese überbordende Marketing-Poesie zutiefst dankbar. Aber das Öl schmeckte wirklich gut, zwei Internet-Weinhandlungen und ein Portal mit mallorquinischen Produkten sorgten für den Absatz. Die Fassade für Mirkos kriminelle Kern-Kompetenz war weit mehr als nur schöner Schein, die Arbeit mit der grünlich-gelben Delikatesse machte ihm Spaß. In einem an den Berg gebauten Schuppen hinter Hodmaneks Finca standen die Edelstahltanks, in denen sich die Schwebstoffe des Öls absetzen konnten. Eva sorgte für die Abfüllung, die Etikettierung »Hodmano – Aceite de Oliva virgen extra« und den Transport zu den Händlern. Sein einäugiger Schulfreund Jiři war, zusammen mit ein paar einheimischen Hilfskräften, für die Ernte und die Pflege der Bäume zuständig. Drei Aussteiger lebten ihren Lebenstraum in einem mallorquinischen Postkartendorf – wer konnte da schon misstrauisch werden?

»Eva«, sagte Hodmanek und guckte ganz verliebt, »dieses Pa amb oli ist einfach ganz fantastisch.« Eva schlang die Arme von hinten um den Hals ihres Liebsten und lächelte. »Tja, die Variante mit Ziegenfrischkäse kommt immer gut«, sagte sie und machte sich in der großen Wohnküche daran, Nachschub zuzubereiten. Geröstetes einheimisches Pan moreno mit Knoblauch einreiben,

Olivenöl drauftröpfeln, Tomaten auf dem Brot verreiben, mit Meersalz würzen und dann mit dem Frischkäse dick bestreichen. So einfach, und so lecker.

»Wir kriegen gleich Besuch«, meinte Mirko und schaute plötzlich griesgrämig drein. »Besuch von der unangenehmen Sorte. Aber ich will mir zumindest anhören, was die Herren zu erzählen haben.«

»Wer isses denn?«

»Ach Eva, nimm's mir nicht übel. Aber in dem Fall will ich dich nicht unbedingt einweihen. Es ist was Geschäftliches.«
»Und da soll das Weibchen sich mal lieber raushalten?«

»Das kann man so formulieren, muss es aber nicht unbedingt.« Eva war nicht angesäuert, noch nicht mal verstimmt, sie ging einfach auf Distanz. Solche Situationen kannte sie schon, und sie hatte gelernt, damit ironisch-neutral umzugehen. »Weißte was, Schatzi, dann verschwinde ich mal schleunigst und treffe mich mit Katrin in Palma. Oder soll ich die Herren bekochen?«

Mirko registrierte die Ironie, blieb aber sachlich. »Wird nicht nötig sein. Die kriegen Kaffee und Plätzchen, und gut isses.« Zehn Minuten später war der offizielle Oliven-Bauer und geheime Meth-Kocher Mirko Hodmanek allein auf dem Gelände. Als er mit einem Café solo auf der sonnigen Terrasse Platz genommen hatte, hörte er Motorengeräusche. Allerdings nicht die Kategorie fünfzehn Jahre alter Volvo, wie er ihn fuhr, sondern ein weißes BMW 6er Coupé. Ricardo d'Avall kam standesgemäß, wie es sich für ein richtig großes Tier im Nachtleben der Welt-Metropole Cala d'Or gehörte.

»Hi Mirko!«, rief er lässig und wollte den Tschechen mit dem High-Five-Gruß überfallen. Mirko ignorierte die amerikanische Geste und reichte dem Spanier demonstrativ die Hand. Wirklich beste Freunde waren die beiden nicht. Die Frage nach der Gesetzestreue hätte zwar sowohl der eine wie der andere mit einem klaren Nein beantworten müssen, auch in ihrer asketischen Gestalt ähnelten sie sich. Das waren aber auch alle Gemeinsamkeiten.

Was Mirko beispielsweise an ruhiger Zurückhaltung ausstrahlte, machte der Spanier durch ein Übermaß an Großmäuligkeit dreimal wett. »Find ich richtig klasse, dass wir uns mal ungestört unterhalten können«, legte Ricardo los, »ich bin ein großer Bewunderer deines Könnens.« Widerwärtiger Schleimer, dachte Mirko, ging auf das Kompliment nicht ein, sondern fragte nur: »Möchtest du auch einen Kaffee?«

»Claro, mach mal. Gibt's den bei dir auch als Carajillo?«

»Kein Problem«, antwortete Mirko, »aber übernimm dich nicht. Die Bullen sind seit zwei Wochen wieder extrem auf der Alkohol-Pirsch, auch hier mitten in der Wildnis.« Er goss einen Brandy in den frisch gebrühten Kaffee, und sie hoben gerade die Tassen, als sie ein lauter werdendes Knattern hörten. Eine Harley fuhr mit großem Getöse vor, und wenige Sekunden später schälte sich Jörg Vehmann aus seiner Leder-Kombi. Der Vogelheimer und Ricardo d'Avall zu Gast bei Mirko Hodmanek, da hätten einige auf der Insel gerne Mäuschen gespielt. Tom Kratzer zum Beispiel, der mit dem Vogelheimer noch eine Rechnung offen hatte. Oder sein Kompagnon Luis Pacheca, der die deutschen Rocker ebenfalls hasste wie die Pest. Was führte den Meth-Kocher mit dem Chef der Crocodiles und dem Provinz-Zuhälter zusammen? Sollten da etwa subversive Allianzen geschmiedet werden?

Fakt war: Die Rockertruppe Crocodiles drängte es aus alter Gewohnheit dazu, im Drogengeschäft mitzumischen. Nur beim bezahlten Vögeln abzukassieren, war auf die Dauer langweilig und erbrachte eher unterdurchschnittliche Profite. Fakt war auch, dass Ricardo d' Avall mit seiner Drogen-Connection unzufrieden war. Musste er sich doch von diesem Kneipenwirt in Cala Figuera zusammenscheißen lassen und bezahlte seiner Meinung nach außerdem seit mindestens einem Jahr viel zu viel Geld für den Stoff. Und dann störte ihn auch noch, dass der verkrachte Rock-Musiker Frank etwas mit der Frau angefangen hatte, der er eine große Zukunft im Gunstgewerbe vorausgesagt hätte. Wenn sie denn auf sein Job-Angebot eingegangen wäre.

Das Gespräch der drei sehr unterschiedlichen Geschäftsleute drehte sich aber zunächst nicht um Koalitionsverhandlungen. Sondern um Olivenöl. Denn Mirko hatte die beiden Männer in den Schuppen geführt, in dem das Öl auf seine Abfüllung in Flaschen wartete. »Super Idee von dir, Mirko«, schmeichelte Ricardo schon wieder lauthals, »da kommt doch keine Sau drauf, dass du auch noch andere Dinge treibst.«

»Ist die Öl-Herstellung denn schwierig?«, fragte Vehmann und kippte den zweiten Café runter. Mirko schüttelte den Kopf. »Ich hab mir einiges angelesen, mich mit ein paar Mallorquinern unterhalten, danach brauchte ich nur noch die Utensilien und Hilfe beim Pflegen und Ernten. Den Rest macht die Natur. Es ist nicht so schwer, wie ich ursprünglich dachte. Wein zu machen, ist wohl wesentlich komplizierter.« Der Crocodile-Boss schnupperte in der Luft herum. »Sei mir nicht böse, Mirko, aber irgendwie müffelt es hier nach Katzenpisse.«

»Ich bin dir nicht böse, aber ich rieche nichts. Die Nase verarscht uns manchmal.« Mirko verlor allmählich die Lust, mit den beiden Ignoranten über sein Öl zu sprechen. Gott sei Dank steuerte Ricardo nun auf das Thema zu, das sie zusammengebracht hatte.

»Und dein Meth-Labor, wo ist das denn? Können wir uns das auch mal angucken?«

»Das mache ich nicht hier«, sagte Mirko und ließ die beiden mit einem Löffelchen von seinem Hodmano-Öl probieren. »Es gibt eine abseits gelegene Hütte ein paar Kilometer von hier, da fahren wir jetzt aber nicht hin.« Keiner der beiden Besucher sagte auch nur einen anerkennenden Satz zum Olivenöl aus eigener Produktion. Ricardo interessierte sich ohnehin für nichts, das ihm nicht nutzte. Und Jörg Vehmann hatte keinerlei Zugang zu dem edlen Produkt mit seinen ausgefallenen Geschmacks-Nuancen, zum Thema Öl fiel ihm nur seine Harley ein. »Wir wollen gar nicht lange um den heißen Brei herumreden«, eröffnete der Rockerboss jetzt den geschäftlichen Teil der Unterredung, »wir haben uns gedacht, dass wir uns zusammentun könnten, zu unser aller Vorteil.« Mirko lächelte sanft und fragte: »Was genau meinst du mit: zusammentun?«

»Nun ja«, antwortete Vehmann und rutschte plötzlich nervös auf seinem Stuhl hin und her, »du willst mit deinen Kristallen gutes Geld verdienen. Und wir sind in der Lage, den Stoff sicher und reibungslos an einen großen Kundenkreis zu verkaufen.« Mirkos Augen waren mit einem Mal sehr schmal geworden. Seine Ehefrau hätte darüber Auskunft geben können, dass es sich dabei um kein positives Signal handelte. Aber dem Tschechen gelang es immer noch, ruhig zu bleiben.

»Ihr wisst«, sagte er, ohne die Stimme zu erheben, »was ihr mir da vorschlagt? Ihr möchtet mich dazu anstiften, meine stabile Partnerschaft mit Kratzer, Pacheca und den anderen Jungs zu beenden. Da ist eine Menge Vertrauen aufgebaut worden. Warum sollte ich das aufs Spiel setzen? Gibt es dafür ein einziges schlagendes Argument?«

»Das gibt es, mein Freund«, grinste Ricardo. Mirko riss sich zusammen, um sich die Anrede »Freund« nicht augenblicklich zu verbitten. »Sie bescheißen dich. Sie zahlen dir zu wenig. Du produzierst ein Super-Zeugs, du bist der Einzige auf der Insel, der Crystal Meth hochprofessionell herstellt. Und dafür bekommst du einfach zu wenig Kohle. Wir würden dir locker zwanzig Prozent mehr zahlen.« Mirko hätte jetzt einen längeren Vortrag halten können. Was glaubt ihr eigentlich, hätte er sagen können, mit wem ihr es hier zu tun habt? Haltet ihr mich für einen Crystal-Strichjungen, der einen schäbigen Verrat begeht, nur um seinen Profit zu erhöhen? Um sich in eine dubiose Partnerschaft mit einem bezopften Gewalttäter und einem schmierigen Luden zu begeben? Meint ihr wirklich, dass ich so ein charakterloses Schwein bin? Habe ich, nur weil ich Meth koche, keinerlei Skrupel und moralische Maßstäbe? Mirko Hodmanek funktionierte nicht über den Anreiz Geld, sein Antrieb war in erster Linie eine fast kindliche Freude am erfolgreichen Experimentieren mit problematischen Substanzen. Wegen einer Handvoll Dollars mehr hätte er nie im Leben mit der Gang um Tom Kratzer gebrochen. Aber er hielt die beiden jetzt ganz bewusst hin. »Das Angebot klingt nicht schlecht«, sagte er und tat so, als fühlte er sich geschmeichelt.

»Aber eine Frage hätte ich noch: Ihr erzählt mir was von einem großen Kundenkreis. Wo soll der herkommen?« Ricardo antwortete mit Siegerlächeln: »Wenn wir in einem Boot säßen, hätten wir Connections an der ganzen Ostküste, Cala Millor, Cala Ratjada, überall sitzen Kumpels von mir. Außerdem gibt es Drähte in die Discotheken von Palma. Okay, am Ballermann wären wir nicht so stark wie Kratzer und Co. Das würde aber durch andere Abnehmer locker aufgefangen werden, wenn nicht gar übertroffen.«

»Und deine Truppe«, fragte Mirko Richtung Jörg Vehmann, »ist die denn überhaupt vernetzt auf Mallorca? Und falls nicht, wo liegen dann meine Vorteile, wenn ihr mit dabei seid?« Auch der Chef der Crocodiles war um eine Antwort nicht verlegen. »Unterschätz den Sicherheits-Aspekt nicht. Es dauert nicht lange, dann werden hier verschärfte Revierkämpfe ausbrechen. Die Zigeunertruppe von Son Banya wird auf Dauer nicht die Hände in den Schoß legen und zugucken, wie andere mit der Modedroge Nummer eins auf den Markt drängen. Und dafür, glaub mir, sind wir bestens gerüstet.« Vehmann griff – sie saßen inzwischen wieder im Wohnzimmer der Finca – nach einem Mandelplätzchen. Es wirkte, als ob er sich eine Belohnung für seine überzeugenden Argumente gönnte.

»Ich will nicht hoffen«, sagte Hodmanek, »dass hier irgendwann der Drogen-Krieg ausbricht. Denn darauf habe ich nicht die geringste Lust. Was meint ihr wohl, weswegen ich aus Tschechien abgehauen bin? Sobald die Gewalt auch auf Mallorca eskaliert, bin ich hier raus und ziehe mich zurück. Ich bin ein friedliebender Mensch, der in Ruhe arbeiten will.« Ricardo versuchte, ihn zu beschwichtigen. »Die Jungs von den Crocodiles werden für Ruhe sorgen. Das können sie, dafür sind sie quasi geboren.« Er grinste den Vogelheimer schief an. Hodmanek legte aber nochmal nach: »Wir hatten in den letzten Wochen hier zwei Tote. Beide haben sich nichts zu schulden kommen lassen. Dass absolut Unbeteiligte sterben müssen, finde ich nur noch widerlich. Das geht gar nicht.« Ricardos Antwort irritierte den Tschechen. »Manchmal gibt es eben keine Unbeteiligten.« Die Worte schwebten bedrohlich im Raum und wurden auch durch die nachfolgende Relativierung nicht entschärft.

»Glaub mir«, sagte Ricardo, »ich habe nichts zu tun mit irgendwelchen Gewalttaten. Lasst uns daher lieber in die Zukunft schauen. Und die könnte glanzvoll sein, Mirko.« Es klopfte. Zeitgleich wurde die Türklinke quietschend heruntergedrückt, und Jiři stand im Raum. Mit seinem speckigen Overall und den schmuddeligen Jeans wirkte er wie ein biederer Landarbeiter. »Oh sorry«, entschuldigte er sich. »Ich wollte nicht stören.«

»Hast du zwar«, sagte Mirko, »aber wir sind sowieso fertig mit unserem Gespräch.« Jiri wusste nicht, wer da im Wohnzimmer saß. Er war nicht tiefer in Mirkos Geschäfte eingeweiht und begnügte sich mit seiner Rolle als Hilfskraft. Mirko gab ihm ausreichend Geld, in seiner Freizeit trieb Jiri es mit einer englischen Haushaltshilfe aus Bunyola. Mehr verlangte er nicht vom Leben.

Vehmann und d'Avall guckten verstört, sie hatten wohl ein gieriges Glitzern in Hodmaneks Augen und eine schnelle Entscheidung erwartet. Aber aufgeschoben war nicht aufgehoben. Ricardo schaltete als erster um. »Okay, wir vertagen uns. Wäre es nicht eine gute Idee, unser Meeting mit einem lustigen Carajillo zu beenden?« Vehmann schloss sich dem alkoholischen Wunsch an, Mirko aber blieb hart und beendete den nachmittäglichen Café-Exzess ohne Prozente.

»Meine Herren«, sagte der Tscheche, während sie die Espresso-Täschen hoben, »ich muss mir das durch den Kopf gehen lassen. Gebt mir eine Woche Zeit, dann weiß ich, was ich will.« Ich werde diese Woche nutzen, dachte Mirko, aber anders, als ihr

Arschlöcher euch das vorstellt. Jetzt muss was passieren, bevor alles den Bach runtergeht. Eine bislang nie verspürte Kampfbereitschaft ergriff ihn. Als der Spanier und der Rockerboss das Gelände verlassen hatten, ging Hodmanek in den Olivenöl-Schuppen, vorbei an Jiři, der einen Karren mit Kaminholz entlud und hinter dem Haus stapelte. Nachdenklich ordnete Mirko einen Stapel Etiketten auf dem großen Packtisch neben den Edelstahltanks. Unordnung und Chaos konnte er nun mal nicht leiden. Dann begab er sich an die Rückwand, die mit Regalen zugestellt war. Er griff in die Lücke zwischen zwei kleine Metall-Farbeimer und drückte auf einen verborgenen Schalter. Es kam Bewegung ins Spiel. Ein Stück der Schuppenwand inklusive des davor stehenden Regals glitt knarzend in den Raum hinein.

Ein paar Sekunden später stand Mirko Hodmanek mitten in seinem persönlichen chemischen Zauberreich, umgeben von Erlenmeyerkolben, Pipetten, Abdampfschalen und Scheidetrichtern. In der Ecke lagerten Fässer mit diversen Flüssigkeiten, auf einem Tisch davor lag ein durchsichtiger Plastiksack mit dem Endprodukt, Kristalle wie Kandiszucker, die dem User ein Leben voller Tatendrang, geistiger Wachheit, riesiger Sprünge auf der Karriereleiter und Spaß ohne Ende versprachen. Und die ihn in ein Wrack verwandelten. Mirko war mächtig stolz auf die von ihm und Jiři in monatelanger Arbeit geschaffene perfekte Produktionsstätte. Ein glücklicher Zufall hatte ihnen einen Schuppen beschert, der mit der Rückfront an einen Hügel gebaut worden war. So konnten sie dem Berg einen etwa fünfzig Quadratmeter großen Raum abringen. Der Abraum hatte Gott sei Dank nur zu einem kleinen Teil aus Felsbrocken bestanden. Mit der Einsturzabsicherung hatten sie sich richtig Mühe gegeben, Eisenträger und Mauerwerk machten das Labor zuletzt »erdbebensicher«, wie Mirko immer sagte.

»Es geht die beiden einen Scheißdreck an, wo ich mein Zeug produziere«, murmelte er trotzig und wütend. Gleichzeitig schmunzelte er bei dem Gedanken an das vorzügliche Riechorgan von Jörg Vehmann. Ein Krokodil mit einem feinen Näschen. Das in der Lage ist, Katzenpipi zu erschnuppern. Denn das Meth-Kochen hinterließ tatsächlich einen Smell, der an die feuchten Ausscheidungen einer Miezekatze erinnerte. Der Gedanke an das unmoralische Angebot, das er soeben erhalten hatte, vertrieb das Lächeln aber schnell wieder aus Mirkos Gesicht. Ungezügelte Wut schoss in ihm hoch. Er wählte die Handy-Nummer von Tom Kratzer. Der ging schnell dran, und Mirko überfiel ihn mit einer empörten, in Zeiten des NSA-Wahns allerdings leidlich verschlüsselten Schilderung der Ereignisse.

»Dieser Schmierlappen aus Cala d'Or und dann noch das Reptil aus Deutschland, die wollten mich zu sich rüberziehen. Eine neue Geschäftspartnerschaft haben sie mir angeboten. Etwas mehr Geld für den gierigen Tschechen, und dann scheißt er auf die, mit denen er bislang glänzend zusammengearbeitet hat. Nur die Kohle zählt, sonst nix, das meinen jedenfalls diese Hackfressen. Ich bin …«

»Halt, leg mal eine Pause ein. Darf ich auch kurz was sagen?«, unterbrach ihn Kratzer. »Tut mir leid«, keuchte Hodmanek, »ich bin nur so furchtbar wütend.«

»Wie hast du denn drauf reagiert?«

»Ich hab mir 'ne Denkpause ausbedungen. Für eine Woche.« Mirkos Stimme geriet allmählich wieder ins gewohnt ruhige Fahrwasser. »Eines sage ich dir, Tom: Da ist was in Bewegung geraten. Wir können uns nicht länger erlauben, tatenlos zuzugucken, wie sie um uns herum versuchen, unsere bewährten Strukturen kaputtzumachen. Wir müssen uns wehren, wir müssen wirksame Gegenmaßnahmen ergreifen.« Am anderen Ende herrschte Ruhe, aber nur für wenige Augenblicke. »Mirko, du hast mich überzeugt«, sagte Kratzer dann, sehr bestimmt und mit einem aggressiven Unterton. »Die Zeit des Verhandelns ist vorbei. Unsere Gegner müssen ab sofort mit harten Reaktionen rechnen, wenn sie versuchen, uns anzugreifen. Ich werde mit Luis Pacheca reden.«

Kapitel 13

Leicht verdientes Geld

»You got to lose to know how to win.«
(Aerosmith: »Dream on«)

»Warum stinkt es denn hier drin nach Diesel?« Eine berechtigte Frage, harmlos und aggressionsfrei formuliert von Wolf, der außer einer gewissen Genialität an der Lead-Gitarre keine weiteren überragenden Fähigkeiten hatte; jedenfalls war er ganz sicher nicht in der Lage, Fehlfunktionen von Autos kompetent zu analysieren. Der Wortbeitrag seines Beifahrers machte Frank augenblicklich fuchsteufelswild.

»Wenn dich das stört«, blaffte er Wolf an, »dann mach doch einfach das Fenster auf. Ich kann ’s auch nicht ändern, und immerhin fährt er ja noch, der Focus.« Weil Letzteres stimmte, und weil Wolf sensibel genug war, Franks explosiven Allgemeinzustand richtig einzuschätzen, versuchte er nicht, die Unterhaltung fortzusetzen. Sie fuhren den Paseo Maritimo in Palma entlang und befanden sich genau an der Stelle, wo der Blick nach rechts zur imposanten Kathedrale und nach links zum Hafen wandert, eine der schönsten Augenschmeicheleien auf der ganzen Insel. Wolf und Frank hatten allerdings derzeit nur düstere Gedanken. Denn rund zweihundert Meter von hier war vor knapp drei Wochen ihr Freund Jörg Schabe erschossen worden. Der Täter lief immer noch frei durch die Gegend. Die Polizei war noch einmal in Cala Figuera erschienen und hatte Jörgs Freundin Gabi Rogalla befragt. Die hatte nach wie vor nichts zur Aufklärung der Tat beitragen können. Ansonsten befand sie sich in einem jämmerlichen Zustand. Gabis Verfolgungswahn war noch intensiver geworden, weshalb sie beschloss, ihre Ängste gemeinsam mit einer deutschen Psychotherapeutin in Cala d'Or aufzuarbeiten.

Leider hatten die schrecklichen Ereignisse auch dazu geführt, dass sich die verbliebenen fünf ehemaligen WG-Bewohner zunehmend aus den Augen verloren. Mit Ausnahme von Talea und Frank, die immer noch eine – wenn auch angeschlagene – Beziehung führten. Ansonsten machte jeder sein Ding, nur ganz selten gab es Kontakte untereinander, vielleicht mal bei einem Bier im Costas oder in einer der Hafenkneipen. Die Band Machmaleisa hatte seit dem Tod ihres Bassisten Jörg kein einziges Mal mehr geprobt, einen Auftritt in Llucmajor sagte sie ab, denn keiner hatte es bislang gewagt, einen Nachfolger für Jörg Schabe ins Spiel zu bringen. Nur Frank und Wolf Jensen, der immer noch eine starke Tendenz zu verschwitzten Stirnbändern hatte, verband ein gemeinsames Projekt. Und um das weiterzuverfolgen, hatten sie sich an diesem späten Sonntagnachmittag in Santanyí getroffen und waren nun auf dem Weg zum Fährhafen von Palma de Mallorca. Als Frank auf das Hafengelände einbog und die Beamten mit den Drogen-Schäferhunden sah, fand er die Sprache wieder. »Ich will mal stark hoffen, dass du nix zu rauchen oder zu schnupfen am Körper trägst«, ranzte er Wolf an. Der schüttelte den Kopf. »Hab ich mir schon gedacht, dass die Bullen hier ihre Schnüffel-Hunde spazieren führen«, sagte er. »Ich bin absolut sauber. Sogar meine Klamotten sind frisch gewaschen.«

»Hätte ich dir auch geraten. Denn immerhin darfst du heute im gleichen Raum schlafen wie ich. Und da gilt die UN-Biowaffenkonvention.« Na Gott sei Dank, dachte Wolf, hat er zumindest seinen bissigen Humor wiedergefunden. So eine schwierige Reise aufs Festland mit einem übellaunigen Typen wäre das allerletzte gewesen.

Sie fuhren mit dem Wagen in den Bauch des Fährschiffs der Acciona Trasmediterranea. Die Autos standen so eng beieinander, dass an einigen Stellen zu Fuß kein Durchkommen mehr war. »Ich bin mir vorgekommen wie damals in dem Labyrinth auf der Cranger Kirmes«, sagte Frank, als sie eincheckten und sich auf den Weg zu ihrer Kabine machten. »Hier darfst du keinen mit Platzangst reinschicken«, moserte Frank weiter. »Und dann nehmen sie für uns beide zusammen auch noch 450 Ocken! Da kannste eine Woche Urlaub am Ballermann für machen. Mit Flug. Aber wir haben es ja. Ist ja auch für einen guten Zweck.« Ihre Reisetaschen warfen sie auf die schmalen Betten, dann stapften sie die Treppen zum Restaurant der Fähre nach oben. Lautes Gejohle empfing sie. Frank wandte sich sofort angewidert ab, der BVB-Fan Wolf schaute dagegen fasziniert auf die TV-Bildschirme, denn dort lief der Grund für das Rumgebrülle: Barca spielte gegen San Sebastian und führte mit 1:0, die erste Halbzeit näherte sich dem Ende.

»Na, dann muss ich dich ja nicht mehr weiter unterhalten«, sagte Frank. »Soll ich dir ein Bier und ein Häppchen zu essen mitbringen?« Wolf nickte, und Frank organisierte Bier und für jeden ein undefinierbares Nudelgericht, das aber ganz annehmbar schmeckte und entfernt an Spaghetti Bolognese erinnerte. »Ich muss das nicht gucken«, meinte Wolf und setzte sich demonstrativ mit dem Rücken zu den diversen Bildschirmen. »Ich zieh mir doch nicht alles rein, was irgendwie nach Fußball aussieht. BVB in jedem Fall, Bundesliga sowieso, auch Champions League mit deutscher Beteiligung und das eine oder andere Spiel der Primera Division. Aber Barca gegen San Sebastian, das muss wirklich nicht sein. Da steht der Sieger doch schon vorher fest.«

»Ja? Steht er? Steht der Gewinner nicht schon überall fest? Gibt's da nicht ein festes Drehbuch für den Verlauf der Saison? Bei dem vielen Geld können die sich doch gar keine Zufälle leisten.« Nicht schon wieder diese Diskussion, dachte sich Wolf und wickelte eine Ladung Nudeln mit hellbrauner Pampe um die Gabel. »Lass uns mal lieber über das reden, was wir vorhaben. Mir ist nämlich überhaupt nicht wohl bei der Sache.«

»Jetzt fang bloß nicht gleich an zu heulen. Versuch mal, ganz gegen deine Gewohnheit ein starken Mann zu sein.«

»Hier geht 's nicht darum, den großen Macker raushängen zu lassen. Wenn wir Pech haben, pusten die uns das Lebenslicht aus. Dann kannst du dir auf den Grabstein meißeln lassen: Er war einer von den ganz Mutigen!« Frank merkte, dass er mit spitzen Bemerkungen nicht weiter kam. Deshalb legte er, während die Fußballfans im Hintergrund lautstark das 2:0 für Barca bejubelten, eine andere Platte auf.

»Also, ob wir tatsächlich in Lebensgefahr sind, steht noch gar nicht fest. Und vergiss nicht: Nach dem Szenario, das wir ihnen präsentieren, wäre es ihr eigener Untergang, uns auszulöschen. Wir marschieren da hin, leisten noch einmal Überzeugungsarbeit, und wenn wir Pech haben, und sie bleiben hart, brechen wir das Ganze ab.« Wolf, der gelernte Krankenpfleger und begeisterte Drogen- und Bourbon-Konsument, war wenigstens ehrlich. »Ich hab mit sowas überhaupt keine Erfahrung«, sagte er, »und mir geht richtig die Düse.«

»Du musst ja weiter nix machen«, beruhigte ihn Frank, »du sollst nur dabei sein. Was zu sagen ist, sage ich. Im Grunde isses leicht verdientes Geld. Und außerdem denk mal daran, dass du derjenige von uns bist, der eine ordentliche Ladung Kohle am besten gebrauchen könnte.« Diese Beschreibung von Wolfs Finanzstatus war eher schmeichelhaft. Durch das ständige Schnupfen und Schlucken ging einiges an Geld drauf, die Einnahmeseite des Alt-Hippies hingegen war chronisch unterentwickelt. Für Kurierdienste im Drogengeschäft bekam er nicht viel mehr als Almosen. Nur wenn Tom Kratzer gut gelaunt war und Frank ihn entsprechend bearbeitet hatte, packte der gelegentlich ein Scheinchen drauf, und so schlängelte sich Wolf durchs Leben. Seine wirklich guten Leistungen an der Gitarre schlugen sich leider nicht auf der Ertragsseite nieder, denn die Band Machmaleisa war nicht mehr als eine Hobby-Truppe, die sogar manchmal für freies Essen und Trinken auftrat. Und nach Jörgs Tod war es auch damit vorbei, zumindest vorübergehend.

»Du weißt doch«, sagte Wolf mit einem schiefen, entrückten Lächeln, »dass mir Geld nicht viel bedeutet. Aber etwas mehr finanzielle Sicherheit wäre nicht schlecht. Da hast du schon recht.«

»Also«, sagte Frank und wischte mit einem Stück Weißbrot die Saucenreste vom Nudelteller, »gib dir einen Ruck und schieß die Angst in den Wind.« Frank schlug mit seiner Bierflasche so heftig gegen die von Wolf, dass der schon meinte, sie ginge zu Bruch.

Frank verkniff sich den Trinkspruch: »Auf Jörg«, denn damit hätte er Wolfs Angst nur weiter befeuert. Aber der Gedanke an ihren erschossenen Kumpel lag in der Luft. War Jörg bei ihrem letzten Besuch auf dem katalanischen Festland doch mit von der Partie gewesen. Alle drei hatten riesengroße Dollarzeichen in den Augen gehabt; ihre Reise führte sie aber nicht nach Barcelona, wie sie ihren Mitbewohnern erzählt hatten, sondern hundert Kilometer weiter nördlich nach Girona. Und ihr Ziel dort war nicht die gotische Kathedrale Santa Maria oder die berühmten arabischen Bäder, sondern ein Puff namens »Babylonia«.

Es ging um den USB-Stick, den Wolf am Tag nach der Einweihungsfete im besetzten Haus in der Jim-Bean-Cola-Dose gefunden hatte. Auf dem Stick befand sich ohne Zweifel eine Datei mit orderbaren Prostituierten. Doch erst am nächsten Tag bei der weiteren Auswertung der Daten hatten sie festgestellt, dass die Mädels nicht nur mit sexuellen Vorlieben und Körpermaßen, sondern auch mit Geldbeträgen »ausgezeichnet« waren, mit Summen zwischen 2000 und 5000 Euro. Das konnten nicht die Preise für ihre Liebesdienste sein. Frank Husniak, der Schnell-Checker, hatte den Sinn der Geldsummen als erster durchblickt.

»Das ist ein Nutten-Katalog, Freunde. Aber nicht für den Endverbraucher. Das ist der Neckermann-Katalog für den Luden von heute. Da kriegt er mit zwei Mausklicks neue Ware.« Rund hundert Prostituierte wurden in ihm angeboten, Spanierinnen, Südamerikanerinnen, Afrikanerinnen, Mädchen aus Osteuropa, ein weltweiter Markt. Aber was wollte der ehemalige Bewohner des Hauses in den Klippen mit dieser Nutten-Liste? Die Frage wurde auf den beiden letzten Seiten der Datei beantwortet: Der Mann hatte gekauft. Er war offensichtlich ein Abnehmer des Frischfleisches. Die drei neugierigen Freunde hatten eine Liste von acht Frauen gefunden, die in zwei Gruppen aufgeteilt waren. Bei den ersten vier stand der Name Babylonia dahinter, bei den vier anderen war »Penthouse« zu lesen.

»Da hat er zugeschlagen!«, rief Frank. »Zu einem Gesamtpreis von ... lass mal nachrechnen ... 28000 Euro. Da muss die alte Oma aus Wattenscheid aber lange für stricken.« Aus seiner persönlichen, überwiegend von Geldgeilheit gespeisten Perspektive fasste er den Inhalt des Fundes noch einmal zusammen. »Wir haben hier den Beweis, dass der Typ, der in diesem Haus gewohnt hat, in den Mädchenhandel verstrickt ist. Und deshalb kann uns dieser süße kleine Stick eine Menge Kohle einbringen. Wir müssen nur noch den Nuttenkäufer finden.« Über die Identität des Zuhälters gab das Dokument indes keinen Aufschluss, Frank in seiner Eigenschaft als Weltmeister der Google-Recherche fand aber in Windeseile heraus: Die einzige Stadt, in der sich zwei Sex-Clubs mit den Namen Babylonia und Penthouse befanden, hieß Girona. Und bei beiden stand im Impressum der gleiche Firmenname: Gastronomía Sensual S.L. Was auf Deutsch so viel wie »Sinnliche Gastronomie« bedeutete. Girona passte auch von der Lage her. Die Entfernung nach Mallorca war überschaubar, da konnte man schon mal auf die Idee kommen, sich ein Häuschen auf der Insel anzuschaffen. Das machten viele Katalanen.

»Die Grundidee ist einfach«, hatte Frank den beiden anderen verklickert, »der Lude bekommt seinen Stick zurück, und wir kriegen dafür ein wenig Finderlohn.« Doch diesen simplen Weg zum Geld hatte er sich sehr blauäugig ausgemalt, wie sich bald herausstellen sollte. Der Schlachtplan war von anmutiger Schlichtheit.

»Wir benehmen uns nicht wie irgendwelche Vorstadt-Erpresser«, teilte Frank seinen Freunden mit, »wir schreiben weder

Briefe mit ausgeschnittenen Zeitungs-Buchstaben, noch schlagen wir komplizierte Geldübergaben vor.« Sie waren einfach im Sex-Club Babylonia erschienen, hatten dort ein Gläschen getrunken und dann das Gespräch mit »dem Chef« gesucht. Vor Ort war allerdings nur ein Geschäftsführer gewesen, sie mussten sich bis zum nächsten Tag gedulden, ehe Carlos Jimenez sich herabließ, mit ihnen zu sprechen. Sie hatten den smarten Dreißigjährigen auf der Terrasse des Café Royal an der Plaza Independencia getroffen.

Das ist aber nicht der Kerl, den ich früher ab und an von weitem vor dem Haus auf dem Felsen gesehen habe, schoss es Frank durch den Kopf, der ist doch wesentlich älter gewesen.

Aber egal, die USB-Spur führte jedenfalls direkt nach Girona, in die Entspannungs-Oasen Babylonia und Penthouse. So viel war mal klar. Vielleicht handelte es sich bei dem Hausbesitzer ja um einen leitenden Angestellten des Etablissements, oder vielleicht um den Vater von diesem Lutscher, der ihnen nun arrogant und herablassend eine Audienz gewährte.

Frank hatte, wie er meinte, einen ganz großen Auftritt hingelegt. Er hatte sich große Mühe gegeben, seriös zu erscheinen. »Wir wären die Letzten, die mit dem moralischen Zeigefinger auf Ihren Geschäftszweig zeigen würden«, legte er los, nachdem der Austausch von Höflichkeitsfloskeln erledigt war und die Existenz des USB-Sticks ins Spiel kam. »Deswegen haben wir auch keinerlei Interesse daran, dass die Dokumente in die Hände der Polizei geraten. Wir fänden es aber angemessen, wenn wir für unsere Bemühungen eine Entschädigung erhalten würden.« Frank hatte hinterher lange gerätselt, warum zum Teufel er so stolz auf seine Gesprächsführung gewesen war, und woher seine Sicherheit gerührt hatte, den Deal ohne größere Probleme durchziehen zu können. Es schien doch so einfach: Der Typ kriegte was, das ihn in Schwierigkeiten bringen konnte, und zahlte ihnen ein Honorar dafür. Leistung und Gegenleistung, Marktwirtschaft eben. Leider hatte sich der schnöselige Spanier mit seinen gegelten Haaren als absoluter Gegner der Marktgesetze erwiesen. Carlos Jimenez hatte gnadenlos dicht gemacht, war aber geradezu unnatürlich höflich geblieben.

»Es kommt mir sehr unwahrscheinlich vor, was Sie da erzählen«, hatte er gesagt, »denn ich habe mit Mallorca wenig am Hut. Ein Haus besitze ich dort nicht, ich war bislang noch nicht mal in der Ecke da unten.« Was für eine coole Sau!

»Aber es geht um Mädchen, die für das Babylonia und das Penthouse eingekauft worden sind«, hatte Frank eingeworfen, »und das sind nun mal Ihre beiden Clubs hier in Girona.« Doch Carlos Jimenez sah nach wie vor nicht die geringste Veranlassung, auf das großzügige Angebot der drei Deutschen einzugehen. »Es muss sich da um ein großes Missverständnis handeln«, sagte er ohne einen Anflug von Emotion. »Die Vermittlung unserer Mädels läuft absolut sauber ab. Wir bestellen keinen Nachschub aus Internet-Katalogen. Das widerspräche unseren elementarsten Geschäftsprinzipien.«

»Kann es denn sein«, hakte Frank nach, »dass einer Ihrer Mitarbeiter, eventuell Ihr Vater oder sonst ein Verwandter gelegentlich in dem Haus auf Mallorca gelebt hat?« Jetzt wurde Jimenez patzig. »Finden Sie nicht, dass das nun doch etwas zu weit geht, meine Herren? Nur so viel: Mein Vater ist verstorben.« Danach war überhaupt nichts mehr zu machen gewesen. Jimenez hatte noch nicht einmal Interesse daran bekundet, sich den Inhalt des Sticks anzuschauen. Was möglich gewesen wäre, denn Frank hatte den kleinen Datenträger dabei. Selbstverständlich lagerte eine Kopie auf Mallorca. Der notdürftig getarnte Erpressungsversuch prallte auf Beton, das sehr distanzierte Gespräch im Café Royal war nach zwanzig Minuten zu Ende. Frank gab dem geschniegelten Lackaffen abschließend seine Handynummer, »für alle Fälle«, und musste dann noch erleben, wie Jimenez sich über sie lustig machte. »Tut mir leid«, sagte er lächelnd, »dass ich nichts für Sie tun konnte. Aber Irrtümer kommen nun immer wieder mal vor. Noch einen guten Tag in unserem wunderschönen Girona!« Und dir wünsche ich die Syphilis an den Hals, du Zuhälter-Schwein!, hätte Frank am liebsten gesagt, verkniff es sich jedoch in der Hoffnung, nur die erste Schlacht, aber nicht den ganzen Krieg verloren zu haben. Denn eines war sicher: Jimenez hatte dreist gelogen, der kriminelle Handel mit Mädchenkörpern hatte stattgefunden, unter wessen Federführung auch immer, und die Prostituierten waren vermutlich in seinen beiden Betrieben gelandet. Damit hatte sich Jimenez strafbar gemacht. Aber die Strategie des spanischen Sex-Unternehmers war zunächst einmal erfolgreich gewesen. Die Abgesandten aus Cala Figuera waren ohne das erhoffte klimpernde und knisternde Erfolgserlebnis von dannen gezogen. Was hätten sie auch anderes machen sollen? Keiner von ihnen hatte ein Interesse daran, die Polizei zu informieren. Gerade Frank und Wolf waren an Kontakten zur Polizei ungefähr so sehr interessiert wie die sieben Geißlein am Besuch des bösen Wolfes. Die verhinderten Erpresser traten in eine Nachdenkphase ein. Wenige Tage später war Jörg Schabe vor der Kathedrale in Palma brutal abgeknallt worden. Frank war aufgeschreckt und irritiert, hatte aber von Anfang an ein Problem damit gehabt, eine Brücke zwischen ihrem missglückten Erpressungsversuch und einem Auftragsmord von Jimenez zu schlagen. Einen der drei deutschen Besucher einfach umzunieten, wäre doch eine wahnwitzige Überreaktion gewesen! Der Spanier hatte sie abblitzen lassen, okay. Aber dann noch aus einer vagen Angst vor Strafverfolgung jemanden umbringen? Das erschien Frank doch sehr unwahrscheinlich. Nein, der Anschlag auf Jörg musste andere Gründe haben. Irgendein übler Konflikt in der Zocker-Szene vielleicht. Oder schlicht eine Verwechslung, weil Jörg mit seiner Fakir-Verkleidung kaum identifizierbar war.

Frank ließ sich jedenfalls nicht davon abbringen, einen zweiten Besuch in Girona zu wagen. Da brach seine westfälische Starrköpfigkeit durch. Wenn er erst einmal einen Plan gefasst hatte, neigte er zu verbohrter Hartnäckigkeit, gepaart mit einem

Schuss Naivität und Unvernunft. Da blieb schon mal der Verstand auf der Strecke. Und die Fähigkeit, rechtzeitig zu erkennen, wenn ein Unternehmen aussichtslos war. Das Love-and-Peace-Fossil Wolf musste allerdings mental aufgebaut werden. Er hatte die Hosen voll, Draufgängertum war in einer verhuschten Persönlichkeit wie der seinen nicht angelegt. Es bedurfte intensiver Überzeugungsarbeit, ihn zu einer weiteren Fahrt nach Girona zu überreden; am Ende siegten die nebulöse Aussicht auf Geld und Franks Versprechen, der alleinige Wortführer sein zu wollen. Und so saßen sie nun wieder auf der Fähre, dieses Mal nur zu zweit, hofften immer noch auf einen Sack voller Euros und begaben sich nach einem weiteren Gute-Nacht-Bier in die Mini-Kabine. Die See war nicht mehr so ruhig wie beim Einchecken in Palma, die Fähre rollte und stampfte, die Pseudo-Bolognese mäanderte durch die Verdauungsgänge und sorgte für eine lästige Dauer-Übelkeit. Am nächsten Morgen um sieben kamen sie in Barcelona an, froh, das Rollen auf dem bewegten Meer ohne Brechattacken überstanden zu haben.

»Da guck ich lieber drei Schalke-Spiele hintereinander«, sagte Wolf, der seine Verzagtheit überwunden hatte.

»Du bist jetzt nicht der irrigen Meinung, damit könntest du mich treffen, oder?«, fragte ihn Frank, der lieber die exotischen Enten im Teich von Schloss Berge besucht hätte, als sich ein Fußballspiel in der benachbarten Arena anzuschauen. »Iss ja gut«, grummelte Wolf, während sie sich in Franks altem Focus auf die Suche nach einer Frühstücks-Gelegenheit machten. Ihre Lust, in den Moloch Barcelona abzutauchen, hielt sich in Grenzen; so beschränkten sie sich auf widerliche Tankstellen-Sandwiches und einen Becher überraschend aromatischen Automaten-Kaffee.

Die Nachtfähre von Palma nach Barcelona hat für den Fernreisenden den großen Vorteil, dass er noch den kompletten Tag zur Verfügung hat und für Unternehmungen nutzen kann. Wer aber nur nach Girona fahren will, ist schon zwischen neun und zehn Uhr und damit reichlich früh am Bestimmungsort. Frank und Wolf quartierten sich im Hotel Europa in der Nähe des Hauptbahnhofs ein. Denn auch dieses Mal kamen sie ohne Voranmeldung und wussten deshalb nicht, wann und ob ein Treffen mit Carlos Jimenez überhaupt möglich war. Aber sie hatten unbedingt den Überraschungseffekt auf ihrer Seite haben wollen. Als Frank auf dem Bett in der Zwei-Sterne-Jugendherberge saß und die Beine für einen Moment ausstreckte, regten sich plötzlich ungewohnte Selbstzweifel in ihm. Was trieb er da eigentlich? In Girona, einer Stadt, die ihm am Arsch vorbeiging. Ach ja, er wollte einen Puffbesitzer mit brisanten Informationen erpressen. Einen Kerl, der sich bislang nicht hatte erpressen lassen. Geniale Idee! Und meine eigene Freundin hat mir gerade gestanden, dachte Frank, dass sie auf den Strich gegangen ist. Das passt ja prima zusammen. Alles voller Rotlicht in meinem Leben. Und wenn es gerade nicht rot leuchtet, dann spritzt rotes Blut durch die Gegend. Ein Zuhause habe ich auch nicht mehr. Irgendwas läuft entschieden schief in meinem Leben. Was kann ich tun, damit wieder Ruhe einkehrt? Eine schlimme Melancholie-Attacke. Wie üblich überwog bei Frank aber nicht die Nachdenklichkeit über den von ihm selbst verschuldeten Anteil am Verlauf der Ereignisse. Beim Baden im süßen Schmerz des Selbstmitleids ging es hauptsächlich darum, wer sich alles gegen ihn verschworen hatte. Sogar die von ihm als selbstlos empfundene Hinwendung zu seiner Freundin Talea drohte, im Meer des Narzissmus zu ertrinken. Warum nur hatte sie ihm wochenlang ihre Puff-Vergangenheit unterschlagen? War das die Antwort auf das grenzenlose Vertrauen, das er ihr entgegenbrachte? Sie hätte doch wissen können, dass er sie nicht verstoßen würde, nur weil das Schicksal ihr übel mitgespielt hatte. Aber irgendwann nach Wochen damit um die Ecke zu kommen, war schon mies und grenzte an Verarschung. Ja, er war schon die ärmste Sau unter der Sonne. Diese Analyse wäre dann aber doch zu viel des Schlechten gewesen.

»Jetzt reiß dich mal zusammen«, sagte er deshalb halblaut zu sich selbst, »bist du eigentlich vollkommen bescheuert?« Eine frische Entschlossenheit stieg in ihm hoch, und um diesem Gefühl auch körperlich Ausdruck zu verleihen, ließ er sich auf das Bett zurückfallen, baute Spannung im Rücken auf und schnellte dann mit einem Ruck nach vorne und in den Stand. »Autsch!«, rief er laut, denn seine chronisch angeschlagene Wirbelsäule reagierte beleidigt auf die artistische Einlage. Aber die negativen Gedanken waren verschwunden, und selbst ein kurzer Blick in den Badezimmerspiegel warf ihn nicht wieder zurück. Die paar Falten machen mich eigentlich noch attraktiver, dachte er, dieses Weiche und Weibliche ist ja nicht für die Ewigkeit. Mit einem heftigen Schwung warf er die langen braunen Haare nach hinten und machte sich auf in die Hotel-Lobby, wo der ebenfalls langhaarige Wolf schon auf ihn wartete. Es war jetzt 13:00 Uhr, um diese Zeit hatte das Babylonia schon geöffnet, wie sie von ihrem letzten Besuch wussten. In Spanien gab es keine Betriebsgenehmigungen für Bordellbetriebe mitten in wunderschönen Altstädten, vielleicht sogar noch unmittelbar neben der größten Kirche am Ort; die Freier und damit auch die Erpresser mussten deshalb schon den Weg vor die Tore der Stadt in das gar nicht mehr malerische Gewerbegebiet Celrà in Kauf nehmen. Dort, umgeben von Logistikfirmen und Großlagern aller Art, direkt neben einer Fließband-Bäckerei, befand sich der dunkelrot gestrichene zweigeschossige Sex-Club. Wolf, der heute am Steuer saß, parkte den Focus zwischen zwei fetten LKWs.

»Benehmen wir uns wie normale Gäste, oder fragen wir gleich nach dem Chef?« Frank guckte Wolf, der die Frage gestellt hatte, entgeistert an. »Was hast du denn für ein Problem? Willst du vögeln oder was? Kleiner Mittagsfick? Nee, nee, wir drücken erstens kein Geld ab, und führen zweitens auch kein Gespräch, nur mit einem weißen Bademantel bekleidet. Wir machen es genauso wie beim letzten Mal.«

Aber Wolf wollte diskutieren, wahrscheinlich um seine neu aufkeimende Ängstlichkeit zu bemänteln. »Findest du es nicht besser, vorher anzurufen und einen Gesprächstermin zu vereinbaren?«

»Mensch Wolf, jetzt isses aber gut. Aber weil du es bist, erklär ich's dir nochmal: Wenn du versuchst, bei solchen Typen anzurufen, kommst du nicht weiter. Die lassen sich verleugnen oder halten dich hin. Du musst ihnen auf die Pelle rücken. Frech gewinnt.« Als Frank auf den Klingelknopf unter dem Messingschild mit der Gravur Babylonia samt zwei ineinander verschlungenen Körpern drückte, ertönte ein bombastischer Gong. Eine afrikanische Lady öffnete ihnen und wollte schon zu dem einstudierten Eröffnungsvortrag mit Preisen, Leistungen und Abläufen ansetzen, als Frank ihr das Wort abschnitt.

»Wir möchten den Chef sprechen.« Und als sie kariert guckte, wiederholte Frank mehrfach das spanische Wort »Jefe«. Sie verschwand und kehrte zwei Minuten später mit dem unfreundlichen Muskelpaket zurück, mit dem sie es bereits bei ihrem ersten Besuch zu tun gehabt hatten. Die Augen des Geschäftsführers verrieten ein Gefühl des Wiedererkennens, das alles andere als freudig war. Der Luden-Unterteufel wusste sofort, wen die Besucher sprechen wollten, wahrte aber einen Rest Höflichkeit und komplimentierte sie in einen separaten Raum hinter der weitläufigen Kontaktzone mit Bar und Sitzgruppen.

»Wartet hier, ich werde telefonieren«, sagte er. Um die Mittagsstunde war noch wenig los im Babylonia. An der Bar saßen drei junge Mädels in Dessous und tranken Kaffee, zwei Kunden lümmelten auf den Sofas herum und guckten sich auf den diversen Bildschirmen ödes Porno-Gerammel an. Ein Mann, genauer gesagt, sein Schwanz, befand sich gerade im oralen Dialog mit einem dunkelhäutigen Mädchen. Die komplette Szenerie war in ein schummeriges rötliches Licht getaucht, ebenso der Warteraum mit drei Ledersesseln und einem ovalen Tisch, in dem Frank und Wolf der Dinge harrten. Frank wippte nervös mit dem rechten Fuß. Eine Unart, die ihn seit seiner Schulzeit verfolgte, und die immer dann auftrat, wenn seine Nerven blank lagen.

»Das ist ja ein Licht hier«, moserte er herum, um irgendetwas zu sagen, »da kriegst du die knisternde Erotik gleich über den

Lichtschalter mitgeliefert. Allerdings kannst du dabei auch nicht so genau erkennen, ob du vielleicht gerade was mit Lady Horror klarmachst.«

»Mit denen, die ich im Vorbeigehen gesehen habe«, sagte Wolf, »will ich überhaupt nix klarmachen.« Frank grinste ihn frech an. »Ja, ja, ich weiß, du hast ja schon seit längerem auf Handbetrieb umgestellt. Da wird man anspruchsvoller, da ist die Arbeit am lebenden Objekt eine echte Herausforderung.«

»Jetzt halt mal die Fresse! Überleg dir lieber, was du dem Chef-Luden gleich erzählen willst.«

»Das geht praktisch auf Knopfdruck. Ich werde ihn freundlich davon überzeugen, dass es kein rausgeschmissenes Geld ist, wenn er uns den brisanten Stick abkauft. Ich bringe ihn auf die kaufmännische Denke. Er bezahlt und hat dafür einen Vorteil.« Wolf wollte noch einwenden, dass zur »kaufmännischen Denke« immer zwei gehörten, und dass man das alles auch als miese kleine Erpresser-Nummer ansehen könnte, aber er kam nicht mehr dazu. Denn Carlos Jimenez hatte den Raum betreten. Offensichtlich liebte er glänzende hellgraue Anzüge mit weißen Hemden und dezenten lila Krawatten; bei ihrem letzten Rendezvous im Café Royal war er genauso verkleidet gewesen. Dieses Mal jedoch fehlte seinem Benehmen die überbordende Freundlichkeit. So fing er gleich an, die beiden zu duzen.

»Ich meine mich zu erinnern, dass ich euch eine klare Absage erteilt habe«, sagte er mit schneidender Stimme, »was wollt ihr also schon wieder hier?« Frank, der immer schon der Auffassung gewesen war, Gleiches müsse mit Gleichem vergolten werden, duzte sofort zurück: »Ich habe dir nur etwas Bedenkzeit gegeben. Immerhin geht 's ja um eine folgenschwere Entscheidung. Da darfst du ruhig noch mal umdenken.« Jimenez senkte seine Stimme, der drohende Unterton füllte aber immer noch den Raum: »Das mit der ›folgenschweren Entscheidung‹, sollte jetzt aber keine Drohung sein, oder? Es kann ziemlich ungesund werden, wenn sich einer mit mir anlegen will. Da gibt es aktuelle

Erfahrungswerte.« Frank merkte, wie es heiß in ihm aufstieg. Sie haben Jörg auf dem Gewissen, dachte er entsetzt. Oder war das etwa kein Geständnis durch die Hintertür gewesen? Mit aller Energie zwang er sich dazu, nicht darauf einzugehen. Selbstbewusstsein zeigen, das Ziel im Auge behalten, keine sinnlosen Diskussionen lostreten. Frank blieb schnodderig im Ton und hart in der Sache. Keiner sollte ihm den Schlag in die Magengrube anmerken, den ihm Jimenez mit seinem letzten Satz versetzt hatte. »Was wir von dir wollen, kannst du bewerten, wie du willst. Wir haben dir etwas anzubieten, das dir ein schönes Sümmchen Geld wert sein sollte. Ehrlich gesagt, dachten wir an 50000 Euro.« Jetzt, nachdem die Forderung raus war, fühlte Frank sich wie befreit; keine Angst, keine ätzenden Selbstzweifel mehr, er blühte auf in einer seiner Lieblingsrollen: Frank Husniak ging mal wieder aufs Ganze. Als Jimenez die Summe hörte, fing er dröhnend an zu lachen. Für so einen schmächtigen Kerl ein beachtliches Volumen, dachte Frank, und spielte dann die nächste Karte aus.

»Damit du nicht auf komische Ideen kommst. Der Original USB-Stick befindet sich in der Hand meines Anwaltes. Der weiß, dass wir hier sind. Von Druck oder gar Erpressung weiß er nichts. Und Erpressung würde ich unser Geschäftsangebot auch nicht nennen. Um unsere körperliche Unversehrtheit mach ich mir deshalb keine Sorgen.«

»Hört mal zu, ihr beiden langhaarigen Kasper. Euer USB-Stick, euer Anwalt, eure komplette verfickte Existenz geht mir voll an sämtlichen Körperteilen vorbei. Ich kann euch nur die ganz dringende Empfehlung geben …«

Bevor die dringende Empfehlung die Ohren der beiden Besucher jedoch erreichte, flog die Tür zum Raum der denkwürdigen Konferenz schon wieder auf. Im Türrahmen erschien nicht etwa eine leicht bekleidete Servicekraft mit einem Tablett voller Getränke in der Hand, sondern – Frank vergaß für eine Sekunde zu atmen – der weithin bekannte Groß-Gastronom und Frauen-Versteher Ricardo d'Avall. Wolf gab angesichts dieser unerwarteten

Begegnung eine ganz schlechte Figur ab. Er riss seine Augen sperrangelweit auf, und sein Mund hatte sich überflüssiger Weise auch noch halb geöffnet. Die senile Slapstick-Version eines smarten Kriminellen. Frank hätte seinen Kumpel am liebsten gepackt und geschüttelt, hatte aber selber genug damit zu tun, weiter den Obercoolen zu spielen.

»Ricardo! Was für eine Überraschung!«, sagte er dann und klang dabei sehr beherrscht. »Wie kommst du denn hierher?«

»Durch die Tür, das hast du ja wohl hoffentlich mitbekommen.« Sehr, sehr witzig. Die Situation kippte aber rasch ins gar nicht Witzige. »Ich hatte hier ein geschäftliches Meeting mit meinem Freund Carlos. Und was musste ich von ihm hören? Dass ihr zwei, die ihr immerhin Geschäftspartner von mir seid, hartnäckig versucht, Carlos mit irgendeinem Scheiß zu erpressen. Das finde ich schon sehr enttäuschend, Fränkie, ganz ehrlich.« Der Angesprochene, dessen Blutdruck wahrscheinlich gerade irgendwo in der 200er-Zone pumpte, blickte Ricardo fest in die Augen und sagte: »Welche Zensuren du hier verteilst, ist mir ziemlich egal. Was ich mit dem Kollegen Jimenez zu besprechen habe, geht dich nichts an. Es wäre sehr hilfreich, wenn du jetzt blitzartig den Abmarsch machen würdest.«

»Hast du das gehört, Carlos?«, fauchte Ricardo. »Er will mich rausschmeißen. Aus deinen Räumlichkeiten will er mich rausbefördern. Wie findest du das?« Es roch nicht mehr nach friedlichen Verhandlungen, sondern nach übler Konfrontation. Völlig unpassend untermalte die Musikanlage die nun folgenden Ereignisse zudem noch mit dem alten Gassenhauer »Voulez-vous coucher avec moi«? Carlos war aufgestanden und zeigte mit dem rechten Arm zur Tür.

»Meine Herren«, sagte er dann ebenso förmlich wie ultimativ, »das Maß ist voll. Steht auf und schwingt eure Ärsche auf die Straße. Die Audienz ist beendet.« Frank sah zwar sämtliche Felle davonschwimmen, aber ihm fehlte einmal mehr die Fähigkeit, die Niederlage zu akzeptieren.

»Komm Wolf, wir gehen«, polterte er los und gab sich keine Mühe mehr, irgendeine Form zu wahren, »kann sein, dass die beiden Luden hier sich warm anziehen müssen.« Dann trat er auf Ricardo d'Avall zu und schob sein Gesicht bis auf zwanzig Zentimeter an dessen Visage heran. »Mit dir, du Schwein«, bellte er den Kneipier aus Cala d'Or an, »habe ich ohnehin noch ein ganz besonderes Hühnchen zu rupfen. Du hast meine Freundin Talea auf dem Gewissen. Erst Liebe vortäuschen und dann auf den Strich schicken – das ist unterste Schublade. Du solltest verschärft auf dich aufpassen!« Ricardo fühlte sich wohl absolut sicher und wich keinen Zentimeter zurück.

»Talea! Ja, an Talea habe ich nur die allerbesten Erinnerungen. Ein großes Talent im Bett! Das kannst du doch bestimmt bestätigen, oder?« Keiner konnte behaupten, dass Frank sein Verhältnis zur Gewalt im Laufe der Zeit nicht überprüft und korrigiert hätte. Er war in den letzten Jahren sogar fast so etwas wie ein Friedensnobelpreisträger geworden. Zugegeben, da war der Zusammenstoß mit dem Touristen in Costas Kneipe; der erfolglose Widerstand gegen den gewalttätigen Räumungstrupp vor ein paar Wochen. Doch ansonsten tobte Frank seine Körperlichkeit nur noch beim wilden Rocken auf der Bühne oder – neuerdings intensiver – im Bett aus. Tief in seinem Innern verlief aber nach wie vor eine rote Linie, und die hatte der miese Zuhälter Ricardo mit seiner Bemerkung dreist überschritten. Der Spruch über Talea war nicht nur zynisch und beleidigend, er hieb auch noch in die Wunde, die ihm seine Freundin mit ihrem Prostitutions-Geständnis zugefügt hatte. Da war Schluss mit Kalkül und Taktieren und vor allem mit Denken, es gab keine unterschiedlichen Handlungs-Alternativen mehr. Da stand ein böser Feind, den es auszuschalten galt. Und weil sie sich auf Tuchfühlung gegenüberstanden, entschied Frank einfach, ein Knie ruckartig anzuziehen und es Ricardo in die Eier zu rammen. Der Spanier hatte bei dieser blitzschnellen Aktion keine Chance zur Gegenwehr. Laut schreiend griff er sich an die Genitalien, die von einem brüllenden Schmerz gepeinigt wurden, und sackte zu Boden. Im Fallen kriegte er noch Franks Ellbogenspitze krachend aufs Gebiss, was ihn drei Zähne kostete. Carlos, der Puffbesitzer, hatte die kurze, aber heftige Abrechnung entsetzt, aber aus sicherer Distanz beobachtet. Ein Anlass, mutig einzugreifen, lag zweifelsohne vor, aber Carlos Jimenez taugte, wie sich soeben herausstellte, zwar zum Ober-Zuhälter, aber nicht zum furchtlosen Schläger. Er krakeelte lediglich wild durch die Gegend, was, im Duett mit Ricardos Schmerzenslauten, den muskulösen Geschäftsführer und eine weitere männliche Hilfskraft auf den Plan rief.

»Schmeißt die beiden raus!«, rief der Clubchef, und so geschah es. Frank, einmal in Fahrt, versuchte zwar, mit wüsten Boxhieben die beiden geübten Sicherheits-Experten außer Gefecht zu setzen. Die Prügelei endete aber damit, dass Frank schraubstockmäßig fixiert und danach übel vermöbelt wurde. Zum guten Schluss stießen sie ihn vor die Tür, vorbei an den Nutten, die, wie es sich gehörte, spitze Schreie ausstießen. Auf der Straße traf Frank auf seinen Freund Wolf, der sich dem körperbetonten Geschehen durch Flucht entzogen hatte. Frank hatte – als letzten, nutzlosen Akt des Widerstandes – seinen unfreiwilligen Abschied mit wilden Drohungen begleitet, in denen der USB-Stick und die Polizei die Hauptrolle spielten.

»Ab ins Auto!«, rief er Wolf zu. Während der Fahrt wechselte er mit dem feigen Deserteur kein einziges Wort. Gott sei Dank trug Frank ein Päckchen Papier-Taschentücher am Körper, mit denen er seine blutende Nase betreute, während er den Wagen Richtung Hotel lenkte. »Die können noch was erleben«, murmelte er diverse Male. Blut tropfte auf sein Hemd. Im Hotel wusch er sich hastig, wechselte das Hemd und ließ den unverletzten Wolf die Rechnung bezahlen.

Dann machten sie sich auf zur Fähre nach Barcelona. Die Sache mit dem leicht verdienten Geld hatte sich fürs Erste erledigt.

Kapitel 14

Kaffee bis zum Anschlag

»I'm riding, I'm shining up my saddle.
I'm riding, the snake is gonna rattle.«
(Aerosmith: »Back in the saddle«)

Franks Seelenlage war angeschlagen, aber trotzdem noch erstaunlich stabil. Obwohl seine Welt komplett aus den Fugen zu geraten drohte, und das im wahrsten Sinne des Wortes. Denn alle Nase lang setzte es Prügel, zwei Morde hatte es in seinem unmittelbaren Umfeld gegeben, die festen Strukturen beim Handel mit Kokain und Meth waren bedroht, und der Versuch, mit einer Erpressung Geld reinzuholen, war elendig gescheitert. Dazu noch der Verlust des grandiosen Hauses auf den Klippen inklusive der Wohngemeinschaft und die Krise in der Partnerschaft mit Talea – Frank konnte sich nur noch an der Ruhe-Oase festhalten, die ihm Lissy und Jacko in ihrem Haus in der Calle Clapers boten. Die beiden, ganz besonders die fürsorgliche Lissy, gaben ihm ein Gefühl von Wärme und Sicherheit. Frank machte sich keinerlei Gedanken darüber, ob die Zuwendung der beiden auch dann noch so selbstlos gewesen wäre, wenn sie von seinen kriminellen Aktivitäten gewusst hätten. Er selbst hielt sich für witzig und kommunikativ und war in dem Glauben, dass die Menschen sich deshalb um seine Gesellschaft reißen würden. Wirkliche emotionale Tiefpunkte und Selbstzweifel, wie er sie auf dem Hotelbett in Girona durchlebt hatte, quälten ihn viel zu selten. Selbst nach dem erniedrigenden Rausschmiss aus dem Babylonia hatte er sich nur einmal geschüttelt wie ein nasser Hund und war danach wieder ganz der Alte gewesen, rotzfrech, stark und überlegen.

Klar, das missglückte Girona-Abenteuer hatte Frust hinterlassen, aber den spülten Frank und Wolf bereits auf der Fähre mit spanischem Gerstensaft weg. Irgendwie passte es gut zur miesen Gesamtsituation, dass Franks Lieblingsbier Estrella Damm nicht an Bord war. Das San Miguel mit seinen 5,4 Prozent erfüllte jedoch rauschtechnisch den gleichen Zweck. Aber selbst, als der Alkohol die Gedanken und den Tatendurst beflügelte, war keiner der beiden auf die Idee gekommen, dass sich der USB-Stick vielleicht doch noch versilbern ließe. Frank, dem – eine schöne Nebenwirkung des Bieres – die Nase nicht mehr weh tat, war allerdings finster entschlossen, ein anonymes Päckchen für die Polizei zu schnüren.

»Sie sollen auf jeden Fall Ärger kriegen, diese Arschlöcher!«, schimpfte er und wurde sich im gleichen Augenblick seines Pegelstandes bewusst; denn er lallte und schlabberte das l beim Wort »Arschlöcher«.

Als sie wieder in Cala Figuera waren, machte Frank der Schwebezustand in seinem Leben am meisten zu schaffen; er ging nur noch auf schwankenden Planken, alles in ihm schrie nach Entscheidungen und Kurskorrekturen. Gut möglich, dass am Ende nichts so bleiben würde, wie es war.

Die Sache mit Talea nahm ihn wirklich mit, das war derzeit Franks einzige ernsthaft verwundbare Stelle. Ihre Vergangenheit als Prostituierte stand wie eine über Nacht errichtete Mauer zwischen ihnen. Es war keine Geschichte, die über den Kopf lief; es war der Bauch, der rebellierte und sagte: »Nein, nicht mit einer Nutte!«, und bei seinem einzigen Versuch, mit Talea zu schlafen, war auch sein Schwanz in den Warnstreik getreten. Was ihn jedoch fast noch mehr aufregte als ihre Vergangenheit, war Taleas Unterwürfigkeit in dieser schwierigen Phase. Seitdem Frank sie aus dem Wasser gefischt hatte, kannte er ihre linkische, verschüchterte Art und freute sich über die wenigen Augenblicke, in denen sie ihm offen in die Augen schaute, ein Lächeln ihr Gesicht entspannte und manchmal sogar verzauberte. Doch seit dem Nachmittag in der Cala S'Almunia gab es diese Augenblicke nicht mehr. Ihr Selbstbewusstsein war völlig am Boden, und Frank fehlten alle Voraussetzungen, seine Freundin psychologisch wieder aufzubauen. Er versicherte ihr zwar diverse Male, dass er ihr nicht böse wäre, benahm sich ihr gegenüber aber ansonsten kühl und distanziert. Seine oberflächlichen Küsse und Umarmungen wirkten wie die Pflichtübungen eines Politikers beim Staatsbesuch.

Einmal, kurz vor dem Einschlafen, nahm Talea all ihren Mut zusammen und fragte ihn: »Liebst du mich eigentlich noch, Frank?« Die Reaktion war ein verstörendes Sowohl-als-auch.

»Ja, Talea, ich hab dich immer noch lieb«, flüsterte er, aber es gelang ihm nicht, den Satz einfach so stehen zu lassen, »ich brauche nur einfach Zeit, um das alles zu verdauen, was du mir erzählt hast.« Danach drehte er sich um und schlief fast augenblicklich ein. Frank warf ständig noch mehr Sand in das Getriebe ihrer kränkelnden Beziehung. Als Talea ankündigte, am Samstag ihre Freundin in Cala d'Or besuchen zu wollen, kam umgehend eine stichelnde Bemerkung.

»So, so, deine Freundin in Cala d'Or«, sagte er und lächelte bitter, »als was arbeitet die denn so?« Talea war unfähig, mit solchen Provokationen umzugehen; sie schwieg und zog sich zurück. Am Samstagmorgen saßen sie bei bedecktem Himmel, aber immerhin gut zwanzig Grad, draußen auf der Terrasse beim Frühstück. Die Spannungen zwischen Frank und Talea waren nicht greifbar, weil Jacko das Wort ergriffen hatte und es partout nicht mehr abgeben wollte. Wenn Jacko Wrobel aus der neurotischen Welt des Radios erzählte, blieb kein Auge trocken. Und wenn er am Vorabend ordentlich was getrunken hatte – was meistens der Fall war –, gerieten die Erzählungen noch etwas länger und süffiger.

»Letzte Woche hatte ich wieder diese Einhandseglerin als Studiogast, die mit ihrem Mann um die Welt geschippert ist.« Jacko packte sich gleich drei Scheiben gekochten Schinken auf seine

Brötchenhälfte und schmierte noch dick Remoulade obendrauf. Den strafenden Blick seiner Gattin nahm er nicht zur Kenntnis.

»Ich sag zu unserer Redakteurin: ›Mensch, die Frau war doch erst vor einem halben Jahr da. Warum machen wir andauernd PR für ihre Bücher‹?« Frank liebte diese Geschichten, denn er wusste, da würde noch irgendeine bescheuerte Pointe kommen. »Da sagt die: ›Ich hab mir gedacht, so eine arme Behinderte, die kannst du ruhig mal öfter einkaufen‹.« Jacko lachte nicht, er grölte. »Ja klar«, schnaufte er, »Einhandseglerin. Die arme Frau. Muss sich mit einer Hand durchs Leben schlagen. Und ich sage euch: Solche Ignoranten wie diese Redakteurin, die gibt es bei uns im Dutzend. Nordradio Harmonie, eine Ansammlung von bedauernswerten Menschen, die in der Schule nicht aufgepasst haben.« Und schob dann mit vollem Mund nach: »Gott sei Dank werden die richtig scheiße bezahlt. Im angemessenen Verhältnis zu ihrer Qualifikation.«

Lissy lachte gequält wie sonst nur nach einem Gag von Oliver Pocher, wahrscheinlich kannte sie die Geschichte schon. »Und was macht ihr beiden an diesem Samstag?«, fragte sie Talea und Frank. Wie selbstverständlich antwortete Frank für sie beide: »Talea fährt zu ihrer Freundin nach Cala d'Or, und ich treffe mich gleich mit Wolf auf dem Markt in Santanyí. Das wird wieder mal der gesellschaftliche Höhepunkt der Woche.«

Juanes begann zu singen, der kolumbianische Schmuse-Rocker, Taleas neuer Klingelton. Sie sah auf das Display, sprang von ihrem Stuhl hoch, sagte im Gehen: »Diga?«, und verschwand um die Hausecke. Mittlerweile hatten sich alle daran gewöhnt, dass Talea ihre Telefongespräche hochkonspirativ führte; trotzdem versetzte Frank diese demonstrative Privatheit immer noch einen verletzenden Stich.

»Guten Morgen, was willst du?«, sprach Talea ins Telefon, in einer Mischung aus Sorge, Ängstlichkeit und Verärgerung. »Jetzt sei mal etwas freundlicher. Wir wollten doch nett miteinander umgehen, oder?«, sagte die Stimme am anderen Ende.

»Ist ja gut. Wir sitzen gerade beim Frühstück, und es ist noch ziemlich früh.«

»Ja, du brauchst eben für alles einen langen Anlauf. Aber ich werde dich nicht lange aufhalten.« In dem Augenblick bog Lissy um die Ecke. Sie wollte nach der Wäsche schauen; die Waschmaschine befand sich in einem kleinen Abstellraum im hinteren Teil des Hauses, der nur von außen zugänglich war. Talea stand mit dem Handy am Ohr an der Hausecke, Lissy konnte zuerst nicht verstehen, was sie sagte. Franks Freundin drehte ihr den Rücken zu. Die Tierärztin blieb zögernd stehen, denn gerade gegenüber der sensiblen Talea wollte sie diskret sein. Aber Lissy hatte Zeitdruck, in einer halben Stunde würden die ersten Patienten auf vier Pfoten ihre Tierarztpraxis bevölkern. Deshalb wartete sie noch ein paar Sekunden, räusperte sich dann laut und ging weiter. Talea hatte sie bemerkt und sagte, bevor sie auflegte, nur noch vernehmbar: »Denk an das Geld für Enrique. Er ist mein Ein und Alles.«

»Entschuldige«, sagte Lissy, »ich wollte dich nicht stören. Aber mir läuft die Zeit davon. Ich muss mal gucken, wie weit die Waschmaschine ist.« Talea grinste verlegen. Aber das tat sie so oft, dass Lissy es kaum registrierte. Talea murmelte etwas, aber ihre Worte wurden vom Lärm der uralten Waschmaschine verschluckt, die gerade angefangen hatte zu schleudern. In einer Lautstärke wie beim Start einer Raumfähre. Beide Frauen kehrten nacheinander auf die Terrasse zurück. Frank war plötzlich angriffslustig. »Was ist passiert?«, fragte er Talea. »Gibt 's schlimme Nachrichten? Du siehst so verschreckt aus.«

»Nein, nein«, versicherte diese, aber ihre gesamte Körperhaltung vermittelte das genaue Gegenteil. »Maria kann erst eine Stunde später. Sie ist aufgehalten worden. Das hat mich etwas überrascht.« Frank ließ sie in Ruhe. Zumal Jacko, der eine Flasche Cava geräuschvoll öffnete, noch immer nicht aufhören wollte, seine kleine Zuhörerschar mit Erzählungen aus seinem Moderatorenleben zu berieseln. »Wir bescheißen die Hörer, wo es geht. Wir sagen zum Beispiel immer: ›Aus unserer Verkehrsredaktion Britta

Moorhuhn.‹ Dabei gibt es gar keine Verkehrsredaktion. Das sind wechselnde freie Mitarbeiter, die die Verkehrsmeldungen aus dem Computer vorlesen. Da fängt die Verarsche doch schon an.« Lissy, die abwechselnd den Rüden Rüdiger und Gasthund Palo kraulte und mit kleinen Käsestücken verwöhnte, grätschte jetzt dazwischen.

»Jacko, jetzt hör doch mal endlich auf mit diesen doofen Radio-Geschichten. Ich gebe dir gleich ein Stück Teppich, da kannst du reinbeißen, und alle Aggressionen sind weg.«

»Aber nicht den Flokati!«, brüllte Frank dazwischen. »Da erstickt er dran.« Jacko, der die freie Auswahl zwischen einem saftigen verbalen Konter und beleidigtem Schweigen hatte, wählte die zweite Variante. Er nahm einen kräftigen Schluck vom Schaumwein, guckte ins Nichts und sagte kein Wort mehr.

»Ich will dann mal«, unterbrach Frank das plötzliche Schweigen, »hoffentlich ist Wolf schon mit seiner aufwendigen Morgentoilette fertig.« Er stand auf, beugte sich zu Talea hinunter und gab ihr einen beiläufigen Kuss.

»Komm, Palo«, sagte er dann zu dem vor sich hin dösenden Hund, »heute darfst du mit auf den Markt.« Mittwochs und samstags brach der Markt in Santanyí aus. So musste man es wohl formulieren, denn im Laufe der Jahre war aus dem beschaulichen Markttreiben ein Massenevent geworden. Viele Residenten verzichteten deshalb zwischen Mai und Oktober angesichts des Trubels darauf, an Markttagen dorthin zu fahren. Der Stress fing schon bei der Suche nach einem Parkplatz an. Eine leere Fläche schräg gegenüber dem Schwimmbad war von der Gemeinde zur Parkfläche umfunktioniert worden; einige Autos standen auch schon auf dem Seitenstreifen der Umgehungsstraße. Zehnminütige Fußwege ins Zentrum waren keine Ausnahme mehr, die Gemütlichkeit früherer Jahre war dahin.

»Ich fahr trotz der Hektik noch gerne nach Santanyí«, sagte Frank zu Wolf, den er in Cala Figuera abgeholt hatte. »Ich guck gerne Leute und treffe den einen oder anderen Bekannten. Außerdem: Wenn du um zehn da bist, geht ’s noch, und du kriegst in jedem Fall einen schönen Platz im Restaurant von Sabine und Frank.« Wolf stimmte ihm zu. »Wir sind hier auf dem platten Land. Da hast du manchmal einfach das Bedürfnis, so richtig unter Leute zu kommen. Und genau das kriegst du auf dem Markt.« Frank stellte den Focus auf der Straße beim »Es Cantonet« ab. Das Restaurant, vorzugsweise der hübsche Innenhof, war eine ihrer beliebtesten Futterkrippen. Eric, der Chef, präsentierte mediterran angehauchte Küche zu bezahlbaren Preisen. Sein kleiner Mischlings-Rüde wartete schon hinter der gläsernen Eingangstür und veranstaltete einen Mords-Radau, als Palo vorbeilief. Auch Palos Friedfertigkeit war auf einen Schlag verschwunden. Er stieg wütend in die Leine und bellte dem kleinen Kläffer seine Botschaft: »Komm doch raus, ich bring dich um!«, entgegen. Sie liefen quer über die Kreuzung, vorbei am aufstrebenden Restaurant »Anoa« und hinein in die Straße mit den beiden Bäckereien links und rechts. Frank unterschied sich bei der Nahrungsaufnahme von den meisten seiner Freunde und Bekannten. Da gab es einige, die aßen nur, um zu überleben. Jörg war so ein Fall gewesen, tagelang ernährte er sich nur von Brot, Käse und Tiefkühlpizzen. Überlebt hatte er trotzdem nicht. Die meisten anderen brauchten nur ein Riesensteak für ihre kulinarischen Orgasmen; die hielten Kaninchen und Lammfilets schon für exotische Ausschweifungen. Übrig blieb der erlauchte Kreis derer, die häufiger neue Restaurants testeten und auch mal die ausgetretenen Ess-Pfade verließen. Frank unternahm solche Ausflüge gerne mit Lissy und Jacko. Die Entdeckungsreisen gingen ins Geld, aber dank stabiler Einkommensquellen hatten die Beteiligten damit keinerlei Probleme.

»Ach sieh mal, der Egmont«, sagte Wolf, als sie in die kleine Gasse einbogen, die an der Markt-Apotheke endete. »Der sitzt mal wieder genau richtig«, lachte Frank, »als wenn er die Parade abnehmen wollte. Jeder da, wo er hingehört.« Egmont hatte sich in der kleinen Konditorei, die mit ihren teuren Kreationen an das

Geld der Schickis wollte, einen Barhocker geschnappt und saß nun mit seinem Cortado allein auf der Straße vor dem Schaufenster. »Und, Egmont«, fragte Frank ironisch, »mit welchem Blockbuster gehst du als nächstes an den Start?« Egmont war früher Film-Produzent gewesen, Frank behauptete unwidersprochen, bei seinen Filmen sei viel unterm Dirndl gejodelt worden. Es musste eine Menge Kohle aus dem Zelluloid-Business hängengeblieben sein; denn mit seinen gut siebzig Jahren lebte Egmont immer noch auf großem Fuß, trieb sich auf jeder Party herum, gab mit seiner Frau selber welche und gehörte zum Inventar von Santanyí.

»Pass mal auf, dass ich nicht einen Film über dich drehe«, spielte Egmont den Ball zurück, »und damit du dich so richtig ärgerst, besetze ich deinen miesen Charakter mit Til Schweiger und am Ende wirst du umgebracht.« Der Ex-Filmproduzent, konnte nicht ahnen, dass solche Bemerkungen derzeit kein brüllendes Gelächter bei Frank und Wolf auslösten. Ihre verhaltene Reaktion registrierte er aber auch nicht. Überbordendes Feingefühl war noch nie Egmonts Stärke gewesen, deswegen plauderte er munter weiter.

»Darf ich euch auf ein Croissant einladen? Die sind hier nämlich wirklich extra-or-di-när!«

»Nee, lass mal. Wir sind auf dem Weg zu Sabine und Frank. Da ist wahrscheinlich gleich alles besetzt. Trotzdem besten Dank!« Sie hatten damit die Chance vertan, sich eine halbe Stunde – davon fünfzehn Minuten sinnfrei – voll labern zu lassen. Vorbei an den Ständen der Afrikaner mit fantastischen Marken-Handtaschen und 1-a-T-Shirts stürzten sie sich ins Getümmel des Marktplatzes. Die große Uhr am Rathaus zeigte 10:20 Uhr, das Stimmengewirr aus Mallorquin, Deutsch und Englisch klang noch nach Dorf-Fußballplatz, eine Stunde später würde es die Dezibel-Dimensionen einer gut besuchten Zweitliga-Arena erreichen. Eine ständig brodelnde Geräuschkulisse, die erst mittags gegen 14:00 Uhr allmählich abebben würde. Als

Einkaufs-Paradies für hochwertige Kleidung war dieser Markt wie fast alle Wochenmärkte nicht zu gebrauchen, aber das Angebot an frischem Obst, Gemüse und Salat überzeugte: Tomaten, Auberginen, Zucchini, Bohnen, Zwiebeln, Trauben, Äpfel, Orangen – längst nicht alles mallorquinische Ware, aber auch hier versetzte der Glaube Berge. Dazu noch Stände mit Spezialitäten wie überteuerter hausgemachter Konfitüre oder Seifen mit Orangen- oder Lavendel-Duft, dazu mallorquinische Hartwürste und spanische Käsespezialitäten, Manchego und Höhlen-Käse, der noch nie eine Höhle gesehen hatte. Als Frank und Wolf sich bis zum »Ano 1849« durchgedrängelt hatten, mischte sich ein Wummern in den Stimmen-Misch-Masch. Zwanzig Meter weiter spielte der afrikanische CD-Händler seine R&B-CDs über eine Bass lastige Box ab. Das machte er schon seit Jahren, und es gab Zeiten, da hätte Frank gerne eine Handgranate zu ihm hinübergeschmissen. Aber mittlerweile hatten sich seine Ohren an die nervigen Geräusche gewöhnt; die Bässe hatten sich in den Klangmix des Wochenmarktes von Santanyí eingeschlichen und gehörten mittlerweile einfach dazu.

»Ach, da iss er ja wieder, unser süßer kleiner Palo!« Das war Sabine, die Wirtin, die bei der Reihenfolge der Begrüßung wieder mal keine Zweifel an der Sympathie-Hitparade aufkommen ließ. »Hallo, ihr beiden Altrocker«, wandte sie sich dann, eine Spur weniger liebevoll, ihren zweibeinigen Gästen zu. Aber nur, um gleich wieder den Hund ins Gespräch zu bringen. »Palo ist ein schlaues Kerlchen. Der weiß ganz genau, dass es hier wieder was abzustauben gibt. Und damit hat er ja auch recht. Ich habe gerade Roastbeef geschnitten, die Endstückchen sind für den kleinen Braunen.«

Frank wurde Sabines Hundeliebe schon fast zu viel. Er war drauf und dran, die Wirtin anzuraunzen, sie solle mal lieber ihre Frühstücksbestellung entgegennehmen; aber dann siegte doch die friedliche, sonnige Grundstimmung an diesem Samstagmorgen. Sie hatten einen Logenplatz unmittelbar am Rand des

Marktgeschehens und blickten auf einen Berg Tomaten, von denen die Touristen immer fälschlicherweise behaupteten, sie wären röter als die auf dem Markt in Bottrop. Kaffeeduft lag in der Luft, und ein knuspriges Bocadillo mit zartem Roastbeef war im Anmarsch. Das Leben hatte trotz aller Fußtritte und Nackenschläge also doch noch Wohlfühl-Oasen im Angebot.

»Sie ist ja immer noch da, die alte Consuelo«, sagte Wolf, »einfach nicht totzukriegen, diese Frau. Die gehört zum Markt von Santanyí wie Kloppo zum BVB.«

»Spar dir deine ewigen Fußball-Vergleiche«, grummelte Frank, »es reicht vollkommen, wenn hier gleich mein Namensvetter aufschlägt und uns mit Fußball vollsülzt.« Consuelo, sicherlich schon jenseits der neunzig, verkaufte seit der Vor-Franco-Zeit Obst, Gemüse, Eier, eingelegte Oliven und Kapern an ihrem Stand vor der früher mal einzigen Marktkneipe »Sa Placa«. Mit ihren Runzeln hätte sie sogar den weltweiten Faltenkönig Keith Richards auf die hinteren Plätze verweisen können. Aber Consuelo hielt durch. Allein ihre Gegenwart verlieh dem kompletten Agrar-Angebot das unsichtbare Siegel der biologisch-dynamischen Klein-Landwirtschaft. Kaum jemand bemerkte es, wenn sie in regelmäßigen Abständen zu ihrem Diesel-Dreirad schlurfte und große Kartons mit Legebatterie-Eiern in die handgeflochtenen Bio-Eierkörbe umfüllte. Und wenn es einer gesehen hätte, wäre ihr auf der Stelle großzügig verziehen worden. Denn Legenden lügen nicht. Auch wenn sie gelegentlich mit dem Daumen die Gewichtsanzeige der Steinzeit-Waage dezent nach oben korrigieren.

»Hallo meine Freunde!«, ertönte es hinter ihnen. Frank, der Restaurantbesitzer, Wolfs schwarz-gelber Bruder im Geiste, hatte es sich nicht nehmen lassen, persönlich zu erscheinen. »Etwas Furchtbares ist eingetreten!«, sagte Frank laut und mit ernstem Gesicht.

»Ja, was denn um Himmels Willen?«, fragte der andere Frank. »Du natürlich!« Auch über die ältesten Scherze lässt sich herzhaft lachen, es kommt immer nur auf das Timing an. Frank, der Wirt, ein rotblonder Hüne mit Ruhrpott-Akzent, wollte ständig über König Fußball reden. Er verfügte über die seltene Gabe, innerhalb weniger Sekunden von jedem x-beliebigen Thema ansatzlos auf den Fußball überleiten zu können. Sein Spezialgebiet: der größte, legendärste, erfolgreichste, liebenswerteste Club unter dem Sternenzelt, der ruhmreiche Ballspielverein Borussia 09 Dortmund. Obwohl ihm der Gelsenkirchener Frank hundertfach versichert hatte, keinerlei Interesse am Fußball zu haben, noch nicht einmal an Schalke, dem noch ruhmreicheren Ruhrpott-Club, wurde er immer wieder gerne als Mitglied des feindlichen Fanlagers gebrandmarkt und attackiert.

Im Juni war zwar Bundesliga-Pause, aber in dieser Periode musste dann eben die Einkaufspolitik als Beleg für die Gegensätze und für die Überlegenheit des eigenen Vereins herhalten. »Ja, da seid ihr wohl etwas schlafmützig gewesen. Den Jungen aus der Bayern-Jugend hättet ihr haben können. Dumm gelaufen für Schalke, jetzt hat ihn Leverkusen.«

»Da irrst du dich gewaltig. Ich bin sexuell vollkommen anders gepolt. Mich interessieren keine Jungs, und schon gar keine aus der Bayern-Jugend. Gibt's da auch Mädels?« BVB-Frank ließ nicht locker und wandte sich an seinen Verbündeten, Wolf mit dem schwarz-gelben Stirnband. »Dein Kumpel will bloß ablenken. In Wahrheit ist er stinksauer auf seinen Manager, weil der so blöd war und den Transfer nicht klargemacht hat.«

Wolf war die Anmache peinlich, er versuchte, das Gespräch in eine andere Richtung zu lenken. »Nun begreif es doch, der interessiert sich wirklich nicht fürs Kicken«, sagte er. »Aber mal was anderes: Wo kriegt ihr eigentlich dieses tolle Roastbeef her? Das zergeht einem ja fast auf der Zunge.« Jetzt war der Wirt geschmeichelt, demonstrierte aber auf der Stelle gleichfalls die Kunst des Themensprungs. »Das liefert ein kleiner Metzger aus Campos. Der hat ein wahnsinniges Gespür für Qualität. Das ist so ähnlich wie bei den Talentscouts vom BVB, die es ja auch förmlich riechen, wenn sich eine große Fußballer-Karriere abzeichnet.« Frank, der den Kopf bereits abgewendet hatte und eine Touristin beim nörgeligen Gemüseeinkauf beobachtete, verspürte plötzlich das Bedürfnis, aus Protest den Tisch zu verlassen. Aber Sabine rettete unbewusst die Situation. Sie zitierte ihren Mann in einer wichtigen Angelegenheit an die Theke. Frank blieb also sitzen, ging wieder in den Modus »Leute beobachten« über und spann hämische, frauenfeindliche Gedanken über eine blonde Alt-Fregatte mit Bad-Hair-Day-Tuch, die jede Aubergine einzeln befühlte und sich mit der mallorquinischen Marktfrau anlegte. Die Glocke der Rathausuhr mit den römischen Ziffern schlug halb zwölf, sie saßen jetzt schon eine Stunde im Ano 1849. Interessant, dass hier das Rathaus die Zeit vorgibt und nicht die Kirche, dachte Frank und blickte auf die Pfarrkirche San Andrés, die auf einem leicht erhöhten Plateau an einer der Stirnseiten des Marktes thronte. Anfang des 19. Jahrhunderts war sie aus dem hellen, sehr harten Santanyí-Stein errichtet worden. Frank hatte schon mal gehört, dass die Mallorquiner sehr stolz auf die Riesenorgel waren, wegen der die Kirche sogar hatte erweitert werden müssen. Auf dem Marktplatz war es jetzt richtig voll geworden, an manchen schmalen Stellen herrschte schon Platzangst-Alarm.

»Wie schön, dass ich nix mehr einkaufen muss«, sagte Wolf, »das kostet jetzt Nerven.«

»Ja, ist ein tolles Gefühl«, pflichtete ihm Frank bei, »hier bequem wie auf einer Insel zu sitzen, und um uns herum tost der Touristenstrom. Und das alles geht uns am Arsch vorbei.« Frank benetzte seine Lippen mittlerweile mit kleinen Schlucken seines Lieblingsbieres, Wolf hatte sich einen Rosado bestellt. »Mal ganz ehrlich«, sagte Wolf, »könnte es nicht so bleiben. Genauso wie jetzt?«

»Ich hätte nichts dagegen. Sogar unser Freund Palo würde dem bestimmt zustimmen.« Der braune Hund, der mit dem Kopf auf den Vorderpfoten ein paar Minuten gedöst hatte, richtete sich halb auf, als er seinen Namen hörte. »Schlaf weiter«, befahl ihm Frank, und Palo brachte seinen Kopf wieder brav in die Horizontale. »Ach guck mal da!«, rief Wolf und zeigte mit der Hand Richtung Kirche. »Das ist doch mal unverhoffter Besuch. Den hab ich schon seit mindestens einem Jahr nicht mehr gesehen.«

»Wer isses denn? Ich sehe nur Touris im Marktrausch, aber kein einziges bekanntes Gesicht. Oder kenne ich den Typen gar nicht?«

»Doch, doch!« Wolf war ganz aufgeregt. »Werner aus Oberhausen, der bekloppte Theaterchef. Guck, da kommt er schon angeschlurft.« Frank schaute in die ihm gewiesene Richtung, war jedoch urplötzlich nicht mehr in der Lage, Wolfs Vorfreude auf ein unerwartetes Wiedersehen zu teilen.

»Zwei mit Balaclava«, murmelte er teilnahmslos, »bei fünfundzwanzig Grad.«

»Was murmelst du da?«

»Balaclava«, sagte Frank noch einmal leise, um dann seine Lautstärke zu vervierfachen. »Da kommen zwei Maskierte!«, schrie er und sprang gleichzeitig auf. »Die haben's auf uns abgesehen! Nix wie weg hier!« Frank hatte mit seinen ruckartigen Bewegungen den Plastik-Kneipensessel umgerissen. Nun versuchte er, den begriffsstutzigen Wolf hochzuziehen und mit in die nächste Seitengasse zu schleifen. Der war in den ersten Sekunden der Flucht seines Kumpels Frank aber noch ganz bei Werner, dem alten Bekannten aus dem Ruhrpott. Und der von Frank vor sich hin gesäuselte Begriff Balaclava sagte ihm überhaupt nichts. Um nähere Erklärung zu bitten, wäre in der aktuellen Situation unpassend und auf keinen Fall lebensverlängernd gewesen. Frank hätte ihm erläutern können, dass die Balaclava eine wollene Sturmhaube ist, die größere Teile des Gesichts verdeckt. Aber das sah Wolf jetzt selber, nachdem er sich gedanklich von Werner gelöst und den Blick geweitet hatte. Zwei Männer, schlank und groß, mit schwarzen T-Shirts und Sturmhauben, die von den Gesichtern nur die Augen und die Nasenwurzel erkennen ließen.

Noch ungefähr zehn, zwölf Meter von Frank und Wolf entfernt, bewegten sie sich jetzt rücksichtslos durch die Masse der Marktbesucher, rempelten hier und stießen dort. Sie hatten offensichtlich erkannt, dass ihre Zielpersonen dabei waren, das Weite zu suchen. Und den beiden Verkleideten ging es nur um Frank und Wolf, und um niemand anders sonst. Das war kein Verfolgungswahn – Frank hatte instinktiv die tödliche Bedrohung gewittert, als er die unwirklichen, martialischen Gestalten entdeckte.

Wolf jedoch, der plumpe Gegenentwurf zu einem wendigen Kerlchen, hatte auch noch Pech bei der Flucht. Er stolperte beim Durchstarten über ein Stuhlbein des von Frank flachgelegten Sessels und schlug fast der Länge nach hin. Zwar konnte er den Sturz mit beiden Händen abfangen, verlor aber wertvolle Sekunden und sah, als er sich wieder aufrappelte, nur noch die Hacken seines Freundes Frank. Im nächsten Augenblick befand sich der erste der vermummten Typen auch schon unmittelbar hinter ihm. Er gab seinem Komplizen mit der rechten Hand ein Zeichen: Schnapp dir den anderen, ich erledige das hier, war die Botschaft. Der andere lief weiter in die Seitengasse rechts neben dem Ano 1849, in die Frank verschwunden war.

Für Wolf war die Lage aussichtslos. Bevor er auch nur ansatzweise wieder zum Stehen kam, hatte sein Mörder bereits seine Glock 17 aus dem Hosenbund gezogen, hielt einen Augenblick inne, umfasste die Waffe mit beiden Händen und feuerte auf Wolfs Hinterkopf. Vor dem befand sich aber gerade der braune Hund Palo, der anfangs wegen des polternden Stuhls und seines wegrennendes Herrchens irritiert war, dann aber meinte, der zu Boden gehende Wolf wollte mit ihm spielen, und ihn deshalb stürmisch ansprang. Mit einem klagenden Jaulen ging der Hund zu Boden; eine Blutfontäne spritzte aus der Mitte seines Körpers. Als der Schütze erkannte, dass er seinen Job noch nicht erledigt hatte, stoppte er, richtete die Pistole auf Wolfs Stirn und leistete dieses Mal ganze Arbeit. Die Kugel drang durch das BVB-Stirnband direkt ins Gehirn und führte auf der Stelle zu einem Atem- und

Kreislaufstillstand. Wolf kippte seitlich weg und war schon tot, bevor er auf dem Boden aufschlug. Der Mörder sprang über den umgeworfenen Stuhl und folgte seinem Komplizen, der schon beinahe das Ende der fünfzig Meter langen schmalen Straße erreicht hatte. Von ihrer Zielperson war jedoch weit und breit nichts zu sehen.

Die beiden Killer wussten, dass sie nicht mehr viel Zeit hatten, denn die Phase des tatenlosen Entsetzens vor dem Bistro war beendet. Zwar kam niemand auf die gefährliche Idee, die Verfolgung der beiden bewaffneten Männer aufzunehmen. Aber der Wirt Frank, der sich nach dem ersten Schuss rasend schnell wie ein Erdmännchen hinter die Theke geduckt hatte, gewann rasch seine Handlungsfähigkeit zurück. Er wählte die Notrufnummer 112, gab rasch die nötigen Informationen durch und stürzte dann zu dem am Boden liegenden Wolf. Der gab zwar keinen Laut mehr von sich, und auch der Puls war nicht mehr zu fühlen. Frank versuchte es aber trotzdem mit der schnellen, kräftigen Herzdruckmassage. Es war vollkommen albern und bizarr, aber er kam nicht dagegen an: Frank drückte im Rhythmus von »Wer wird Deutscher Meister, BVB Borussia …« nach der Melodie von »Hey, Pippi Langstrumpf« den Brustkorb des toten Wolf. Ein banaler Triumph-Gesang von der Dortmunder Südtribüne gab den Takt vor für eine sinnlose Rettungsaktion. In der Gasse hinter dem Markt hatten die beiden Gangster noch eine Weile hektisch nach geöffneten Türen geforscht. Dann zogen sie sich die Balaclavas von den Köpfen und verschwanden ohne besondere Eile durch die Gasse Richtung Ortsrand. Drei Minuten später öffnete sich die Tür eines unscheinbaren Hauses auf der linken Seite der Straße.

Frank Husniak setzte einen Fuß auf den schmalen Bürgersteig, schaute sich sichernd nach links und rechts um und kehrte dann schweren Herzens auf den Marktplatz zurück. Er hatte Glück gehabt. Als er vor dem Hinrichtungskommando davonlief, war eine junge Frau gerade im Begriff, mit ihrem Dalmatiner das Haus zu verlassen. Frank hatte sie am Oberarm ins Haus zurückgezerrt und konnte ihr, bevor sie anfing zu schreien, erklären, dass er sich in höchster Not befand. Als Frank den Marktplatz von Santanyí zum zweiten Mal an diesem Tag betrat und seinen toten Freund Wolf und den erschossenen Palo am Boden liegen sah, umringt von aufgeregten und ratlosen Menschen, wurde ihm übel. Mit bleichem Gesicht ließ er sich auf einen der Plastikstühle fallen, senkte den Kopf und schloss die Augen.

Kapitel 15
Klösterchen

»It's too bad. Lord, it's too bad.«
(Aerosmith: »S.O.S.«)

Frank saß auf der Terrasse am Haus in der Calle Clapers und lehnte sich mit starrem Blick weit zurück. Tränenflüssigkeit glänzte auf seinem Gesicht. Neben ihm stand Lissy, streichelte unablässig seine fettigen Haare.

»Weine nur«, sagte sie immer wieder, »komm zur Ruhe.« Sie griff sich die Dose Estrella Damm auf dem Esstisch und goss Frank ein weiteres Glas Bier ein. Der musste allerdings feststellen, dass der Alkohol heute nicht so wirkte, wie er sollte. Weder zog er einen rosaroten Vorhang vor die beschissene Realität, noch machte er ruhig oder gar schläfrig. So musste Frank den vermeintlichen Tiefpunkt seines Lebens ungefiltert ertragen. Tiefer ging's wirklich nicht. Oder war noch Luft nach unten?

»Wo bleibt die Gerechtigkeit auf dieser Insel?«, sagte Jacko. »Hier fallen Millionen von Urlaubern ein, machen sich schöne Tage, hängen einfach ab oder knallen sich die Gehirnzellen weg, jeder so, wie er mag. Und wir, die anderen, kriegen seit Wochen einen blutigen Action-Thriller serviert. Ich fass es nicht.« Frank trank und schwieg. Lissy sagte: »Darüber lesen die Touris dann kurz was in der Bildzeitung, wenn sie faul am Strand liegen. Da ist ja auch nix gegen einzuwenden, aber auf Mallorca gibt es tatsächlich parallele Welten, die wenig miteinander zu tun haben.« Frank dachte an die Ballermänner und an die Urlauber in den anderen Highlife-Hochburgen, wo die Drogen-Absatzmärkte blühten. Da berührten sich die unterschiedlichen Welten schon. Aber Frank hatte an diesem Tag so die Schnauze voll, dass er unter keinen Umständen an einer Podiumsdiskussion zum Thema »Mallorca zwischen Traum und Trauma« teilnehmen wollte. Er fand es auch überhaupt nicht mehr lustig, mit Polizeibeamten längere ergebnislose Gespräche über Gewaltverbrechen an guten Freunden führen zu müssen. Selbstverständlich ohne dass die Ermittlungen irgendein greifbares Ergebnis gebracht hätten. Sowohl was Jörgs Hinrichtung in Palma als auch Wolfs Ermordung auf dem Marktplatz und zuvor die Handgranaten-Attacke auf Tom Kratzers Auto betraf, war die spanische Polizei ratlos. Hätte Frank allerdings mal richtig ausgepackt, ohne Lücken und Verdrehungen, wäre die Suche nach den Tätern in Schwung gekommen. Das musste Frank sich eingestehen.

»Und dann haben die Schweine auch noch den süßen unschuldigen Palo umgenietet«, jammerte Lissy. Das war nun wirklich nicht die richtige Methode, um Frank zur Ruhe zu bringen. Er schnappte sich noch eine Dose Bier und wollte schon aufstehen, um sich ins Bett zu flüchten, da fragte Lissy noch einmal nach: »Und du weißt wirklich nicht, warum diese beiden Typen auf Wolf und dich geschossen haben? Das war doch mit Sicherheit kein Zufall. Kann ich mir jedenfalls nicht vorstellen.« In diesem Moment tat Frank etwas, was ihm lange nicht mehr passiert war. Er hasste die Plaudertaschen dieser Welt, und wenn etwas topsecret war, dann blieb sein Mund unter allen denkbaren Umständen geschlossen. Auch wenn er sonst gerne viel redete. Aber jetzt schwebte er in akuter Lebensgefahr und hatte Panik. So musste sich ein eingekesseltes Wildschwein bei der Treibjagd fühlen. Seine Verzweiflung ließ ihn um Hilfe schreien. Und bei wem hätte er das eher tun sollen als bei seinen fürsorglichen Herbergseltern der letzten Wochen? So machte ihn die Not entgegen seiner sonstigen Gewohnheit gesprächig. Er begann zu erzählen. Über den brisanten Fund im Haus, über den gewagten Plan, den sie zu dritt geschmiedet und umzusetzen versucht hatten. Und nach dem Tod Jörgs zu zweit noch weiter verfolgt hatten.

Lissy und Jacko weigerten sich zuerst, Frank diese scheinbar hanebüchene Räuberpistole abzunehmen. Zweifelnde Blicke, Ungläubigkeit, dann aber letzten Endes doch die Erkenntnis: Ihr Freund hatte sich zielsicher in einen Haufen übelster krimineller Scheiße gesetzt, mit hohem Potential an Ausweglosigkeit. Jacko erholte sich als erster von der abenteuerlichen Schilderung. Seine Reaktion war jedoch alles andere als aufbauend.

»Mal ganz ehrlich, Frank«, sagte er, »sowas hätte ich dir nicht zugetraut. Das führt dich, wenn du Pech hast, doch geradewegs in den Knast.«

»Oder ins Leichenschauhaus«, stöhnte Frank auf und dachte: Wenn du wüsstest, was ich sonst noch alles im Angebot habe. Zum Beispiel, dass ich den Knast schon einmal von innen kennengelernt habe. Aber so weit wollte er in seiner Mitteilungsfreudigkeit nicht gehen. Nein, er wollte jetzt nicht die große Beichte ablegen und womöglich um Absolution bitten. Das hätte ja bedeutet, Lissy und Jacko, die sich vorbildlich um ihn gekümmert hatten, in die Sache mit reinzuziehen. Frank wollte sich einfach den schwersten Stein vom Herzen schubsen. Er bat um Antwort auf die dringendsten Fragen: Was sollte er jetzt machen? Doch noch die Polizei einschalten? Einfach die Schnauze halten und ruhig bleiben? Oder sich ins nächste Flugzeug nach Deutschland setzen und abtauchen?

»Also eins gibt mir zu denken«, meinte Jacko, »wenn diese Jungs mit der Sturmhaube nicht rein zufällig auf dem Markt erschienen sind, und davon ist ja wohl auszugehen, dann haben sie einen Tipp gekriegt. Fragt sich nur: von wem?«

»Darüber denke ich schon die ganze Zeit nach«, antwortete Frank, »und ich komme immer wieder auf Ricardo. Diese Hackfresse ist vernetzt in der ganzen Szene rund um Santanyí, Cala Figuera und Cala d'Or. Und er ist ein guter Freund von diesem gelackten Puffbesitzer. Vielleicht hat er irgendwo aufgeschnappt, dass Wolf und ich am Samstagmorgen auf dem Markt in Santanyí zu finden sind. Das machen wir doch schon ewig, samstags ab zehn gehören wir ja praktisch zum Inventar des 1849.«

Es musste bereits nach 16:00 Uhr sein; denn Jacko, der die eiserne Säufer-Regel: »Kein Bier vor vier« streng befolgte, war schon beim zweiten Bier des späten Nachmittags angekommen. Er schüttelte den Kopf. »Da kann ich überhaupt nicht mitreden. Ich habe diesen Ricardo vielleicht zweimal in meinem Leben gesehen. Keine Ahnung, wie der Mann tickt, und zu was er fähig ist. Aber du, mein lieber Frank, solltest vielleicht wirklich am besten eine Auszeit in deiner schönen Kohlenpott-Heimat nehmen. Auf Mallorca ist es entschieden zu ungemütlich für dich.«

»Vielleicht hast du recht. Ich kann wohl kaum damit rechnen, dass die Jagd auf mich abgeblasen ist.« Lissy deutete ein zustimmendes Nicken an, kommentierte den Vorschlag ihres Mannes aber nicht. »Ich glaube, ich versuche mal, eine Runde zu knacken. Es ist zwar noch früh am Tag, aber das muss jetzt sein.« Frank war schon dabei, seine Offenheit zu bereuen. Denn seine leise Hoffnung auf ein paar schlaue strategische Tipps hatte sich nicht erfüllt. Und die Idee, nach Deutschland abzuhauen, hatte er selber schon gehabt. Er nahm die Dose Bier, ging in sein Zimmer und legte sich aufs Bett. Die Uhr zeigte 17:00 Uhr, an Einschlafen war nicht zu denken. Wo war eigentlich Talea? Die wusste ja noch gar nichts von den tödlichen Schüssen auf dem Marktplatz. Sie war wohl noch in Cala d'Or bei ihrer Freundin. Und schon wieder geisterte dieses lästige und hartnäckige Misstrauen durch seine Gedanken. Beim Frühstück war sie regelrecht niedergeschlagen gewesen, und das angeblich nur, weil ihre Freundin sich um eine Stunde verspäten würde. So ein Fliegenschiss konnte ihr doch unmöglich ernsthaft aufs Gemüt schlagen. Hatte sie ihm wirklich alles über sich erzählt? Oder gab es da noch irgendein schreckliches Geheimnis? Nun lass es doch mal gut sein, Frank, wies er sich selbst zurecht, leidest du jetzt auch schon unter Verfolgungswahn wie die arme Gabi? Was war es doch für eine bizarre Vorstellung, dass ausgerechnet die sanfte, manchmal melancholische Talea ihm zwei Killer auf den Hals gehetzt hatte. Undenkbar! Es gab doch überhaupt keinen Zweifel, dass sie ihn liebte. Auch wenn die Beziehung derzeit angeschlagen war, weil sie ihn erst sehr spät über ihr Vorleben aufgeklärt hatte. Aber sie hatte eben Angst vor seiner Reaktion gehabt, und damit ja auch nicht ganz falsch gelegen. Ich kann ihr doch keinen Strick daraus drehen, dass sie ihre miesen Erlebnisse erstmal verarbeiten muss.

Schließlich konnten ja nicht alle so hart drauf sein wie er, der unbesiegbare Frank Husniak aus Gelsenkirchen. Da musste er dann doch grinsen, weil ihm gleichzeitig die Tränen der Trauer und der Verzweiflung einfielen, die er gerade noch vor einer halben Stunde auf der Terrasse vergossen hatte. Und über diesem Gedanken von starken Männern in ihren schwachen Augenblicken, bitter-süß durchwoben von einem kleinen Funken Sehnsucht nach Talea, nickte er für eine Weile weg. Einer dieser sinnfreien Neuronen-Tänze im oberen Hirnstamm führte ihn mitten in einen Traum, in dem es ausgerechnet um ein Heimspiel von Schalke 04 ging, und um Franks Unfähigkeit, rechtzeitig zum Stadion zu kommen. Immer neue verwirrende Umleitungen führten ihn in immer größeren Kreisen und Ellipsen rund um die Arena, die er zwar vor Augen hatte, aber nicht erreichen konnte. Das machte ihn wütend. In dieser geträumten ausweglosen Situation glitt er aus seinem unruhigen Halbschlaf langsam wieder in den Wachzustand. Angeregt durch einen Druck auf seinem Oberkörper, den er anfangs als zarte Berührung wahrnahm, der sich aber allmählich zu einer bedrohlichen Umklammerung auswuchs, die ihm die Luft zum Atmen zu nehmen drohte. Frank schnellte hoch und stand kurz davor, sich mit roher Gewalt gegen den Angriff zu wehren. Gerade noch rechtzeitig bemerkte er, dass hier keine neue Attacke auf sein Leben im Gang war. Denn die mutmaßliche Angreiferin war Talea, die sich ins Gästezimmer geschlichen, mit zärtlichen Händen Besitz von seinem Oberkörper ergriffen hatte und sich nun mit ihrem ganzen Körper an ihn schmiegte.

»Ich bin es doch nur«, flüsterte sie, »du musst dir keine Sorgen machen. Ich bin bei dir.« Frank wurde ruhig, schlang beide Arme um sie und schloss die Augen. »Schön, dass du da bist«, sagte er mit ebenso leiser Stimme, »es sind furchtbare Dinge passiert. Ich kann bald nicht mehr.«

»Ich hab's schon von Lissy gehört. Das ist der blanke Horror. Wie soll es nur weitergehen?« Sie schwiegen, blieben still liegen, suchten Kraft in der gegenseitigen körperlichen Nähe und dämmerten für ein Stündchen vor sich hin. Es hätte viel zu sagen gegeben, sie hätten vielleicht nach dem ersten Schock über den erneuten Gewaltexzess über ihre Zukunft nachdenken können. Einfach weg von Mallorca und irgendwo auf der Welt gemeinsam neu anfangen? Aber keiner der beiden war bereit für solche Gedanken. Die schweigende Gegenwart des anderen reichte einstweilen.

»Ich glaube, ich möchte jetzt mit dir ins Klösterchen fahren«, sagte Frank schließlich, »ich glaube, das könnte mir jetzt guttun. Kennst du das Klösterchen?« Talea schüttelte den Kopf. »Das ist ein Ort der Ruhe«, erklärte Frank, »kurz vor Alqueria Blanca links den Berg hoch. Sehr idyllisch da oben.« Sie verließen das Haus und machten sich auf den Weg. Es war schon fast 20:00 Uhr, aber bis zum Einbruch der Dunkelheit würde es noch eine gute Stunde dauern. Die direkte Anfahrt zum Kloster »Oratori de la Consolación«, so der komplette Name, war wegen Straßenschäden schon seit Jahren nicht mehr möglich. Der naheliegende Gedanke, die Schlaglöcher und abgesackten Pistenteile einfach zu reparieren, war jedoch nicht sehr mallorquinisch. Stattdessen waren, damit kein Durchkommen mehr möglich war, quer über den Weg eine Mauer zementiert und eine Umleitung ausgewiesen worden, bergauf über Stock und Stein, Feld- und Waldwege. Doch die Mühe lohnte sich. Von dem mit Pinien bestandenen Parkplatz war die Aussicht auf Santanyí, die Ostküste und das Meer einfach wunderschön. Sie standen eine Weile hinter der kleinen Mauer, die den Parkplatz einfasste, und genossen ohne Worte die Landschaft und die Stille.

»An Wochentagen ist es meist nicht so schön ruhig hier«, sagte Frank und zeigte auf den großen Steinbruch am Fuße des Berges. »Die da unten machen einen Höllenlärm. Dann ist die ganze Idylle im Arsch.« Er nahm Taleas Hand und fühlte sich ihr so nah wie schon lange nicht mehr. »Komm, ich zeig dir den Innenhof und die Kapelle.« Hinter der klapprigen Holztür fiel der Blick sofort auf den malerischen Ziehbrunnen. Frank konnte bei seinen gelegentlichen Besuchen des Klösterchens nie der Versuchung widerstehen und ließ auch heute den Eimer mit dem über eine Holzrolle laufenden Seil nach unten ins Wasser gleiten. Er zog ihn wieder hoch und bespritzte die quietschende Talea mit einer Handvoll des eiskalten, klaren Nass. Dann gingen sie rechts die ausgetretenen Stufen zur kleinen Kapelle hoch. Angenehm kühl war es hier drinnen, und im Vergleich zur strahlenden Helligkeit draußen fast düster. Vorne links flackerte dunkelrot das sogenannte Ewige Licht, das dem Kirchenbesucher mitteilte: Du befindest dich hier in einem geweihten Raum, in dem die katholische Kirche ihre heiligen Handlungen zelebriert.

Diesen ganzen Mumpitz habe ich mir auch mal reingepfiffen, dachte Frank, der eine aktive katholische Vergangenheit hatte, die aber schon dreißig Jahre zurücklag. Noch wesentlich präsenter war ihm dagegen die durchgeknallte Astrid, die irgendwo in Hessisch-Sibirien beheimatet war. Mit diesem Mädchen, das verdammt hübsch aussah, aber nur pseudo-intellektuellen Stuss von sich gab, war er mal hier gewesen. Astrid veredelte den mystischen Ort durch die ganz private Darbietung eines zu Herzen gehenden Kirchenliedes. Frank meinte sich zu erinnern, dass sie den alten Kirchenhit »Großer Gott, wir loben dich« gesungen hatte. Er wollte sich damals auf seine Weise für den glockenhellen Gesang bedanken, indem er Astrid vorschlug, auf einer Kirchenbank eine Runde zu vögeln. Das hatte die schöne Sängerin aber verschämt abgelehnt. Ein paar Tage später war sie ihm von der Fahne gegangen und hatte sich mit einem Immobilien-Typen zusammengetan, der ähnlich wie sie in der Lage war, innerhalb einer Viertelstunde so viel gequirlten Schwachsinn von sich zu geben wie andere Menschen nicht einmal in einem halben Jahr.

Frank verzichtete ausnahmsweise darauf, eine Runde im Selbstmitleid zu baden und seine deprimierenden Erfahrungen mit Frauen innerlich Revue passieren zu lassen. Ich habe doch Talea!, war sein befreiendes Mantra. Die Phase der Distanz nach ihrem Geständnis schien überwunden. Oder hatte er in seiner Verzweiflung nur einen emotionalen Rettungsanker gebraucht, gesucht und gefunden? Warum auch immer, er hegte starke Gefühle für sie, und im Augenblick tat ihm das gut. Sie setzten sich auf eine der dunkelbraunen Kirchenbänke und ließen die friedliche Atmosphäre auf sich wirken. Der schlichte Altar, nicht mehr als ein Tisch, stand vor einer grau-braunen Natursteinmauer. Von dort oben schaute sie der gekreuzigte Jesus in einer sehr traditionellen Darstellung an. Von der Decke baumelten drei Leuchter, die Weihrauchfässern ähnelten. Unter dem Kruzifix war ein Schrein mit einer goldumrandeten Tür in die Wand eingelassen. In ihm stand eine kleine Statue der Jungfrau Maria. Die Mutter Jesu gab's gleich noch einmal im Zentrum eines geschnitzten dunkelbraunen Holzaltars in einer Seitennische. Fast schon ein Maria-Overkill. Aber Frank kannte den Grund. Die spirituell angehauchte Astrid hatte ihm nämlich damals den Namen der kleinen Kirche übersetzt. Oratori de la Consolación bedeutete Kapelle des Trostes, und in Sachen Trost war Maria die Fachfrau der katholischen Kirche. Ich hab zwar mit der ganzen Katholen-Show nichts zu tun, gestand sich Frank ein, aber eine kleine Ladung Trost kann im Moment wirklich nix schaden. Doch nach ein paar Minuten kam es so, wie es in Franks Leben immer kam, wenn die pure Harmonie Anstalten machte, sich in ihm einzunisten. Er konnte dieses »wattige«, wohlige Gefühl einfach nicht ertragen und begriff es eher als Fesselung und Knebelung. In solchen Augenblicken verspürte er einen unbezähmbaren Drang, die emotionale Dampframme auszupacken. Eine Erklärung dafür konnte er nicht liefern. Frank lenkte das Gespräch im Oratori also auf ein Thema, das die Gefahr der Zerstörung und Selbstzerstörung barg.

»Etwas beschäftigt mich seit heute Morgen«, sagte er mit halblauter Stimme, die einen Rest Respekt vor dem Sakralen verriet, »seitdem ich die beiden Typen auf mich zukommen sah.« Er hielt Talea mit einer Hand umfasst, ihr Kopf lehnte an seiner Schulter. »Woher wussten diese Jungs, dass ich samstags mit Wolf in Santanyí vor dem Bistro von Sabine und Frank sitze? Da muss doch einer geplaudert haben. Anders ist das doch überhaupt nicht möglich.« Talea schwieg. Sie schaute Frank nur an. Und der sah in ihren Augen wieder die Unterwürfigkeit, die sie fast ständig spazieren führte. Aber war da nicht auch Angst? Oder vielmehr Panik?

»Sag mal, Talea«, Franks Stimme war deutlich lauter geworden, »ich habe manchmal einen schlimmen Verdacht, der bestimmt vollkommen unberechtigt ist. Deshalb will ich, dass du mir einen kleinen Satz dazu sagst, nur eine Klarstellung, ein Dementi, dann habe ich das Ganze wieder vergessen.« Talea schaute ihn jetzt nicht mehr an, und Frank spürte, wie sie zitterte. Ich muss das jetzt machen, redete er sich ein, danach hat das nagende Misstrauen seine Existenzberechtigung verloren.

»Du darfst mir bitte, bitte nicht böse sein, Talea, aber ich will es aus deinem Mund hören: Du hast nichts mit diesen Killern zu tun? Du bist da doch vollkommen sauber, oder? Diese furchtbare Situation treibt mich in böse, wahrscheinlich vollkommen abwegige Phantasien. Versteh meine Frage nicht falsch.« Wie sanft, wie sensibel! Frank bewunderte sich selbst dafür. Dass er auf einer Rasierklinge ritt, merkte er noch nicht. Da löste sich Talea mit einem Ruck aus seiner Umarmung und saß für einen Moment wie erstarrt in der Kirchenbank. Dann brach sie weinend zusammen, schluchzte, krümmte sich vor Seelenschmerz und begann nach quälend langen Sekunden, die in Frank kein Mitgefühl, sondern Aggressionen hochkochen ließen, zu sprechen. Stockend, mit zahlreichen Unterbrechungen, fügte Talea ihrer Geschichte die letzten Mosaiksteine hinzu. »Ich kenne das Haus, in dem ihr gewohnt habt, sehr genau, ich habe da auch gelebt.«

»Was hast du?«, fragte Frank irritiert. »Du hast in dem Haus auf den Klippen gewohnt?«

»Ich war da häufig für ein Wochenende oder sogar für eine ganze Woche. Zusammen mit einem älteren Mann, den ich sehr geliebt habe.« Frank zwang sich dazu, sie nicht nach jedem zweiten Satz zu unterbrechen. Lass sie doch erzählen, vielleicht wird ja doch noch alles gut. Aber was war das für ein älterer Mann, den sie sehr geliebt hatte?

»Sein Name war Primo Garcia Jimenez. Du hast seinen Sohn kennengelernt.« »Welchen Sohn?«

»Du hast doch Kontakt mit Carlos gehabt. Der ist jetzt der Inhaber vom Babylonia und vom Penthouse.« Kontakt gehabt! Ein beglückender Kontakt war das gewesen mit diesem zynischen Oberluden in Girona. Daraus hätte sich fast eine Freundschaft für's Leben entwickelt. Mit regelmäßigen gemeinsamen Urlauben und tiefgründigen Gesprächen bei Cohibas und Rotwein.

»Du willst mir erzählen, dass du für diesen Dreckstypen das Geld reingeholt hast?«

Talea hatte aufgehört zu weinen. Sie wirkte zwar alles andere als gefasst, aber die Panik war verschwunden. Jetzt wollte sie reinen Tisch machen, endlich ihre ganze Geschichte erzählen, in der vagen Hoffnung zu retten, was noch zu retten war. »Ja, ich habe im Penthouse gearbeitet, und mit der Zeit habe ich mich daran gewöhnt. Es ging mir sogar einigermaßen gut, der Druck und das Ekelgefühl ließen nach. Ich hielt mein Leben zwar immer noch für ruiniert, aber ich passte mich den Gegebenheiten an. Schon in meiner Kindheit haben sie mir beigebracht, dass es nichts bringt zu rebellieren.« So ganz leuchtete Frank die Geschichte aber noch nicht ein.

»Als du mir neulich in der Cala S'Almunia erzählt hast, wie sie dich in den Puff gezwungen haben, hast du einen anderen Ortsnamen erwähnt. Das Penthouse und das Babylonia sind aber in Girona. Da stimmt doch was nicht.«

»Alles stimmt«, sagte Talea, »das Penthouse liegt in Salt. Die Gemeinde gehört zum Großraum Girona und war früher mal eingemeindet. Die Orte gehen praktisch ineinander über.« Franks Erregung wurde von einer ungläubigen Neugier überlagert. Wie war Talea vom Kleinstadtpuff bei Girona nach Mallorca gekommen?

»Okay«, sagte er, »du vögelst gegen Kohle mit den Freiern in Salt. Und plötzlich hattest du die Eingebung, auf die schöne Insel Mallorca überzusiedeln. Oder wie? Da lagen doch noch ein paar Jahre dazwischen, oder?«

»Ja. Das waren die Jahre, in denen ich glaubte, es würde sich alles zum Guten wenden. Denn Primo, der Chef der beiden Bordelle, begann ein Verhältnis mit mir. Zuerst habe ich mich dagegen gewehrt, aber dann hatte ich Gefühle für ihn. Und die habe ich am Ende auch zugelassen. Weil ich den Eindruck hatte, dass er es wirklich ernst meinte.« Talea zuckte zusammen. Denn Frank hatte schallend zu lachen begonnen.

»In was für eine tolle Galerie von preisgekrönten Lovern bin ich denn da geraten!«, prustete er. »Zuerst der Oberlude von Girona, dann noch dieses Schwein von Ricardo und anschließend ich, der liebe Fränkie aus dem Ruhrpott. Was um Himmels Willen habe ich getan, um das letzte Glied in dieser Perlenkette des Grauens zu werden? Das allerletzte Glied! Was verbindet mich mit meinen Vorgängern? Vielleicht sollte ich ja einen Puff in Santanyí aufmachen, damit das alles zusammenpasst.« Talea wirkte immun gegen seinen Zynismus, obwohl sie jedes Wort wie ein Peitschenhieb traf.

»Nein, nein, Frank, du gehörst nicht in diese Reihe. Du bist anders. Meine Gefühle sind ausgenutzt worden, ich war zu leichtgläubig.« Frank zuckte fast spastisch mit den Schultern, schüttelte den Kopf und presste dann seine Hände gegen Wange und Kinn.

»Aber wie konntest du auf einen Mann hereinfallen, der dich unter Vorspiegelung falscher Tatsachen in die Prostitution gezwungen hat? Wie soll ich das begreifen?«

»Er war am Anfang nicht persönlich dabei, als ich zum Anschaffen gezwungen wurde. Ich habe ihn erst Wochen später zum ersten Mal gesehen, und das auch nur sehr flüchtig. Ich habe ihn nicht als den Verursacher meines Leids wahrgenommen. Ganz im Gegenteil: Als er anfing, sich näher für mich zu interessieren, war er die Liebenswürdigkeit in Person. Er schmeichelte mir und wirkte auf mich wie ein Gentleman.«

»Tja, weil er für die Drecksarbeit sein Personal hatte. Ich könnte kotzen.« Ganz entgegen seinem ursprünglichen Vorsatz, ihr Luft für ihre Geschichte zu lassen, verfiel Frank immer mehr in den scharfen Ton eines Staatsanwaltes. »Wenn du das alles nicht gesehen hast, wenn er dir gegenüber seine Verantwortung abstreifen konnte wie einen benutzten Pariser, war er dir denn nicht schlicht zu alt? Da lagen doch Jahrzehnte zwischen euch beiden.« »Das hat mich nur am Anfang gestört. Später war es mir vollkommen egal. Unsere Beziehung hatte auch was von einem Vater-Tochter-Verhältnis.«

»Ja klar, ein fickender Vater. Soll es ja geben.«

»Ich fühlte mich bei ihm geborgen. Und er ließ mich ja auch bald nicht mehr als Prostituierte arbeiten, sondern machte mich zur Wirtschafterin seines Sex-Clubs.«

»Na sicher, er wollte dich nicht mit den anderen Schmierlappen teilen. Ein kluger Schachzug, Hut ab!«

»Und 2004 kam dann Enrique.« Frank wusste sofort, was sie ihm da mitteilen wollte; außerdem befand er sich ohnehin schon in einem Zustand, in dem ihn nichts mehr schockieren konnte. »Ich nehme an, ein niedliches kleines Baby namens Enrique.« Er imitierte zärtliche Elternlaute. »Ja, wo isser denn, der Süße? Dududu. Sach ma Pappa.« Danach wurde er wieder hart und ernst. »Du hast aber auch nichts ausgelassen. Wie ging das denn nun wieder? Ein Säugling in der Wiege? Wolltet ihr das? Und hatte der frischgebackene Papa nicht irgendwo noch eine Frau Gemahlin? Was hat die denn dazu gesagt?«

»Die gab es. Sie sollte aber von alldem nichts erfahren. Es lief zwar nichts mehr zwischen Primo und seiner Frau, aber den schönen Schein einer harmonischen Ehe wollte er dennoch wahren. Deshalb wurde meine Schwangerschaft als einer der üblichen Betriebsunfälle dargestellt, die in dem Gewerbe immer wieder mal vorkommen.«

»Schon mal was von Abtreibung gehört, liebe Talea?«

»Das kam für mich überhaupt nicht in Frage. Primo hat zwar zuerst auch daran gedacht. Aber ich glaube, er war wirklich vernarrt in mich. Deshalb wollte und durfte ich das Kind austragen, und Primo hat dann dafür gesorgt, dass Enrique betreut wurde, während ich arbeitete oder mit ihm auf Mallorca war.«

»Wie großherzig von ihm«, fauchte Frank, »aber jetzt kommst du endlich zum interessanten Punkt der Geschichte: ›Während ich mit ihm auf Mallorca war.‹ Wo warst du denn da? Im Hotel? Oder gleich im Haus auf der Klippe?«

»Wir waren zuerst zwei-, dreimal für ein Wochenende in Cala d'Or. Bei der Gelegenheit haben wir auch Ricardo kennengelernt.«

»Sternstunden der Menschheit: Zwei wirkliche Wohltäter lernen sich kennen und schätzen. Darf ich raten? Er hat euch das Haus auf dem Felsen am Cap des Moro besorgt. Als kuschelige Liebes-Oase.«

»Ja, er hat die Kontakte zur Eigentümerin gemacht, einer Apothekerin aus Palma. Finanziell war der Hauskauf für Primo überhaupt kein Problem. Und so sind wir dann öfters nach Mallorca geflogen. Aber keiner aus seiner Familie hat das gewusst. Wir waren ein geheimes Liebespaar.« Ja, streu ruhig noch ein paar Körner Salz in meine Wunden. Vielleicht hab ich es auch nicht anders verdient. Schmeiß mich ran an eine Latina-Braut, von der ich überhaupt nichts weiß. Tom Kratzer hat mich gewarnt. Wo kommt sie her? Was hat sie für eine Vergangenheit? Ist sie einfach eine Kaputte, die mich mit in den Abgrund zieht? So ist es wohl! Ich bin wieder mal an die falsche Frau geraten. Aber dieses Mal richtig.

Die Kraft für seine ständigen verbalen Giftpfeile begann Frank allmählich zu verlassen. Die nächsten Minuten von Taleas Offenbarungen ließ er teilnahmslos über sich ergehen.

»Ich will dir jetzt nichts mehr verschweigen, Frank. Vielleicht gibt es ja doch noch eine Zukunft für uns. Trotz meiner Lügen und meiner Schuld.«

Als Frank das Wort »Schuld« hörte, ahnte er, dass ihm der schlimmste Teil von Taleas Beichte noch bevorstand. »An einem Sonntagmorgen im letzten Jahr«, fuhr sie fort, »klagte Primo plötzlich über Schmerzen in der Brust. Er hat sich hingelegt, wollte aber nicht, dass ich Ricardo anrufe, damit der einen Arzt holte. Nach ein paar Minuten wurde er ohnmächtig. Da habe ich über Notruf selbst einen Doktor verständigt. Aber er kam zu spät. Primo war tot.« Talea schwieg ein paar Sekunden, Frank zeigte keinerlei Regung. »An dem Tag brach für mich die Hoffnung zusammen, zumindest ein einigermaßen erträgliches Leben führen zu können. Das war mit dem Tod von Primo Jimenez vorbei.« Talea deutete Franks Schweigen und seine nachlassende Aggressivität falsch und wollte ihre Hand auf seinen Unterarm legen. Aber er stieß sie unwirsch zurück. »Ich habe nach Primos Tod seinen Sohn angerufen. Carlos Jimenez war alles andere als begeistert. Er sah mich als Eindringling in seine Familie an und war wütend über den geheimen Hauskauf seines Vaters. An eine Rückkehr nach Salt war überhaupt nicht zu denken. Das hat er mir sofort klargemacht.« Talea schluckte, ehe sie fortfuhr: »Ein großes Problem war die Sache mit Enrique. Mein Sohn ist jetzt seit einem Jahr auf einer Privatschule in Barcelona. Primo hatte das Schulgeld schon für eine Weile im Voraus für ihn bezahlt, deshalb blieb mir noch genug Zeit, die Zukunft zu planen. In dieser Situation bot mir Ricardo an, im Big Ben in Cala d'Or zu arbeiten. Ich bin darauf eingegangen und habe keine Sekunde darüber nachgedacht, wie das enden könnte.«

Das Ende kenne ich ja schon, schönen Dank, dachte Frank und sandte einige nicht druckreife Gedanken Richtung Cala d'Or. Selbstverständlich wollte der vermeintliche Freund Ricardo die gelernte Fachkraft Talea auf den Strich schicken. Was mit dem vollkommenen Zusammenbruch Taleas und dem Selbstmordversuch im Mittelmeer geendet hatte.

»Und nachdem ich dich aus dem Meer gezogen habe, hast du also wieder in dem gleichen Haus gewohnt wie vorher mit dem alten Sack. Das muss doch ein irres Gefühl gewesen sein.«

»Es war merkwürdig, wieder zurück an dem Ort zu sein, an dem ich mich eine Zeit lang richtig geborgen gefühlt hatte. Aber dann sind wir uns ja nähergekommen. Das war richtig schön. So unbelastet, ohne diesen Rucksack von Zwang und Prostitution.«

Von rechts hinter dem kleinen Altar kam ein Geräusch. Frank, der plötzlich merkte, wie dünnhäutig er war, wollte schon aufspringen. Aber dann sah er die alte Frau mit dem Blumenstrauß in der Hand. Sie hatte die Kapelle durch eine Nebentür betreten, die offensichtlich durch die Sakristei führte. Die gebeugte Mallorquinerin, wahrscheinlich die weibliche Ausgabe eines Küsters, wollte nur die Blumen neben dem Marien-Schrein auswechseln. Eine Minute später waren die welken gelben Chrysanthemen durch einen prächtigen Strauß blauer Lilien ersetzt, und die Frau war wieder verschwunden.

Vielleicht bin ich ja ein Masochist, wunderte sich Frank. Denn er fieberte jetzt dem Rest von Taleas Geschichte entgegen – egal, was noch kommen würde. »Ich begreife einfach nicht, dass du erst jetzt mit deiner kompletten Vergangenheit um die Ecke kommst«, sagte er und knetete die Hände, »es waren doch sämtliche Voraussetzungen da, mir an der Cala S'Almunia alles zu erzählen. Hattest du Angst, warst du zu feige, hast du dich geschämt?«

»Ich glaube, ich wollte nicht alles kaputt machen, auch wenn das, was vorher war, eigentlich nichts mit uns zu tun hat.« Sie schaute ihn an mit dem Blick einer geprügelten Straßenhündin. »Zumindest am Anfang hatte das alles nichts mit uns beiden zu tun«, korrigierte sie sich dann so leise, dass Frank es gerade noch verstand. »Was hast du da gerade gesagt?« Frank hämmerte jedes Wort einzeln in den stillen, geweihten Raum. Er hatte sofort begriffen, dass hinter diesem so harmlos daherkommenden Satz eine Ungeheuerlichkeit steckte. »Erklär-es-mir! Was-wolltest-du-damit-sagen?!«

»Ich habe noch Kontakt zu Carlos gehabt, als ich bei euch in der WG wohnte. Es ging mir dabei einzig und allein um meinen Sohn. Er sollte nichts mit meinem ungeordneten Leben zu tun haben. Auf der Privatschule bekommt er eine super Ausbildung, dort kümmern sich viele kompetente und liebevolle Menschen um ihn. Ich wollte alles tun, damit er da bleiben kann. Und deshalb habe ich Carlos angerufen und ihn gebeten, das Schulgeld zu bezahlen, wenigstens für ein weiteres Jahr.«

»Da hast du bestimmt offene Türen eingerannt. Mutig, mutig, kleine Talea.« Franks Lachen war bösartig.

»Carlos weigerte sich. Er hat mein Kind und mich beleidigt. Und dann schlug er mir allen Ernstes vor, das Arbeitsangebot, wie er es nannte, von Ricardo anzunehmen. Dann würde er die Schule für Enrique bezahlen. Selbstverständlich nur in Form eines Darlehens. Er benahm sich einfach nur widerlich.«

»Ja und weiter? War's das? Er will dich wieder auf den Strich schicken, du sagst nein, und damit ist die Angelegenheit erledigt?«

»Nein, damit war gar nichts erledigt. Ein paar Tage später rief er mich wieder an und war wie verwandelt. Die Freundlichkeit selbst. Er müsse mich unbedingt treffen, es gebe etwas zu bereden. Alles könnte gut werden mit Enrique.« Talea rieb sich die Tränen mit dem Saum ihres T-Shirts aus dem Gesicht und brauchte ein paar Sekunden, bis sie weitersprechen konnte. »Ich bin ins Big Ben nach Cala d'Or gefahren, mit Magenschmerzen und einem ganz schlechten Gefühl. Selbstverständlich hatte Carlos den Club von seinem Kumpel Ricardo als Treffpunkt vorgeschlagen. Es war so erniedrigend, aber ich hab's gemacht, um meinem Jungen zu helfen.«

»Und, darf ich raten – dein alter Freund Ricardo war bei dem Gespräch selbstverständlich auch dabei? Als moralische Unterstützung sozusagen.«

»Ja, er saß grinsend mit am Tisch, als Carlos mir seinen Vorschlag unterbreitete. Ich sollte ihm regelmäßig Informationen über meine Mitbewohner in der Wohngemeinschaft liefern.« Frank warf in einer plötzlichen Wutaufwallung den Kopf nach hinten. Über sich sah er zwei der schmiedeeisernen Kronleuchter der Kapelle, deren blaue Lampenfassungen wie Kerzenhalter aussahen. In seiner Phantasie zog wie aus heiterem Himmel der tödliche Endkampf der beiden Eheleute Barbara und Oliver alias Kathleen Turner und Michael Douglas an ihm vorbei, die einander an Kronleuchtern hängend bekriegten und schließlich zu Boden stürzten. Sein Zorn war jetzt so intensiv, wie er ihn noch nie zuvor erlebt hatte. Er schrie geradezu danach, in zerstörerische Aktion umgesetzt zu werden.

»Und hast du auch getan, was er von dir verlangt hat?!«, brüllte er Talea an. »Ohne dir irgendwann mal die Frage zu stellen, warum du die Spionin spielen sollst?!« Er sprang auf und stapfte ein paar Schritte Richtung Ausgang. Die wilde Assoziation mit dem Rosenkrieg-Film löste, warum auch immer, eine unerwartete Wende in Franks Gefühlsleben aus. Wie er so dastand, fünf, sechs Meter von dem Häufchen Elend namens Talea entfernt, ballte er plötzlich seine herabhängende rechte Hand zur Faust, straffte seinen Oberkörper mit einem fast schon schmerzhaften Ruck und zischte scharf zwischen seinen Zähnen hervor: »Ich hänge nicht da oben, und ich stürze auch nicht ab. Ich gehöre nicht zu denen, die abstürzen. Ich bleibe stehen.« Und etwas lauter, so dass es Talea vermutlich verstehen konnte, gab er sich selbst den Befehl: »Jetzt reiß dich zusammen, du Arschloch!«

Nein, die beiden Marias und ihr gekreuzigter Sohn würden nicht Zeugen eines unkontrollierten Gewaltausbruchs werden. Nein, es würde jetzt nichts Furchtbares geschehen. Unter keinen Umständen. Aber eines war sicher: Es ging nicht länger um seine Gefühle für die Frau aus Paraguay, der er das Leben gerettet hatte. Frank Husniak war jetzt vollkommen bei sich selbst und bei niemand anderem auf der Welt. Keine Zuwendung oder gar Liebe trieb ihn an, der Kraftakt der Selbstbeherrschung war ein letzter Versuch, nicht unterzugehen im Chaos seines Lebens. Er schaffte es jetzt sogar, sein brodelndes Inneres in den Griff zu bekommen und von anklagender Inquisition auf sachliche Befragung umzuschalten. Frank setzte sich wieder neben Talea in die Kirchenbank. Mit dieser Frau war er fertig.

»Bring die Geschichte zu Ende«, sagte er und wunderte sich selbst über seinen ruhigen Tonfall. Vielleicht war es aber auch die Ruhe vor dem alles hinwegfegenden Orkan. »Was hast du denn dem Carlos so alles erzählt? Wir haben uns zum Beispiel damals sehr gewundert, dass sie Jörg in Palma bei seiner Fakir-Nummer erwischt haben. Wer konnte denn schon wissen, dass er ausgerechnet an dem Tag vor der Kathedrale auf seinem Sitz schwebt?« Franks plötzliche Zurückhaltung verfehlte seine Wirkung nicht. Talea saß nicht mehr zusammengekrümmt auf der Holzbank, sie hatte wieder etwas Mut gefasst. Aber zu mehr als einem stummen Nicken war sie nicht in der Lage. Soso, dachte Frank, den hast du also auf dem Gewissen, meine Kleine.

»Jetzt beantworte mir die letzte Frage, die ich noch habe, Talea: Heute Morgen hast du doch telefoniert. War das auch der nette Carlos? Und ging es in dem Gespräch etwa um meinen und Wolfs Ausflug zum Markt nach Santanyí?« Es kostete ihn Überwindung, aber er legte seinen Arm um Taleas Schultern, um sie nicht verstummen zu lassen. Komm, spuck's aus, dachte er, während ihm vor Ekel ganz übel wurde. Jetzt will ich auch das noch von dir hören. Talea schluchzte schon wieder. Widerlich!

»Ja, es ging darum. Aber das kam mir nicht verdächtig vor. Ich habe es nur ganz nebenbei erwähnt. Ich hatte nicht den Eindruck, dass er mich ausforschen wollte und schlimme Dinge plante.« Franks Herz begann augenblicklich heftig zu pochen. Er sagte erstmal gar nichts, löste aber die Umarmung. Was für eine irrwitzige Kombination aus Naivität, Angst und Blödheit! Etwas anderes konnte es nicht sein; denn die Frau neben ihm war ja kein ausgekochtes Luder, das gleich mehrere Menschen gezielt in den Tod schicken wollte. »Aber Talea, hat dir denn die Geschichte mit Jörg nicht zu denken gegeben? Bist du da nicht vorsichtiger geworden, wenn es darum ging, wer gerade wo unterwegs war?«

»Das mit Jörg hat mich schon geschockt, das stimmt. Aber Carlos hat mir geschworen, dass er mit Jörgs Tod nichts zu tun hätte. Er wäre bestimmt kein Unschuldsengel, aber ein Mord käme für ihn nie in Frage, hat er gesagt. Ich wusste ja nicht, welches Motiv überhaupt dahinterstecken könnte. An der Stelle habe ich auch nicht weitergefragt. Glaub mir, das Einzige, was mich interessierte, war der Kontakt zu meinem Jungen.« Ja, der Sohnemann. Da konnte es ruhig Tote geben, wenn nur der Junge weiter auf der Privatschule bleiben durfte! Frank verzichtete auf weitere Vorwürfe und Fragen. Es machte sowieso keinen Sinn mehr. Diese Frau, so lieb sie auch sein konnte, war einfach durch den Wind. Vielleicht wegen ihrer Gene, vielleicht wegen der Verhältnisse und der vielen bösen Menschen um sie herum – letztendlich war das alles scheißegal. Denn das Ergebnis blieb gleich, am Ende lagen zwei Menschen tot auf dem Pflaster, und Talea hatte durch ihren Verrat mitgeholfen, sie ins Jenseits zu befördern. Nichts anderes zählte. Aber wie sollte es nun weitergehen? Eine gemeinsame Zukunft war ausgeschlossen. Aber dieses Fass wollte Frank jetzt nicht auch noch aufmachen. Alles hatte sich gegen ihn verschworen. Er war umzingelt von Mördern, miesen Zuhältern und einer Verräterin und konnte dankbar sein, dass er noch lebte.

»Komm, Talea«, sagte Frank müde und resigniert, »wir sollten uns noch etwas von der Meeresluft durchpusten lassen. Lass uns zu den Klippen von Cala Figuera fahren.«

Kapitel 16

Viel Glück und viel Segen

»And you lose ground, like you can't hold on.
Remember, nobody can always be strong.«
(Aerosmith: »We all fall down«)

Es wurde nicht endlos weiter gemordet auf der Sonneninsel Mallorca. Nur ein einziges Mal floss noch Blut. Als Ricardo d'Avall einen nächtlichen Spaziergang durch die Straßen von Cala d'Or unternahm, wurde er von zwei Unbekannten mit 32 Messerstichen ins Jenseits befördert. Auch dieses Verbrechen konnte die spanische Polizei nicht aufklären. In einem Club an der Playa de Palma knallten noch in der gleichen Nacht die Champagnerkorken.

Jörg Vehmann, der Chef der Rocker-Truppe Crocodiles, bekam es mit der mallorquinischen Justiz zu tun. Gemeinsam mit zwei seiner Rocker-Kumpels wurde er eingebuchtet, unter anderem wegen Zuhälterei und schwerer Körperverletzung. Tom Kratzer und Luis Pacheca durften sich als Sieger der Drogen-Revierkämpfe auf Mallorca fühlen. Zumal Mirko Hodmanek beschlossen hatte, als Crystal-Meth-Kocher im Geschäft zu bleiben; er hatte nach den Gewaltausbrüchen über einen Rückzug nachgedacht.

Auch in Cala Figuera kehrte wieder Frieden ein. Costa und Carla versuchten weiterhin hartnäckig, mit ihrer Kneipe Geld zu verdienen, gaben den Versuch aber nach zwei umsatzschwachen Jahren auf.

Lissy und Jacko setzten ihre Musterehe im Haus an der Calle Clapers fort. An deren Stabiliät änderte sich auch nichts, als

Jacko endlich der Absprung von seinem ungeliebten Radiosender Nordradio Harmonie gelang.

Von den beiden Überlebenden der WG ging es Jörg Schabes Freundin Gabi Rogalla am dreckigsten; sie entschloss sich zu einem längeren Aufenthalt in einer psychiatrischen Klinik in Deutschland.

Der Malerin Sabrina Schwiebering blieb der große künstlerische Durchbruch auch weiterhin versagt. Trotzdem erhaschte sie ein Stück vom Glück; denn sie verliebte sich in eine junge Touristin aus Bremen, die kurze Zeit später nach Mallorca umsiedelte und mit Sabrina zusammenzog.